M

Cherry Chic

Imperfectas Navidades

Bienvenidos al Hotel Merry

montena

Papel certificado por el Forest Stewardship Council®

Primera edición: noviembre de 2023

© 2023, Cherry Chic
© 2023, Penguin Random House Grupo Editorial, S. A. U.
Travessera de Gràcia, 47-49. 08021 Barcelona

Printed in Spain – Impreso en España

ISBN: 978-84-18798-57-3
Depósito legal: B-15.656-2023

Compuesto en Compaginem Llibres, S. L.
Impreso en Rotativas de Estella S. L.
Villatuerta (Navarra)

GT 9 8 5 7 3

Para Paula y Alba: ojalá papá y yo estemos creando la magia suficiente para que, al crecer, sigáis sintiéndola cada Navidad. A mis padres: gracias por crear la magia suficiente para seguir sintiéndola cada Navidad.

1

Olivia

Tiene que ser una broma.

Me fijo en mi padre, que está a mi lado y sonríe como si acabáramos de oír la mejor noticia del mundo. Está igual de sorprendido que yo con lo que acaba de decir nuestro jefe, pero él parece feliz y no cabreado. Debe de estar enfermo. Tiene que ser eso. Nadie en su sano juicio disfruta de una declaración así, pero el caso es que, cuando miro alrededor, son muchos los que lo imitan.

—Creo que no lo he entendido.

Avery, mi compañera de trabajo más cercana, deja su iPhone a un lado para centrarse en nuestro jefe. Y que Avery suelte el móvil da una pista de lo desconcertada que se siente, porque está obsesionada con él. No es una exageración.

Tiene una cuenta en TikTok en la que va contando su vida de forma constante. En serio: constante. La he visto hacer directos mientras trabaja. Asegura que es *influencer*, pero lo cierto es que apenas pasa de los mil seguidores y no es capaz de convencer a nadie de hacer absolutamente nada. A mí, por lo general, no me importa, siempre y cuando no me enfoque con la cámara, aunque a veces se le olvide. Si cuento esto es solo para que entien-

9

das que, en condiciones normales, Avery aprovecharía para hacer un directo e intentar sacar tajada del shock general que se ha producido en la pequeña sala de reuniones. Sin embargo, apenas pestañea mientras intenta asimilar la noticia.

Nuestros jefes, Nicholas y Nora Merry, están sentados en un extremo de la mesa y sonríen como el par de ancianos adorables que son, sin pararse a pensar en el caos que están propiciando.

—¿Qué es lo que no entiendes, querida? —le pregunta Nicholas a Avery.

Es difícil enfadarse con él, pienso mientras lo veo acariciarse distraído la barba blanca y espesa. Es como un jodido Santa Claus. O quizá solo pienso eso por la idea que acaba de lanzarnos, pero lo cierto es que tiene las mejillas sonrosadas, los ojos azules y una sonrisa pacífica y cercana que, por lo general, sirve para encandilarnos a todos. A su lado, su esposa, Nora, es igual de dulce y amable, solo que ella no tiene barba, pero sí una mirada maternal y una sonrisa típica de abuela de película. Ya sabes, de esas que ves y piensas: «Oh, daría todo lo que tengo por hacer feliz a esta mujer antes de que abandone este mundo».

Maldita sea, se están aprovechando de eso, no tengo dudas.

—Lo que Avery intenta decir es que no entiende que tengamos que pasar tiempo juntos fuera de nuestro horario laboral —intervengo para ayudar a mi compañera.

El silencio se instala en la sala de un modo un tanto incómodo. Tengo ese don. Quizá soy un poco brusca hablando, pero prefiero eso a andarme por las ramas. Por desgracia, Avery no está muy decidida a colaborar conmigo.

—No, lo que no entiendo es lo del calendario. ¡Lo de pasar tiempo juntos me parece genial!

Pongo los ojos en blanco mientras muchos le sonríen. ¿En serio? Alguien tiene que decirle a esta gente que pasar tiempo con los compañeros de trabajo no es buena idea nunca, pero aún menos para llevar a cabo este absurdo plan.

—Es muy fácil —dice nuestra jefa—. Verás, dado que hemos detectado ciertas… tiranteces entre algunos de vosotros después de que el año pasado todo el mundo se negara a celebrar la Navidad como nos hubiese gustado, creemos que esta vez debemos darle la vuelta a la situación.

—¿Por qué? Yo fui muy feliz el año pasado. Además, sí que pusimos el árbol de la entrada.

—Lo pusimos nosotros solos —me responde Nicholas—. Ni un trabajador colaboró en la decoración. Y lo entendimos, quisimos creer que quizá así sería mejor y decidimos respetar vuestro deseo de no hacer una cena para los trabajadores ni un día de convivencia.

—Y estamos eternamente agradecidos. Al menos yo —confirmo.

Mi jefe, lejos de enfadarse por mi interrupción, vuelve a sonreír con dulzura.

—El problema es que notamos que no hubo ningún espíritu navideño. Exceptuando a Roberto, que nos deleitó con una serie de cócteles nuevos, todos los demás pasasteis la Navidad como si… no importara.

—Yo hice un *trend* que se hizo viral bailando en la recepción —señala Avery.

—No tuvo ni treinta mil visualizaciones y fue porque te tropezaste con los tacones, Avery. Eso no es ser viral.

—Ah, ¿no? ¿Y qué sabes tú de ser viral? Ni siquiera tienes redes sociales —me reclama.

Encojo los hombros, nada ofendida por su tono porque, bueno, yo me he metido con ella antes.

—Sé que, si te hubieras caído de boca y te hubieras roto un diente, habrías llegado a mucha más gente. Apúntalo en tu lista de cosas pendientes para próximos «*trends*». —Hago el gesto de las comillas solo por molestar, lo reconozco, y se me escapa una sonrisa maliciosa cuando veo el modo en que me mira.

Avery se enfurruña, pero tampoco es que eso vaya a quitarme el sueño, porque nuestros jefes no parecen dispuestos a cambiar de idea.

—Escuchad, el Hotel Merry siempre se ha caracterizado por ser un negocio familiar. Tenemos familias con niños pequeños que merecen disfrutar estas fiestas como es debido. ¡Estamos en Nueva York, chicos! La ciudad de la Navidad por excelencia. El año pasado, cuando el hijo de los señores Brown pidió galletas con glaseado navideño, alguien le dio galletas del desayuno con nata montada. —Nora me mira directamente mientras encojo los hombros.

—Tendrían que haberlas pedido en el restaurante en vez de en la recepción. Tal y como yo lo veo, hice más de lo que era mi deber.

Mis jefes suspiran. Es evidente que no les apasiona mi actitud, pero me conocen desde que era una niña y correteaba por este hotel cuando venía a ver a mi padre, que es el barman en el restaurante desde que… Pues no sé, ¿desde siempre? No recuerdo ninguna etapa de mi vida en la que él no estuviera tras la barra, sonriendo y repartiendo cócteles caseros a todo el que se acercara. Roberto Rivera es para los adultos como el Santa Claus del alcohol. Hay gente que viene al hotel solo para cenar o probar sus combinados y ni siquiera son huéspedes. Seguramente tenga que ver el hecho de que, a sus cuarenta y seis años, es bastante atractivo. No lo digo yo, sino todas mis compañeras. Y muchas clientas. Y su propia esposa, a la que él adora y yo más, porque es la única que calma un poco la intensidad de mi progenitor.

Él dice que es por su carácter latino, pese a que él nació años después de que sus padres emigraran desde México. Yo más bien creo que es simplemente que le encanta estar en contacto con la gente, que lo miren, caer bien e, incluso, gustar. Jamás sería infiel a Eva, su esposa, pero eso no significa que no le encante coquetear lo justo como para levantar admiración y algún que otro suspiro, tanto en hombres como en mujeres.

El caso es que conozco a Nicholas y Nora desde antes de que ninguno de los dos tuviera el pelo blanco y creo que ese es el único motivo por el que soportan mis salidas de tono, sobre todo en lo referente a la Navidad.

—Olivia, cielo, sabes que me alegra muchísimo ver que te has convertido en una mujer con carácter y determinación, pero me alegraría aún más que entendieras que el calendario también te atañe y es obligatorio para todos los trabajadores del hotel —dice Nicholas mirándome.

—Será una broma, ¿no? ¡No podéis obligarnos a hacer actividades navideñas! ¡Eso no está en el contrato!

—No, tampoco está en el contrato que des de comer crema de cacahuetes a Snow y te pasas la vida alimentando al gato —me recuerda Nora.

Miró de reojo al gato de mis jefes. Es blanco y redondo como… una bola de nieve. De ahí su nombre. Bueno, mis jefes dicen que es solo porque les recuerda a la nieve, lo de la bola lo añado yo porque de verdad que es como una bola de pelo achuchable.

Le doy crema de cacahuetes solo porque él me lo pide. Y no me importa que los gatos no hablen. Ese gato en concreto sabe bien cómo ganarme.

—No me parece justo.

—Vamos, regalito, será bonito. Quizá podamos incluir alguna actividad por tu cumpleaños y celebrarlo.

Fulmino a mi padre con la mirada. Sabe perfectamente que odio que me llame «regalito» siempre, pero delante de mis compañeros aún más. El único motivo por el que lo hace es porque nací el 25 de diciembre y le encanta recordarle a todo el mundo que fui su regalo de Navidad. A veces pienso que, para él, no hay mayor desgracia que el hecho de que en los últimos años me haya negado a celebrarlo.

—No vamos a hacer absolutamente nada por mi cumpleaños —le digo muy seria.

—Es una lástima que no quieras celebrarlo —dice entonces mi jefe—. Todavía recuerdo aquel año en que tu padre te compró ese disfraz tan bonito de duende.

—Ay, estabas monísima —coincide Nora.

—Tenía como nueve años y ni siquiera entonces me gustaba. Me parece estúpido vestir a un niño de duende solo porque haya tenido la mala suerte de nacer en Navidad —declaro al mismo tiempo que la puerta se abre y entra la única persona que faltaba en esta reunión.

La única persona que me encantaría que no hubiera venido.

Noah Merry tiene el pelo castaño oscuro y, aunque estoy segura de que usa un buen fijador, siempre parece despeinado. Tiene los ojos azules o grises, dependiendo del día, barba de varios días, una sonrisa canalla muy acorde a su personalidad que saca a relucir cada vez que quiere conseguir algo o molestar a alguien y remata el conjunto con un hoyuelo que le queda demasiado bien, a mi parecer.

—Perdón, siento llegar tarde. —Me mira y lo hace: esboza esa estúpida sonrisa arrogante y yo siento ganas de retorcerle el cuello con las dos manos—. Por suerte, parece que habéis estado entretenidos. Nuestra querida Olivia está siendo de nuevo el alma de la fiesta, ¿verdad?

Voy a matarlo.

2

Noah

Cierro la puerta y observo el modo en que Olivia me taladra con la mirada. Debería decir que no me divierte, pero estaría mintiendo y, aunque tengo muchos defectos, ese no es uno de ellos.

Tiene los ojos oscuros, el pelo largo y castaño, casi negro, unos labios carnosos bastante impresionantes y una nariz jodidamente perfecta sin necesidad de cirugía. También posee una piel un poco aceitunada, herencia de su padre y sus raíces latinas, y un mal carácter que no pega nada con su cuerpo, más bien bajito, que pone tenso a todo el mundo, menos a mí.

Me entretiene cabrearla. Asher, mi mejor amigo, dice que en realidad lo que ocurre es que me pone, pero no es cierto. Sé bien qué tipo de chicas me gustan: las que sueñan con clavarme un palo por el culo y sacármelo por la boca no entran en la lista y Olivia es la presidenta de ese club.

No me pone, no. Con ella las cosas son un poco más complejas desde... siempre. Nos llevamos solo un año, ahora ella tiene casi veinticinco y yo veintiséis, pero cuando la conocí, solo éramos dos mocosos correteando por el hotel de mis abuelos y, ya entonces, había días en los que no nos podíamos ni ver, aunque la mayoría fuéramos inseparables. Era como si a ratos hubiera una especie de ley de atracción a la inversa entre nosotros. O sí, puede que nos atraigamos con la mente, pero solo para molestarnos. ¿Eso cuenta?

—Querido, gracias por venir —dice mi abuela mientras tomo asiento al lado de Eva, la madrastra de Olivia.

—Sí, gracias por venir tarde —dice la susodicha.

—Estaba en la recepción, atendiendo a unos clientes que han perdido la tarjeta de su habitación. Ya sabes, haciendo tu trabajo mientras tú estás aquí poniendo cara de culo solo por tener que relacionarte con humanos.

Sus ojos se entrecierran de inmediato y suelto una risita por lo bajo que solo se me corta cuando Roberto, su padre, me mira muy serio.

—Tenéis que empezar a comportaros. Si no lo hacéis como amigos, al menos hacedlo como compañeros. Estoy seguro de que no soy el único que está cansado de esta dinámica.

—En efecto —coincide mi abuelo—. Y es, de hecho, una de las razones más poderosas que hemos tenido para hacer este calendario. —Suspira como si estuviera cansado, pero lo conozco bien, tiene energía suficiente como para escalar una montaña. Se comporta así para dar un efecto dramático a sus palabras—. Esta enemistad es un sinsentido y ha llegado demasiado lejos, chicos. Ha propiciado un ambiente tenso e incómodo.

—No somos los únicos que se llevan mal —dice Olivia en un intento de dejarnos un poco mejor, porque es una vergüenza que se haya tenido que hacer una reunión por nuestra culpa.

—No, eso es cierto. —Mi abuela mira a la gobernanta del hotel y suelta otro suspiro. La cosa va a ir de eso todo el tiempo, al parecer—. Nos han llegado reclamaciones de nuevo, Hattie. No puedes ser tan estricta con tus compañeras.

Hattie Davis tiene el pelo rizado y con el volumen más alucinante que he visto en mi vida, un cuerpo menudo, la piel oscura, una sonrisa espectacular —las pocas veces que la luce—, un corazón de oro y un genio de mil demonios envolviendo todo ese conjunto. Pasa de los sesenta años, pero nadie se atrevería a decir que está mayor sin temer acabar colgado de la barandilla de la última planta.

—¿Estricta? ¡Solo soy responsable! Exijo a cada una lo que sé que puede dar. No es mi culpa si no son capaces de cumplir las exigencias mínimas para el Hotel Merry.

—Igual deberías exigir menos —sugiere una de las mujeres a su cargo.

—Igual deberíais mover el culo más rápido.

La discusión está servida. Algunas voces se alzan, pero no más alto que la de Hattie, y mis abuelos suspiran, esta vez al mismo tiempo. Joder, casi parece que lo tienen ensayado.

—¡Vale ya! ¡Parad ahora mismo! —Mi abuelo da un manotazo en la mesa de madera frente a la que estamos sentados todos y nos mira con el semblante serio—. Esta es precisamente la razón por la que Nora y yo hemos decidido que el hotel no puede seguir así. Todos los días hay discusiones, malentendidos y mal ambiente en general. No es una etapa de estrés o tensión, no. Esto se ha ido de las manos.

—¿Y la manera de arreglarlo es hacer un calendario de adviento con actividades? —pregunta escéptica Olivia.

—Sí, porque la otra solución es empezar a despedir a todo el que no cumpla unos requisitos mínimos de comportamiento, pero algo nos dice que nos quedaríamos prácticamente sin personal y, después de tantos años, sería una pena.

Frunzo los labios. En realidad es uno de los motivos que juegan en contra de mis abuelos: muchos de los empleados que hay aquí llevan años y años en su puesto. No tengo nada en contra, porque todos desempeñan bien su función, pero se ha alcanzado un grado tan alto de confianza entre compañeros, jefes y encargados que se hace difícil respetar los puestos de cada uno. A Olivia, por ejemplo, le cuesta un mundo asimilar que estoy a punto de tomar las riendas del negocio y ser, a todas luces, su jefe. Me sigue tratando como si fuera el niño que le metió arena en el sándwich una tarde de otoño. A mi favor diré que ella el día anterior había echado salsa picante en mi sopa. El caso es que nuestra dinámica siempre ha sido la de enemigos porque éramos pequeños, pero eso ha cambiado. Tenemos que saber mantener la compostura. Y lo mismo pasa con Hattie y las chicas con las que trabaja. O con Asher, mi mejor amigo, y su empeño en acostarse con cada chica nueva que entre a trabajar en el hotel. Eso genera tan mal rollo cuando se dan cuenta de que él no busca nada serio que se hace difícil de soportar. Observo a Avery retransmitiendo la discusión en TikTok y suspiro: eso, definitivamente, también tiene que cambiar.

—Creo que el calendario es buena idea.

—¿En serio? —pregunta Asher con las cejas elevadas.

—Sí, ¿por qué no? —Encojo los hombros y señalo la sala—. Ni siquiera estamos todos aquí, pero somos de lejos los que provocamos el peor ambiente en el hotel.

—Tú también lo provocas —me dice Olivia.

—Y por eso he dicho «somos» y no «sois» —recalco—. Escuchad, no es tan desastroso. Tendremos que hacer algunas actividades juntos, sí, pero eso no es malo. Podemos aprovechar para impregnar de espíritu navideño el Hotel Merry. No sé… ¡Podrían ser unas olimpiadas navideñas!

—¡Ese es mi nieto! —exclama mi abuela con orgullo.

Se oyen muchos suspiros pesarosos, pero también hay asentimientos de cabeza. Roberto y Eva, por ejemplo, están de acuerdo conmigo.

—Creo que es el momento de vivir una Navidad a lo grande —me apoya el primero.

—Papá, tú siempre vives la Navidad a lo grande. Te recuerdo que el año pasado inflaste un muñeco de nieve inmenso en el balcón de la escalera de incendios que se soltó y acabó atorado en la escalera —dice Olivia.

—No fue culpa de tu padre. El viento en Nueva York puede ser terrible. —Eva, su esposa y nuestra chef, lo defiende a capa y espada.

—Gracias, nena. Este año prometo atar el muñeco de nieve tan fuerte como ataste tú mi corazón.

—Dios, joder, qué asco. —Olivia hace el gesto de vomitar y tengo que hacer acopio de todas mis fuerzas para no reírme.

Roberto y Eva son pasionales. Es así. Siempre ha sido así. Muestran su amor a diario frente a todo el mundo y no les importa lo más mínimo que piensen que son empalagosos. Visto desde fuera, lo incomprensible es que Olivia sea tan rígida para según qué cosas, pero eso es porque no conocen su versión completa. Yo sí, al dedillo.

—Eso tenía gracia cuando tenías doce años, pero es hora de que madures un poco, hija —le dice su padre—. En fin, sea como sea, es importante que el espíritu navideño llene cada rincón del Hotel Merry y, para eso, creo que lo mejor es que nos expliquéis las actividades del calendario.

—Ah, no, querido, no funcionará así. —Mi abuela sonríe de un modo que, sin saber bien por qué, me eriza el vello de la nuca.

—¿Y cómo funcionará? —pregunto.

Ese es el momento en el que mis abuelos cogen una bolsa de tela grande que estaba en el suelo, apoyada en sus pies, y sacan frente a todos una caja de madera. Al abrirla, descubrimos veinticuatro casas pequeñas de madera contrachapada, rojas y blancas, decoradas con motivos navideños.

—Este será nuestro calendario de adviento y actividades. Todas están cerradas y el único modo de abrirlas es rompiendo la pequeña puerta de entrada.

—Oh, es una lástima romper casitas tan bonitas —dice Avery.

—En realidad estaban diseñadas para que la puerta se abriera sin esfuerzo, pero mi querida Nora y yo hemos decidido sellarlas con silicona caliente. Creemos que parte de lo bonito de hacer esto es que no sepáis lo que tocará hacer cada día.

—¿Cada día? ¿En serio tenemos que hacer algo cada día? —pregunta Olivia espantada.

—Oh, pero no te preocupes, querida. No todos los días serán cosas que lleven mucho tiempo. De hecho, hay un poco de todo porque somos conscientes de que no podemos robaros demasiado de vuestro tiempo. En muchas ocasiones la actividad se realizará a lo largo de vuestro horario laboral.

—¡Ay, me encanta! —exclama Avery—. Es como una gincana navideña.

—Algo así, sí. —Mi abuelo le sonríe a nuestra compañera, o más bien a su móvil, que es lo que tiene frente a la cara mientras lo graba.

—¿Puedo subirlo a TikTok?

—No veo por qué no —dice mi abuela.

—¿Qué tal porque es una puñetera reunión laboral y no debería estar en internet al alcance de cualquiera? —pregunta Olivia.

—Hija, deja de ser tan estricta. —Su padre le pasa un brazo por los hombros y le sonríe con dulzura—. ¿Ni siquiera te parece un poco bonito?

—Me parece un asco, igual que la Navidad.

—Hija mía… —Besa su frente y suspira con pesar—. Rezo cada día para que el espíritu del Grinch abandone tu cuerpo.

Intento no soltar una carcajada, porque de verdad lo ha dicho muy serio y la mirada de Olivia es oro. En serio, odio que Avery lo retransmita todo, pero, joder, que bueno ha sido que capte con su móvil la cara que se le ha quedado.

—¿Cuándo desvelaremos la primera actividad? —pregunta Hattie.

—El 1 de diciembre —contesta mi abuelo.

—¡Pero faltan tres días! —exclama alguien.

—Sí, exacto, hemos hecho la reunión un poco antes para que vayáis asimilando la noticia y adaptándoos a la nueva dinámica de trabajo. —Mi abuela sonríe y abre las manos como si estuviera… ¿bendiciéndonos? Joder, esto cada vez se vuelve más extraño—.

Ahora podéis marcharos y pensar en la preciosa Navidad que tenemos por delante.

—Uy, sí, preciosa —masculla Olivia al tiempo que se levanta y tropieza con Avery que, si la enfoca un poco más de cerca, va a sacar en primer plano sus muelas del juicio—. ¡No puedes grabarme, joder!

Sale de la sala de reuniones mientras Avery mira a Roberto con cara de pena y el teléfono bloqueado.

—Sé que es tu hija y la quieres, pero espero de todo corazón que una de las actividades sea un exorcismo para ella.

Es poco profesional, pero mis intentos de no reírme son tan infructuosos como los intentos de Asher de mantener la bragueta cerrada con las trabajadoras del hotel.

3

Olivia

Mi madre me mira desde el otro lado de la isleta de la cocina con los ojos como platos.

—¿En serio han hecho eso?

—En serio. Y, además, es obligatorio. ¿Qué te parece?

La pregunta, en realidad, es retórica. Sé que todo el tema del calendario va a parecerle una tontería y por eso se lo he contado. No espero que intervenga, eso dejé de esperarlo hace mucho, pero al menos siento que no soy la única que piensa en lo absurdo de todo esto.

—Me imagino que tu padre estará feliz.

—Uy, sí, Eva y él están radiantes fantaseando con lo bonita que va a ser esta Navidad.

—Esperemos que Eva pueda controlarlo, aunque ya sabemos que cuando tu padre se pone efusivo…

Sonrío. La verdad es que es un alivio que mi madre y mi padre se lleven más o menos bien. Creo que tiene que ver el hecho de que están divorciados desde que yo nací, prácticamente. Me tuvieron con solo veinte años y los dos estuvieron de acuerdo en que no estaban hechos el uno para el otro. Ahora no son mejores amigos, pero sí son cordiales. Y mamá se entiende más o menos bien con Eva.

Quiero decir, no le cae mal, pero no la entiende. Y eso es porque Eva es igual de pasional, cariñosa y entrometida que mi padre. Tiene un concepto de la familia muy distinto al de mi madre. Eso, seguramente, sea porque ella es española y mi madre, estadounidense. Y se nota. Igual que se nota que mi padre es descendiente de mexicanos. Pero eso no es todo. Antes solía pensar que sí, que era la única razón por la que son tan distintos, pero con el tiempo he aprendido a comprender que no todas las personas cumplen con los tópicos de sus países de origen.

Mi madre puede llegar a ser tan fría como un témpano de hielo y no es por el lugar en el que ha nacido, sino porque ella es así. Quizá haya tenido más que ver el modo en que la criaron. Lo que está claro es que es el polo opuesto de mi padre (y de Eva). Así pues, me he criado en una casa en la que todo se vive con una intensidad desmedida y en otra en la que a veces me preguntaba si alguien, aparte de mí, tenía emociones.

Porque el marido de mi madre, aunque es agradable y educado, es un poco como ella. Bastante. El único que demuestra un poco más de ímpetu emocional es mi hermano, pero intuyo que eso está más relacionado con el hecho de que está en plena adolescencia.

—¿Dónde está Kevin? —pregunto al acordarme de él.

—Seguramente en su dormitorio. Lo ha convertido en una especie de santuario, ha colgado un cartel en la puerta y, al parecer, ahora tenemos la entrada prohibida.

—Intuyo que no estás de acuerdo con eso.

—No estoy de acuerdo con casi nada de lo que hace de un tiempo a esta parte, pero cada vez que intento dialogar con él, se cierra en banda. Es como un bloque de hormigón.

Por un instante, apenas un segundo, estoy a punto de decirle que así es exactamente como me he sentido yo con ella toda mi vida. Solo que, en vez de hormigón, yo habría dicho que ella es un bloque de hielo. Quiero a mi madre, pero no consigo librarme del halo de resentimiento que me envuelve cada vez que recuerdo que, en vez de custodia compartida, le cedió a mi padre la custodia y ella se limitó a verme un par de ratos a la semana y fines de semanas alternos porque «los niños no eran lo suyo». Cuando yo tenía once años, se quedó embarazada de Kevin y, aunque quiero a mi hermano, no puedo evitar pensar que, al final, a él sí lo ha tenido en casa todos los días.

Por otro lado, si me dieran a elegir entre vivir con mi padre y Eva o con mi madre y Josh, respondería en una milésima de segundo que no pienso salir de casa de mi padre, pero eso no hace que se calme la niña de once años resentida que vive dentro de mí.

—La adolescencia es dura —murmuro mientras pienso en mis años de instituto y en el infierno personal que fue.

—Creo que es más caprichosa que dura. De verdad, me cuesta mucho hacer razonar a una persona que ha perdido la capacidad de comprensión.

No es una gran definición de la adolescencia, pero, de nuevo, me repito a mí misma que a mi madre no se le dio de maravilla ser mi madre, pese a quererme a su manera, y es evidente que no se le da de maravilla ser la madre de Kevin.

Justo en ese instante, mi hermano pequeño irrumpe en la cocina con su pelo rubio, su ceño fruncido y su cuerpo largo y esbelto.

—Eh, colega, hola.

Alza los ojos del suelo y se quita los auriculares que lleva puestos cuando me ve. Sonríe y siento de inmediato ese cariño innato y familiar por él. Pese a que su llegada me planteara muchos dilemas de tipo emocional, quiero a Kevin y mi resentimiento casi nunca ha estado dirigido hacia él.

—No dijiste que vendrías —me dice mientras me abraza.

—No, bueno, he pensado que estaría bien daros una sorpresa.

—La próxima vez intenta avisar, cielo. Estaba a punto de ir a clase de yoga. Un minuto más y no me habrías encontrado en casa.

No es un comentario malicioso. A eso es a lo que me refiero cuando digo que Kattie Smith no sabe cómo ser una buena madre. No ha prestado atención nunca y padece un egoísmo natural del que ni siquiera es consciente. Le cuesta mucho anteponer a otros a sus propias necesidades, aunque esos otros sean sus hijos. Y si en algún momento se lo he insinuado, siempre me ha saltado con una perorata inmensa de lo importante que es que una mujer sepa tener su propio espacio. Estoy de acuerdo con ella, de verdad, es solo que, con el tiempo, me he dado cuenta de que se ha aprovechado de esa idea para evadir casi todas sus responsabilidades.

—Estaba contándole a mamá la nueva locura del Hotel Merry. ¿Quieres saberla?

Mi hermano no responde, pero se sienta junto a mí, así que sonrío y se lo cuento todo. Lo del calendario, las actividades obligatorias y que Avery me tiene al borde del infarto con eso de subirlo todo a TikTok.

—¿Te lo puedes creer? —digo al terminar.

—A mí me mola la idea.

—¿En serio? ¿No se supone que tú, como adolescente, deberías estar en contra de todo eso?

—Bueno, creo que no estás siendo muy lista. —Que mi hermano de catorce años me suelte algo así me hace fruncir el ceño, pero él solo se ríe—. Tienes la oportunidad de competir contra Noah, entre otros, en lo que sea que os hagan hacer. Incluso puedes jugársela en alguna de esas actividades. Si fuera tú, ya estaría pensando maldades que me hicieran pasar un buen rato.

—Eres muy sádico para ser tan pequeño.

—No soy pequeño —bufa—. Y no es que sea sádico, es que sé bien que, cuando no puedes hacer nada para cambiar una situación, lo mejor que puedes hacer es buscar la manera de sacar provecho de ella.

Mira de reojo a nuestra madre, que está absorta en su teléfono, y algo me dice que es la medida que aplica en la convivencia con ella y con su padre. Frunzo los labios, porque vivir con mi padre, Eva y mis hermanas pequeñas algunos días es una tortura debido al ruido, el caos y la intensidad, pero vivir aquí debe de ser como sentirse encerrado en el castillo de *Frozen*. Revuelvo el pelo de Kevin, beso su mejilla aunque proteste y le guiño un ojo sonriendo mientras bajo de mi taburete.

—¿Sabes qué? Creo que tienes razón, hermanito. No eres sádico, pero sí eres un chico muy muy listo.

La sonrisa orgullosa que me dedica hace que mi ánimo mejore de inmediato. Me marcho a casa después de despedirme de mi madre y empiezo a pensar en la mejor manera de afrontar el famoso calendario de actividades.

De pronto, tengo unas ganas inmensas de que llegue diciembre.

4

Noah

Llego a casa con Snow en brazos después de que me haya arañado dos veces por atreverme a sacarlo del hotel, pero no me importa porque tengo una misión que cumplir y él tiene que ayudarme.

—Tío, ¿de verdad crees que es buena idea hacerle pensar a Olivia que el gato ha desaparecido? Adora a esa bola de pelo.

Me quedo mirando a Asher mientras entra y se tira en mi sofá como si fuera suyo. Arrugo el entrecejo porque, por más que odie admitirlo, pasa tanto tiempo aquí que en realidad es como si viviera conmigo. Lo único que no le da el título oficial de habitante es que no paga el alquiler.

—Oye, si vas a dormir aquí otra vez, tenemos que hablar del tema de los gastos.

—Tío, que soy tu amigo.

—¿Y qué? No puedes vivir de mi alquiler y comerte mi comida a diario sin colaborar un mínimo. Este sitio no se paga solo —digo abriendo los brazos para abarcar mi apartamento.

No es que sea inmenso. Nueva York no es una ciudad barata. Vivo en Murray Hill, pero aun así el alquiler es elevado y Asher come como si llevara meses sin hacerlo. El apartamento en sí tiene

31

una cocina en forma de U gracias a una barra que sirve para separarla de la zona del salón, que es pequeño pero funcional. Tiene un sofá cama de dos plazas, una mesa de cristal, un televisor y una chimenea de piedra que fue, en parte, la causante de que eligiera vivir en él. Aparte de eso, hay dos habitaciones, un pequeño baño con ducha y… nada más. Repito: esta es una ciudad cara.

No es enano, tampoco es enorme, pero es suficiente para vivir y una de las grandes ventajas es que no tengo que compartir piso con nadie extraño. Estoy demasiado habituado a estar solo, así que para mí sería complicado convivir con alguien a quien apenas conozco.

Miro de nuevo a Asher que, en vez de responderme, se ha hecho con el mando de la tele y está pasando canales sin concentrarse en ninguno. De verdad, es importante que empiece a entender que no puede invadir mi casa, pero no será hoy, porque Snow acaba de arañarme de nuevo, así que lo suelto en el sofá y lo miro mal.

—Oye, tú eres mío, aunque se te olvide. Fuiste mi regalo de Navidad de hace años. ¡Años!

Me gustaría decir que el gato entiende mis palabras, pero ni siquiera me mira, lo que provoca la risa de Asher, que ve superentretenida toda esta situación.

—Joder, estás desquiciado —me dice riendo—. Si te dedicaras a ligar con otras chicas la mitad de tiempo que dedicas a joder a Olivia, serías el tío que más folla de esta gran ciudad.

—¿Qué tiene que ver una cosa con la otra? Puedo tener sexo y joder a Olivia. Soy lo bastante productivo como para hacer las dos cosas y hacerlas bien. —Admito que mi tono es un tanto egocéntrico y quizá por eso la risa de Asher llena mi salón.

—Lo que tú digas.

El gato…, MI gato, se le sube encima y se acurruca entre sus piernas. Vuelvo a mirarlo mal. Snow nunca, jamás, ni una sola vez en su vida ha querido acurrucarse conmigo. Y estoy a punto de quejarme en voz alta, pero mi teléfono suena interrumpiendo mis pensamientos.

Lo saco del bolsillo y miro la pantalla. Sonrío al ver el nombre de Roberto Rivera y contesto.

—¿Sí?

—Hola, hijo, ¿cómo te va?

Ignoro el pequeño estallido contradictorio que resuena dentro de mí cuando me llama «hijo». En realidad, sé que lo hace con cariño y ni siquiera se da cuenta, así que simplemente sonrío y me concentro en que su respiración parece más agitada que de costumbre.

—Bien, muy bien. ¿Y tú? Te noto fatigado.

—Sí, verás. Tengo una emergencia y necesito que me ayudes.

El miedo me pone alerta enseguida.

—¿Qué ocurre? ¿Dónde estás?

—Tranquilo, no es grave. Tú solo… ven a casa, ¿vale?

—Vale.

—Y, Noah…

—¿Sí?

—Tendrás que subir por la escalera de incendios.

—¿Qué demonios…?

No puedo acabar la frase porque Roberto cuelga antes.

—¿Qué pasa? —pregunta Asher.

—Roberto se ha metido en un lío, pero no me ha contado mucho. ¿Vienes?

—Me encantaría, pero Snow se ha dormido encima de mí.

Me quedo quieto mirándolo atentamente.

—¿No vas a venir porque el gato se te ha dormido encima?

—Interrumpir el sueño de los gatos es malísimo. Lo vi en algún programa. Pueden volverse agresivos y un poco…, ya sabes —gesticula con los labios sin llegar a decir la palabra en voz alta, como si intentara que el gato no lo escuche—, lunático.

Quiero decirle que es un gato y no lo entiende, que puede hablar tranquilamente, pero no tengo tiempo de quedarme a discutir por eso, así que salgo de casa y me dirijo al piso de Roberto. Cojo un Uber que tarda veinticinco minutos en llevarme a Washington Heights, donde vive con su familia. No he podido ir más rápido y, aunque lo he llamado, no he conseguido que me conteste el teléfono. Para cuando rodeo el edificio con fachada de piedra rojiza, tengo un poco de miedo atravesado en la garganta. No sé con qué voy a encontrarme, pero ni siquiera necesito subir el primer peldaño de la escalera de incendios para averiguarlo. Roberto está a varios pisos de altura, junto a su ventana, atrapado entre la barandilla y un muñeco de nieve gigantesco que no deja de hacer fuerza para salir volando, a juzgar por cómo él intenta agarrarlo.

—¿Qué cojones…? —Subo a toda prisa los escalones y, cuando llego arriba, lo hago resollando, pero con la misma confusión del inicio—. ¿Qué está pasando?

—¡La cuerda! —exclama—. ¡Agarra la cuerda para que podamos tenerlo controlado!

Busco por todas partes hasta dar con una cuerda que le sale del… ¿culo? Venga, joder, esto no es serio. Tiro del cabo con fuerza, apoyando un pie en la barandilla para hacer más palanca y, cuando el cuerpo del muñeco de nieve cede y se viene conmigo, Roberto suelta una gran exhalación. Está sudado y tiene la respiración inestable. Supongo que lleva todo este tiempo haciendo fuerza para retenerlo.

—Roberto, ¿qué…?

—Vamos a atarlo antes de que vuelva a jugármela.

Quiero decirle que no puede jugársela porque es un trozo de tela inflable, pero es que mide unos tres metros de alto y, si intentara abrazarlo, apenas abarcaría la mitad. El viento que hace aquí arriba no ayuda a que el asunto sea llevadero. Ayudo a Roberto y decido que no es un buen momento para preguntas, al menos por ahora.

Recuerdo a Olivia echándole en cara que el año pasado este trasto saliera volando al soltarse por accidente y se lo digo a Roberto.

—No era este, aquel no pude recuperarlo porque… Bueno, es mejor que no recordemos momentos tan dolorosos como ese. —Roberto se saca una cuerda más del bolsillo trasero del pantalón y se lo pasa al muñeco de nieve por debajo de los brazos—. Vamos a poner un amarre extra. Este no conseguirá alejarse de mí.

—Esa frase es un poco tétrica.

—¿Tú crees?

—Sí, también creía que este año tenías un método infalible para atar la decoración navideña exterior. Aunque, si me dejas darte un consejo, no hay mejor método que no poner nada taponando la escalera de incendios.

—Es Navidad, Noah. No poner nada no es una opción.

—¿Y lo de tenerlo controlado…?

—Sí, bueno, a ver, es que se me ha soltado en el último momento. Lo tenía todo controlado, pero… —Carraspea y me cruzo de brazos, ansioso por escuchar toda su historia, pero entonces oímos voces conocidas que nos alertan—. ¡Mis chicas están en casa! —Me palmea el hombro y me guiña un ojo—. Vamos dentro, pero, oye, creo que es mejor que no se enteren del pequeño percance que hemos sufrido.

—Hemos no. Has sufrido. Tú solito.

—Sí, bueno…

Me río y miro hacia el interior del apartamento de Roberto y Eva. Olivia es la primera en entrar en el salón. Va riéndose de algo que le ha dicho una de sus hermanas pequeñas y, por un instante, me quedo paralizado. Ya no recuerdo cuándo fue la última vez que se rio así por algo que dije yo. De hecho, si preguntáramos a muchos de nuestros conocidos, en los últimos años dirían que eso no ha ocurrido nunca, pero yo sé que sí.

Hubo un tiempo, hace muchos años, en que muchas de las risas importantes de Olivia iban dirigidas a mí. Fue un tiempo en el que nosotros parecíamos dos hojas perennes del mismo árbol, creciendo juntas frente a todas las adversidades.

Pero eso fue hace mucho.

Entro en casa seguido por Roberto, lo que provoca que las chicas, que hasta este momento no dejaban de hablar, se queden en silencio a la vez. Justo en ese instante, Eva hace su aparición junto a Zoe, la hermana más pequeña de Olivia. Solo tiene cinco años, aunque no es que Angela sea mucho mayor, pues tiene ocho.

—¡Noah, qué sorpresa! ¿Qué haces aquí? —pregunta Eva.

—Noah se ha ofrecido voluntario para ayudarme a colocar los adornos exteriores.

—Será broma, ¿no? —pregunta Olivia antes de rodearme y mirar por la ventana—. ¿Has vuelto a poner un muñeco gigantesco? Tienes que entender que es peligroso, papá.

—La Navidad no es peligrosa, regalito.

—¡Taponar la entrada de emergencia sí lo es! ¿Y tú no le has dicho nada? —Me mira tan enfadada que alzo las manos.

—Oye, que yo solo acato órdenes.

—Deja al chico en paz. Se ha portado muy bien ofreciéndose a venir. De hecho, creo que deberías quedarte a cenar, Noah.

—Gracias, pero…

—¡Sí! —exclama Eva interrumpiéndome—. Quédate, he asado pollo con verduras y hay de sobra para todos.

Las niñas se vuelven locas con la idea, porque adoran cualquier cambio en su rutina por mínimo que sea, Eva y Roberto sonríen y Olivia me mira mal. Y esa es la razón por la que decido quedarme.

—En realidad, agradecería no tener que hacerme la cena un día.

Olivia pone los ojos en blanco y pasa de largo hacia la cocina, aprovechando para empujarme con el hombro.

—Acoplado —murmura.

—No le hagas caso, se pone un poquito nerviosa con la Navidad —me dice Eva.

—¡Yo también me pongo nerviosa con la Navidad! —grita Angela—. Sobre todo antes de abrir los regalos de Santa, cuando me pregunto si no se habrá equivocado un año más.

—Se equivoca mucho, ¿eh? —pregunto riéndome.

—No tanto… —Roberto carraspea—. Trae cosas muy chulas.

—Sí, trae cosas chulas, pero no todo lo que pedimos —dice la pequeña Zoe.

—Eso es porque pedís demasiado y tenéis que entender que en el mundo hay muchísimos niños que tienen que recibir regalos. No os lo podéis quedar todo —aclara su padre.

Nos sentamos todos alrededor de la mesa del comedor después de ayudar a poner los cubiertos y, cuando Eva me sirve el pollo, me concentro en saborearlo. Eva es la chef del restaurante del hotel, pero nunca deja de asombrarme lo ricas que están sus comidas. Quizá sea porque a menudo hace platos diferentes a los típicos de aquí. Es española, pero no solo le gusta deleitarnos con platos de su país, sino de otros muchos. La verdad es que creo que el hotel de mi familia tiene tan buena puntuación, en parte, por su exquisita comida.

—Y dime, Noah, ¿tienes ganas de empezar las olimpiadas navideñas? —pregunta Roberto—. ¡Mañana es el gran día! Estamos ansiosos.

—Yo no —aclara Olivia.

Está sentada a mi lado, pero no deja de darle vueltas al plato con el ceño fruncido.

—Estoy seguro de que te animarás en cuanto te des cuenta de lo bien que vamos a pasarlo —añade Eva.

Olivia bufa y decido hablar, porque es evidente que ella no va a esforzarse por hacer esta cena cómoda para todos.

—Tengo ganas y curiosidad. La verdad es que no puedo imaginar qué habrán ideado mis abuelos, pero están muy entusiasmados con hacer todo esto, así que eso ya es algo bueno.

Eva y Roberto se muestran de acuerdo conmigo. Mis abuelos han dicho que hacen esto por nosotros, para que el ambiente del hotel mejore, pero estoy seguro de que, en el fondo, intentan recuperar un poco de la magia que perdieron cuando mis padres murieron. No puedo culparlos, ha pasado mucho tiempo y es hora de… de volver a celebrar la Navidad como si fuese algo importante, supongo. Yo, en realidad, estoy de acuerdo con esto solo porque quiero que ellos estén contentos y, si de paso ayuda a mejorar el ambiente, ya me sirve.

La cena acaba después de que me coma un trozo de bizcocho casero de Eva que está espectacular. Cojo mi abrigo, miro por la ventana para asegurarme de que el enorme muñeco de nieve no se ha movido y, al final, me despido de la familia.

—Olivia, acompaña a Noah a la puerta —le dice su padre

—No hace falta —murmuro.

—Eso, no hace falta —dice ella sin levantarse.

—Por favor, Olivia. —La voz de Roberto es tan firme que hasta yo guardo silencio.

Ella se levanta arrastrando la silla y, cuando nos encaminamos hacia la puerta, Eva nos para con una sonrisa.

—Ah, chicos, por cierto, he colocado una rama de muérdago sobre el quicio de la entrada. Solo para que tengáis cuidado.

Es una broma inocente, pero aprovecho la oportunidad para reírme y guiñarle un ojo.

—Gracias por el aviso. Es un alivio saber que no tendré que besar a Olivia.

—¿Y qué te hace pensar que tendrías que besarme a mí? Aquí hay más personas.

—Bueno, eres tú quien me está acompañando a la puerta —digo en un tono un tanto altivo—. Además, no voy a besar a tus hermanas, querida, son menores y no me va ese rollo turbio, ya sabes…

—Todavía queda gente.

—¿Quieres que bese a tu madrastra?

—O a mi padre. ¿Acaso no os lleváis tan bien?

—Siempre me he preguntado qué se sentirá al besar a un hombre —dice Roberto.

—Bien, hora de irme —murmuro mientras Eva ríe de buena gana.

—Oh, qué valiente eres —me increpa Olivia mientras camino hacia la puerta.

—No, lo que pasa es que mi misión aquí ya ha terminado —contesto señalando la ventana.

—No puedo creer que lo apoyes en esto. Si por lo que sea pasa algo en casa y necesitamos la salida de emergencia…

—No pasará nada, tienes que dejar de lado tu negatividad.

—Y tú tienes que dejar de ser tan inmaduro.

—Oye, el muñeco lo ha comprado tu padre.

—Como sea. —Abre la puerta y señala el rellano—. Gracias por tu visita, nos vemos mañana.

Salgo de su casa, no sin antes guiñarle un ojo, solo para que crea que no me importa lo más mínimo lo que me diga, pero lo cierto es que, cuando estoy en el ascensor de camino a mi casa, no puedo evitar pensar en los tiempos en los que yo también tenía una casa con unos padres que hablaban, discutían y llenaban las habitaciones de ruido y amor. Aunque quiera a mis abuelos, que los adoro, todavía guardo recuerdos del Noah que se quedó sin padres demasiado pronto.

Recuerdo a la perfección todas las veces que oí llorar a mis abuelos cuando pensaban que yo dormía y mis propias lágrimas justo antes de quedarme dormido.

De hecho, si dejé de venir a esta casa con asiduidad fue porque, por más aprecio que les tenga, interactuar con los Rivera en su territorio me obliga a recordar que mis abuelos están muy mayores. Ojalá tuviera la certeza de que van a durar muchos años más, pero es complicado, sobre todo porque no dejo de pensar que, cuando ellos se vayan, yo estaré oficialmente solo en el mundo.

5

Olivia

1 de diciembre

Le pregunto a Avery por quinta vez en lo que va de mañana si ha visto a Snow. Ella ladea la cabeza, haciendo que su pelo rubio y largo caiga sobre su hombro y entrecierra los ojos mirándome como si quisiera descubrir mi alma a través de mí.

—Quieres mucho a ese gato, ¿eh?

No respondo. La preocupación no me lo permite. Doy la vuelta al mostrador y recoloco las tarjetas de contacto del Hotel Merry y los mapas de Greenwich Village, donde está situado, y a continuación reviso, otra vez, todos los lugares en los que podría estar el gato.

Hay un ficus junto a la puerta en un enorme macetero, a veces Snow duerme tras él. Sospecho que le gusta estar al tanto de quién entra y sale, aunque esté dormido. Seguramente sienta que así controla mejor sus dominios. Hoy no está, como tampoco está en las escaleras, ni bajo mi sillón de trabajo, ni al lado de la chimenea que hay en el salón común. A veces le encanta tumbarse junto al fuego crepitante y mirar a todo el mundo como si lo juzgara, pero no está. ¡No está en ninguna parte! Y aunque no quiero decirlo en voz alta, lo cierto es que la preocupación sí está empezando a hacer mella en mí.

—Voy a la cocina a por café y algo de comer —le digo a Avery—. ¿Quieres algo?

—Una infusión.

—¿No quieres café?

—¿Por qué iba a querer café? No me gusta y lo sabes.

Bufo. Claro que lo sé. Conozco a esta chica desde hace unos años, pero a veces me parece que hace toda una vida. Conozco sus gustos al dedillo. De verdad, a veces comemos juntas y sé antes lo que va a pedir ella que lo que voy a pedir yo.

—Olivia —me llama cuando ya estoy a punto de encaminarme hacia la cocina.

—¿Sí?

Parece preocupada, lo que me ablanda enseguida, porque no soy la única que piensa que algo pasa con Snow. Suspira y frunce los labios, es evidente que está buscando las palabras adecuadas antes de hablar.

—¿Puedes preguntarle a Eva si me dejaría hacer un directo mientras cocina? He dado tan buena fama a su comida que ahora la gente de TikTok está como loca y… —Gruño por respuesta y me doy la vuelta para irme—. ¿Qué? —pregunta desconcertada—. ¡Es tu madre, a ti no te dirá que no!

—No es mi madre, Avery —le recuerdo parándome un segundo.

—Ya, pero es que madrastra suena mucho peor. Como la de Cenicienta, ya sabes.

44

Esta vez sí que bufo. Eva no podría parecerse a la madrastra de Cenicienta ni aunque se esmerase en ello. Es dulce, atenta y amorosa, a veces en exceso. Yo la adoro porque quiere a mi padre y a mis hermanas, pero, sobre todo, la adoro porque me quiere a mí. No lo he dicho nunca en voz alta, pero cuando la conocí yo era más pequeña y siempre tuve miedo de que no me aceptara por ser hija de otra mujer. Nunca fue así. Eva me quiso desde el primer minuto y me trató como a una hija. En realidad, para ser fiel a la verdad, me trató más como a una hija que mi propia madre.

Recuerdo que, cuando mi hermana Angela nació, estuve un poco preocupada. También me pasó cuando mi madre tuvo a Kevin. Ahora sé que es normal, si ya de por sí tener un hermano te hace sentir inseguro, en este caso era peor. De mi madre pensé que se volvería más fría y acerté. Con Eva el miedo era que dejara de quererme. O que se le notara demasiado que quería más a la hija que sí había parido y criado desde bebé.

Una vez más: no ocurrió.

Nunca he notado una diferencia en el trato que Eva nos da más allá de que mis hermanas necesiten cuidados de bebés y niñas pequeñas y yo no, pero siempre ha cubierto mis necesidades básicas y emocionales de un modo que hace que me sienta completamente agradecida, aunque rara vez me ponga sentimental porque… Bueno, según Noah tengo un grave problema para hablar de mis sentimientos, pero como es imbécil, lo que él opine no cuenta.

Entro en la cocina y me la encuentro discutiendo con el proveedor de fruta. Me siento en una esquina, en el taburete que hay junto al teléfono colgado en la pared porque, aunque los tiempos hayan avanzado, a nadie se le ha ocurrido cambiar este aparato por uno inalámbrico y aquí sigue, con su cable enrollado y sonando como un loco cada dos por tres. No sé a quién se le ocurrió colocar un asiento aquí, pero fue una gran idea.

—Si te pido sandía, tienes que traer una que sepa a sandía, no una bola verde insípida que soy incapaz de ponerles a los huéspedes por miedo a que me denuncien por darles de comer corcho rosa, ¿entiendes?

—La sandía era buenísima, Eva. ¡Fresquísima! —El proveedor, al que conozco desde prácticamente siempre, la mira ceñudo—. Eres demasiado exigente.

—Nada es demasiado para mi cocina ni para mis huéspedes. Trae sandía de calidad o no traigas nada —sentencia.

Tony, que así es como se llama el proveedor, se marcha soltando una perorata por lo bajo que me hace reír. Me encanta la gente refunfuñona, mi padre dice que es porque me identifico con ellos, pero creo que es porque, en realidad, la frustración es divertida cuando no tienes que vivirla tú.

—Hola, preciosa, ¿necesitas algo?

—¿Has visto a Snow? —pregunto sin medias tintas.

—No y es raro, porque ese gato se deja caer por aquí cada día para que le dé sus chuches con mi toque especial.

Las chuches no son más que snacks de gatos comprados en su tienda habitual, pero desde que era un cachorro, Eva las coloca en una cazuela y las mueve con una paleta para que hagan ruido. Ella dice que así a Snow le gustan mucho más. Luego se las da como si de verdad las hubiera cocinado y, sea verdad o mentira, el caso es que el gato las devora y nunca sigue a nadie del mismo modo que sigue a Eva.

Bueno, a mí.

¡Pero ahora no está!

—Estoy preocupada —admito, porque sé que con Eva estoy en territorio seguro y puedo mostrarme tal y como soy de verdad.

—Ay, cariño, no te apures. Estará escondido por ahí o intentando cazar pelusas en alguno de los pasillos. Este hotel es muy grande, querida.

Lo cierto es que no es tan grande. Tampoco es pequeño, tiene ocho plantas y algo menos de cincuenta habitaciones, pero algunas están en reparación y en la planta superior es donde viven nuestros jefes. Pese a todo, no ha perdido el encanto y es muy acogedor, en comparación con los hoteles de dieciocho o veinte plantas que hay cerca de aquí.

No he mirado en todos los pasillos, pero casi. Por desgracia, no puedo ausentarme tanto tiempo de la recepción y hoy Avery está haciendo bastante más que yo, así que intento recomponerme y dejo que Eva me anime. Sin embargo, cuando regreso a mi puesto de trabajo, no estoy precisamente animada.

Cuando por fin acaba nuestro turno, me siento aliviada, porque ahora podré buscar sin el agobio de tener que estar volviendo a la recepción cada poco para que parezca que estoy haciendo mi trabajo, pero eso es hasta que Avery me recuerda que tenemos que ir al apartamento de nuestros jefes para dar comienzo a las olimpiadas navideñas.

—Joder, no puedo creerme que toda esa parafernalia vaya en serio.

—¡Claro que va en serio! Nora y Nicholas dejaron claro que, quien no vaya, tendrá un grave problema.

No me molesto en quejarme, sé que no servirá de nada, así que simplemente subo al ascensor y aprieto el botón de la última planta, donde viven Nora y Nicholas. He estado allí muchas veces desde que era niña, pero eso no evita el escalofrío que me recorre la espalda cuando llegamos y, al salir, veo la puerta del que era el apartamento de los padres de Noah.

Jugué ahí tantas veces de niña que, incluso ahora, podría cerrar los ojos y rememorar cada cuadro que había en las paredes. Cada detalle de ese apartamento de tres habitaciones. En realidad, la planta superior consta de eso: dos apartamentos, uno para Nicholas y Nora y otro que se cerró cuando la desgracia dejó a Noah huérfano, y no ha vuelto a abrirse desde entonces, o eso creo.

Mucha gente en el hotel se pregunta por qué Noah no vive en su propio apartamento. No tendría que pagar alquiler y está cerrado, cogiendo polvo y... Bueno, es raro. O eso piensan. Los que llevamos aquí los años suficientes como para conocer la historia, imaginamos que debe de ser demasiado doloroso entrar ahí y ver que ya no queda nada de las personas que una vez llenaron el lugar con risas, besos y abrazos. Noah ya no me cae bien y es evidente que el sentimiento es mutuo, pero aun así comprendo su decisión de vivir fuera del hotel.

Tocamos con los nudillos en el apartamento del fondo, el de Nora y Nicholas, y entramos en cuanto nos abren. Por aquí tampoco está Snow, pero eso ya lo sabía, le he preguntado dos veces a mi jefa por él. Cuando ha querido saber, preocupada, si había desaparecido, me he hecho la tonta porque no sé cómo decirles que sí, que esa estúpida y adorable bola de pelo blanco no aparece por ninguna parte.

Dentro del apartamento ya están todos, menos Noah. Hattie y las chicas que trabajan bajo sus órdenes, mi padre, Eva, Asher y algunos más. Todos los que hemos sido convocados. De pronto, la realidad de lo que está ocurriendo se me hace mucho más insoportable y no soy capaz de callarme por más tiempo, así que, antes de que dé comienzo la reunión de forma oficial, me aclaro la garganta y llamo la atención de todo el mundo.

—Tengo algo que decir. —Miro sobre todo a Nicholas y a Nora, que están sentados en el sofá, justo en el centro de la estancia, como siempre—. Yo… es que… Bueno, no encuentro a Snow. Me he pasado todo mi turno buscándolo en los lugares en los que sé que le gusta estar, pero no lo encuentro. Si nadie más lo ha visto…, creo que debemos darlo por desaparecido oficialmente y empezar a pensar cómo vamos a encontrarlo.

Trago saliva, porque decir esto es lo más difícil que he hecho en mucho tiempo. Sé que Nora y Nicholas adoran al gato y odio ser yo quien les dé esta noticia. Ellos, en cambio, no parecen devastados, lo cual es raro.

Hago un barrido visual y me doy cuenta en el acto de que, en realidad, es fácil ver quién está igual de consternado y afectado que yo y quién no.

Es fácil porque, menos Asher, todos están afectados.

Asher.

Su mirada es huidiza y está visiblemente incómodo. Asher es un gran mujeriego, pero como mentiroso es nefasto. De verdad, no es capaz de mentir ni siquiera a las mujeres con las que se acuesta. Si algunas se hacen ilusiones es porque no comprenden que, por más ilusiones que se hagan, él no va a cambiar.

—¿Tú sabes algo? —pregunto acercándome hasta donde está, apoyado en el reposabrazos del sofá.

—¿Eh? ¿Yo?

—Sí, tú. Estás raro.

—¿Qué dices?

—Que estás raro.

—No sé de qué me hablas.

—Mira, Asher, o me dices ahora mismo lo que sabes, o…

No puedo acabar la frase. Justo en ese momento, la puerta se abre y aparece Noah. Entrecierro los ojos, porque ha sido demasiada casualidad que abra justo cuando…

Pero da igual. De verdad. Todo eso da igual porque lleva en brazos a Snow que, en cuanto ve la oportunidad, salta hacia el suelo y viene a restregarse contra mis piernas. Me agacho y lo cojo en brazos, mirando mal a Noah.

—¡¿Qué le has hecho y dónde lo has tenido todas estas horas?! —pregunto directamente.

La habitación se ha sumido en un silencio tenso, como cada vez que Noah y yo discutimos. Todo el mundo sabe que, si se meten, será muchísimo peor.

—No le he hecho nada. Ayer me lo llevé a casa para que durmiera conmigo.

—Estaba contigo… —siseo—. Llevo horas buscándolo y resulta que tú lo habías secuestrado.

—Es mío, Olivia. No lo he retenido en contra de su voluntad.

—¡Claro que sí!

—No puedes robar algo que te pertenece —comenta con una tranquilidad que me saca de mis casillas.

—¡No puedes llevarte a Snow!

—Te lo repito: es mío. Puedo hacer con él lo que quiera. Podría llevarlo a una protectora de animales mañana mismo. O a Central Park y dejarlo ahí, solo y a su suerte. —No sé qué cara pongo, pero debe de ser de pánico total porque Noah pone los ojos en blanco—. Obviamente no lo haré.

—Eres un monstruo.

—¡He dicho que no lo haré!

Lo miro mal de todos modos, pero entonces Nicholas y Nora deciden que es hora de empezar con esta pantomima de juego.

—Vale, chicos, ya está bien —dice Nora—. Noah, la próxima vez que te lleves a Snow, avisa a Olivia para que no se lleve estos sustos.

—El gato es m...

—Es una cuestión de educación, hijo —sigue su abuelo—. Nos gusta pensar que eres un hombre educado que tiene en cuenta los sentimientos de los demás.

Sonrío ufana. Ahí lo llevas, Noah Merry. ¡Yo tenía razón! No puedes llevarte al maldito gato y no decírmelo porque me pongo como loca. Adoro a esta bola de pelo. Lo adoro porque tiene cara de gruñón y antipático, como yo. Y odia a la mayoría de las personas, como yo. Y si supiera hablar, seguramente diría que odia la Navidad, como yo. Además, por más que sea de Noah, no le gusta estar con él, siempre que lo coge se escapa y eso me hace sentir muy pero que muy bien.

Por desgracia, mi alegría dura poco. Justo el tiempo que tardan Nora y Nicholas en ir hasta la mesa del comedor y levantar una sábana que cubre el maldito calendario de adviento. Han dispuesto las casitas sobre el tablero; están desordenadas, pero forman una especie de mapa. Vistas así, parecen componer un poblado. Que haya que romper cada una de ellas para sacar las instrucciones del interior es, en realidad, algo que haría el Grinch de buena gana. Para cuando llegue el día de Navidad, en el poblado no quedarán más que casitas destruidas y eso, de algún modo, me hace esbozar una sonrisa brillante.

6

Noah

Alguien debería decirle a Olivia que da miedo cuando sonríe así. No sé qué está pensando, aunque creo que es probable que esté fantaseando con la idea de colgarme desde lo alto del Empire State por haber osado a llevarme a MI GATO.

Intento prestar atención a lo que dicen mis abuelos, pero en realidad ya sé de qué va toda esta parafernalia y solo quiero que lean la actividad que toque y nos pongamos manos a la obra para ver a Olivia metida de lleno en algo que odie con toda su alma.

¿Es insano que disfrute con ese pensamiento? Casi seguro que sí, pero no me importa. Y no me importa porque he dormido fatal por culpa del gato, que no ha dejado de arañar la puerta de la entrada dejándome claro su descontento con mi decisión de llevarlo a mi casa. Hacia las tres de la madrugada, cuando tuve que levantarme de nuevo para encender las luces y calmarlo, me sentía prácticamente un secuestrador de mi propio gato, así que es normal que la actitud de Olivia me moleste.

Aun así, pensar en ella buscando a Snow por todo el hotel me produce un regocijo que jamás confesaré en voz alta por miedo a que me miren como si fuera una mala persona. No lo soy. Es solo que con Olivia las cosas son… distintas.

—Bien, ¿quién quiere tener el honor de abrir la primera cajita? —pregunta mi abuelo.

—¿No va a venir nadie más? —pregunta entonces Olivia.

—¿Y para qué quieres más gente? —le recrimina Hattie, que suele tener un carácter agrio, pero hoy parece especialmente harta de todo—. ¡Apenas cabemos aquí!

—Bueno, el resto de los trabajadores deberían estar aquí, ¿no?

—Ya os dijimos que no todas las actividades son para todo el mundo. Algunas sí, claro, las que no vayan derivadas en exclusiva a restaurar la paz de este hotel —dice mi abuela.

—Vaya, que aquí estamos los que peor relación tenemos entre nosotros —corroboro.

—Pues no entiendo qué hago yo aquí —dice Asher.

Su postura es despreocupada, como siempre. Sexy, como siempre. Socarrona, como siempre. Impertinente, como siempre. Es, a fin de cuentas, Asher siendo Asher.

—Oh, ¿no lo entiendes? —pregunta una de las chicas que trabaja como camarera en el restaurante.

Él tiene la decencia de cerrar la boca, porque es evidente que está aquí por sus muchos líos de faldas dentro de su puesto de trabajo.

—La única que no tiene problemas con los demás soy yo, que estoy aquí para documentarlo todo.

Nadie le rebate eso a Avery. Aunque mucha gente piense que se lleva a matar con Olivia, lo cierto es que sé de buena tinta que se tienen aprecio. Olivia es totalmente lo contrario de Avery, pero no le tiene, ni de lejos, la tirria que me tiene a mí. De hecho, si Avery dejara de retransmitirlo todo en sus redes sociales, es muy posible que las discusiones con Olivia terminaran, porque casi siempre vienen derivadas por ese tema.

—¿De verdad os parece bien que lo esté grabando todo? ¡Es absurdo! —exclama Olivia mirando a mis abuelos.

—Yo no veo qué tiene de malo —responde mi abuelo—. Hoy día es positivo tener presencia en las redes sociales.

Olivia gruñe. Literalmente, gruñe y el sonido es tan parecido al que hacía anoche mi gato estando en casa que pienso que son almas gemelas.

Al final la que empieza el calendario es mi abuela, porque por más que lo intenta no consigue ningún voluntario que se ofrezca. Algunos porque no quieren participar más que lo estrictamente necesario y otros porque no querrán romper una casita tan bonita. Entiendo que mis abuelos no se fíen de nadie como para dejar las casitas sin sellar, pero la verdad es que es una pena que haya que romperlas.

La puertecita cede con el primer golpe, mi abuela introduce los dedos y saca un pequeño papel enrollado, que abre y lee en voz alta:

—Hacer bombas de chocolate.

Mi abuelo y ella lo celebran como si fuera una sorpresa cuando, en realidad, lo han hecho todo ellos. Los demás..., bueno, hay para todos los gustos. Eva y Roberto sonríen y yo me pregunto por qué están ellos aquí, pero luego entiendo que es posible que quieran tener a Olivia medio controlada. No es que yo sea un cabrón, es que no confían en que no vaya a terminar haciendo de las suyas con esta actividad. ¿Y quién puede culparlos? Su hija es una mezcla de Miércoles Addams y el Grinch. No inspira confianza en cuanto a estas cosas se refiere.

—La haremos en la cocina de aquí, de casa, así que tenéis que prometer que no tiraréis ingredientes y nadie empezará una guerra de comida. Primero, porque es algo de mal gusto y, segundo, porque la gente que desperdicia la comida es gente con un serio problema de conciencia y me gusta pensar que aquí no somos así, ¿verdad?

Puede que las palabras de mi abuelo vayan dirigidas a todo el mundo, pero solo nos mira a Olivia y a mí. Es un poco ofensivo, la verdad. No somos niños, joder. Sabemos comportarnos. Yo al menos sí sé.

Nos trasladamos a la cocina. No es muy grande, pero tiene una isla en el centro que nos sirve para acomodarnos alrededor. Eva nos da instrucciones acerca de cómo hacer las esferas. En realidad, lo más engorroso, que supongo que era derretir el chocolate, ya está hecho, porque se ha ocupado ella.

—¿Qué te parece, hija? ¡Chocolate!

Entiendo el entusiasmo de Roberto, pero a veces se le olvida que Olivia está a punto de cumplir veinticinco años.

Olivia no responde, pero se esfuerza por sonreír. El problema es que está tan cabreada y odia todo esto tanto que la sonrisa le sale… rara. Como de niña demoniaca. Se me escapa la risa y entonces me fulmina con la mirada.

—¿Qué? —pregunta.

—Nada.

—Te has reído.

—¿Está prohibido reírse?

—Si es de mí, sí.

—Pero mira que eres egocéntrica…

—Bien, chicos, esto ya está. Coged los moldes y vamos a ello. —La interrupción de Eva hace que Olivia no pueda seguir con la diatriba.

Cogemos los moldes de silicona. Bueno, todos menos Avery, que ya tiene el móvil entre las manos y nos graba a todos mientras suelta preguntas que, al parecer, va haciendo la gente.

—¡Tenemos casi mil personas conectadas, chicos! La gente quiere saber qué ocurrió entre Olivia y Noah para…

—Te lo digo en serio, Avery, o dejas esa mierda o te tiro el teléfono a la olla con chocolate —dice Olivia muy seria.

Se hace un silencio sepulcral durante unos instantes hasta que Avery suelta una risita mirando la pantalla de su móvil.

—Sí, Badaaron, claro que sería capaz, pero si insisto y me quedo sin teléfono, vosotros os perdéis toda la diversión, ¿no crees? —No sé qué dice el tal «Badaaron», pero Olivia vuelve a gruñir y Avery se ríe.

Esta chica se está buscando una muerte lenta y dolorosa.

Mis abuelos intentan aliviar el ambiente poniendo música, pero al parecer los acordes de «Santa Claus Is Coming to Town» no son del agrado de Olivia.

—De verdad que me encantaría ahogarme en esa olla ahora mismo.

—Vamos, regalito, ¡es divertido!

—Que no me llames «regalito», papá —dice ella entre dientes.

Yo no digo ni una palabra, pero no hace falta. La risa que intento aguantarme es suficiente para que Olivia me ponga en su lista negra un día más.

—Venga, regalito, ¿qué te cuesta desarrollar un poquito el espíritu navideño? —pregunto solo por meter cizaña.

Funciona. Claro que funciona. Olivia centra sus ojos en mí con tanta fiereza que, de haber sido otro tipo de persona, me habría acojonado, pero soy yo. La conozco desde hace demasiado y, no solo no me da miedo, sino que me divierte provocarla.

—Tú...

No puedo oír lo que responde porque mi teléfono suena. Me reclaman desde el despacho para firmar algo importante, así que me levanto y me disculpo con mis abuelos.

—Volveré enseguida.

Ellos lo entienden porque saben que ante todo está el trabajo. Salgo de casa con una sonrisa porque, al final, sin pretenderlo, voy a librarme un rato de esta actividad y sé que eso es algo que pone de los nervios a Olivia.

Entro en mi despacho, que también es el de mis abuelos. En realidad, no es más que una de las habitaciones adaptadas para que entren un par de escritorios y un montón de archivadores. Antes solían llevarlo todo desde su apartamento, pero cuando mis padres murieron y me mudé con ellos, tuvieron que diferenciar los espacios. Cuando crecí lo mantuvieron porque defienden que, aunque vivan aquí, es bueno tener los ambientes personales y de trabajo separados. Atiendo a Sandy, que es la chica que contratamos como secretaria hace un tiempo y, cuando acabo, sonrío y me preparo para volver.

La verdad es que es gratificante sentir el peso del hotel sobre mis hombros, como quien dice. Pronto dirigiré yo solo el negocio y quiero hacerlo bien. Al contrario de lo que ocurre en muchas películas, yo soy feliz dirigiendo este sitio. No siento deseos de probar algo nuevo ni ansias de explorar el mundo más allá de tomar unas merecidas vacaciones de tanto en tanto. Quiero llevar el negocio, llevo preparándome para esto desde que era niño. Además, me encanta sentirme útil y ver el orgullo en los ojos de mis abuelos.

Cuando regreso al apartamento, el caos que dejé se ha calmado un poco. Las esferas han conseguido enfriarse, al parecer, y todos han hecho ya las suyas. Solo están decorándolas con purpurina comestible. La sorpresa me la llevo cuando me siento y veo una esfera en mi plato.

—Noah, Olivia ha terminado tu esfera para que puedas tenerla igual que el resto —me dice Eva muy orgullosa.

Es evidente que todos esperan mi reacción y, aunque me sorprende, no puedo negar que es un detalle muy bonito, así que le doy las gracias. La sonrisa con la que me responde es un gesto extraño que me hace fruncir el ceño de inmediato.

No recuerdo cuándo fue la última vez que Olivia me sonrió así. No es que estemos siempre discutiendo. A veces no nos queda más remedio que ser cordiales el uno con el otro, pero incluso en esos momentos, la relación es solo cordial. De personas que están obligadas a trabajar juntas y nada más.

—Y ahora viene la mejor parte —dice mi abuelo—. Sé que tenéis ganas de iros a casa porque ya habéis trabajado vuestro turno, pero vamos a calentar un poco de leche para estrenar nuestras esferas de chocolate. ¿Qué os parece? Brindaremos por la Navidad y por lo bien que ha ido la primera actividad.

—Estamos muy orgullosos de vosotros, chicos —dice mi abuela—. Habéis sido un gran equipo.

—En TikTok casi todo el mundo vota que sí a eso de tomar el chocolate con leche calentita —sigue Avery—. ¡Somos más de mil! Es un récord.

Olivia pone los ojos en blanco, pero no protesta. Mi abuela calienta una olla con leche y luego sirve una taza para cada uno. Estamos de pie, porque no cabemos todos sentados alrededor de la isleta. Hattie está en la otra punta de las chicas con las que trabaja porque si hay alguien que se lleve peor que Olivia y yo, esas son ellas. Aun así, suelen comportarse mejor. Creo que es porque es un tipo de odio distinto: más silencioso, desde luego.

Cuando tengo mi taza delante, meto la esfera y, por un instante, casi espero que de dentro salgan cucarachas, pero no. Solo salen malvaviscos pequeñitos y purpurina negra. De dónde ha sacado Olivia purpurina negra no lo sé, pues tenía entendido que solo había dorada y plateada, pero no pienso preguntar porque ha sido un detalle que haya hecho esto por mí. La miro, concentrada en aplastar con la cuchara cada rastro de malvavisco que sale de su taza y contengo la risa. Si pudiera prenderle fuego a la Navidad, estoy seguro de que tardaría aproximadamente un segundo en ponerse a ello.

Disuelvo del todo mi esfera, saco la cuchara y, cuando estoy a punto de dar un sorbo, mi abuela me interrumpe. Nos insta a todos a subir la taza y habla con voz temblorosa, con evidente emoción.

—Sé que algunos de vosotros estáis aquí obligados, pero, aun así, quiero daros las gracias por haber venido y haber dado lo mejor de vosotros mismos en esta actividad. Estoy segura de que este calendario, u olimpiadas navideñas, como queráis llamarlo, será la salvación de todas las relaciones que están en la cuerda floja en esta habitación. —Se emociona, lo que hace que mi corazón se ablande de inmediato, pero carraspea y vuelve a alzar su taza—. Feliz inicio de Navidad, chicos. Sé que no duraré muchas más, pero espero pasar las que queden con todos vosotros y vosotras.

Esta vez el que traga saliva soy yo. Mis abuelos han empezado a hablar en esos términos. Están muy bien de salud, salvando algunos achaques, pero de pronto los dos han empezado a hablar del día en el que ya no estén y lo odio. Joder, lo odio con todas mis fuerzas, por eso cojo mi taza y doy un trago enorme, en parte para ocultar lo que siento a todos los presentes.

El problema es que el sabor que llega a mi boca es... asqueroso. Realmente asqueroso. Toso y aparto la taza mientras intento descifrar el sabor que tengo en la boca.

Pimienta. No era purpurina negra. Era pimienta.

La-voy-a-matar. Juro que voy a despellejarla lentamente.

—Noah, querido, ¿estás bien? —pregunta mi abuela.

Trago saliva con pimienta y siento como si tuviera la garganta llena de tierra, pero sonrió en dirección a mi abuela porque, después de sus palabras, no tengo el corazón de hacerle ver que esta guerra está muy pero que muy lejos de llegar a su fin.

—Perfecto. Estaba disfrutando de mi maravillosa taza de chocolate.

Mis abuelos parecen radiantes de felicidad, y Olivia sonríe como si fuera una persona normal abriendo paquetes el día de Navidad. Mi mirada de odio no la acobarda. De hecho, creo que está regodeándose en su victoria con todo esto.

—Feliz inicio de diciembre, Noah Merry —susurra articulando con los labios.

El enorme esfuerzo que tengo que hacer para no gruñirle una respuesta me deja exhausto, pero esto no acabará aquí.

Esto, en realidad, no ha hecho más que empezar.

Que empiece a temblar Olivia Rivera, porque no pienso descansar hasta devolverle este golpe con creces.

7

Olivia

Intento parecer arrepentida mientras mi padre me habla, o más bien me sermonea, acerca de lo que hice con la esfera de Noah.

—Da gracias a que ese chico es mucho más responsable que tú y no quiso armar un escándalo, pero yo te vi. Te vi con estos ojos, hija. ¡No puedes hacer eso! ¿Qué te pasa?

En realidad no espera una respuesta, así que no se la doy. El acento de mi padre florece, como cada vez que se altera demasiado. Siempre me fascina que, pese a haber nacido en este país, sus raíces sigan arraigadas y se dejen ver cuando menos te lo esperas.

—Me temo que tu padre tiene razón —dice Eva—. Sé que la relación con Noah es mala, pero esto se ha hecho precisamente para uniros, no para alejaros más o para que uséis las actividades como armas arrojadizas.

—No lo haré más, de verdad. Solo quería divertirme un poco.

—Tienes una manera muy extraña de divertirte, Olivia. —Mi padre se frota la cara, frustrado—. Incluso tus hermanas pequeñas entenderían algo tan básico como esto: tienes que dejar de hacerle la vida imposible a Noah Merry.

—¿Por qué? ¿Por qué de pronto todo el mundo está empeñado en que nos llevemos bien? ¡Eso no va a pasar más! Somos enemigos.

—Mira, sé que pasó algo entre vosotros que os alejó de un modo que no termino de entender —dice Eva—, pero no puedes extrapolarlo al trabajo, Olivia. Tienes que ser más responsable. Noah va a convertirse en tu jefe muy pronto y no te conviene generar conflictos así. Podrías perder el trabajo, cielo.

Intento imaginar a Noah despidiéndome y, la verdad, no lo consigo. Creo que en realidad sí estoy malacostumbrada en ese sentido. Soy incapaz de verlo como a una figura de autoridad y eso va a ser un problema. No hay modo de remediarlo. Por supuesto, no puedo decir algo así, de modo que suspiro como si estuviera arrepentida y miro a mi padre y a Eva como si fuera un cachorrito abandonado.

—Os prometo que me controlaré desde ahora. De verdad, no más bromas pesadas.

Ellos suspiran, frustrados, pero no les queda más remedio que creerme. Yo aprovecho el momento para largarme a mi habitación y respirar un poco de paz. Estoy cansada, ha sido un día larguísimo y solo quiero dormir y recrearme con la cara que ha puesto Noah al probar su chocolate caliente.

El problema es que, cuando estoy empezando a coger el sueño, recibo un mensaje suyo.

Noah

Vas a pagar por esto, Olivia Rivera.

Olivia

No sabes el miedo que te tengo...

Noah

Deberías.

Olivia

¿Esto es como cuando pensaste que yo había escondido tu mando teledirigido?

Noah

No lo pensé, fuiste tú.

Olivia

No tienes pruebas.

Noah

¡Apareció en tu mochila!

Olivia

Cualquiera pudo haberlo metido ahí, soy una persona con muchos enemigos.

Noah

Olivia, tenías siete años.

Olivia

Y tú, nueve. Estabas un poco mayorcito para coches teledirigidos, ¿no te parece?

Noah

¡Eso no es excusa para que escondieras el mando de mi coche favorito!

Olivia

Te noto rencoroso.

Noah

No, me notas harto y vengativo. Vas a pagar por esto, te lo prometo.

Olivia

No me digas eso, que no duermo del miedo =(
Nota: Es ironía, por si no lo pillas.

Noah

Soy perfectamente capaz de pillar la ironía, joder. Pero, ya que estamos, igual sí deberías preocuparte un poco…

Olivia

Vamos, Noah…
Incluso con lo
del coche teledirigido, lo único que
hiciste fue gritar durante un rato.

Noah

Te aseguro que esta vez no
voy a gritar. Tú, en cambio…

Olivia

Eres un capullo.

Noah

Descansa, cielo. Te va a hacer falta =)

No respondo. No tengo por qué y, de todos modos, lo único que pretende es molestarme a la hora de dormir y no lo va a conseguir. Me tumbo boca arriba, mirando al techo y carraspeo porque es un imbécil que se piensa que de verdad puede ponerme nerviosa. Solo porque de pequeña le funcionaba. Si quería molestarme de verdad, me contaba algo inquietante a medias y sabía que me costaría muchísimo conciliar el sueño, aunque estuviera muy cansada.

—Menudo idiota —murmuro reacomodándome la almohada.

Le he puesto un poco de pimienta en el chocolate, sí ¿y qué? ¡No es para tanto! Lo que pasa es que siempre le ha gustado mucho exagerar. Ya de pequeño su madre siempre decía que acabaría siendo guionista, escritor o circense. Lo del circo era porque Noah se pasaba los días haciendo piruetas: en los pasillos, en el salón de estar, frente a cualquier huésped que lo viera y le pidiera más. Le encantaban las acrobacias y su madre adoraba verlo.

Frunzo el ceño. En realidad, dejó de hacer todo eso desde que el señor y la señora Merry murieron. Dejó de hacer muchas cosas...

Cierro los ojos. Ahora no es momento de pensar en ello, pero en mi intento por desviar mi propia atención, mi mente me lleva hasta el día que, en efecto, escondí el mando de su coche teledirigido favorito en mi mochila. No sé bien qué pretendía, era muy pequeña y los recuerdos están un poco difusos, pero sé que, cuando Noah se enfadaba, yo sonreía. Es un poco sádico, ¿no? No sé, quizá me gustaba porque sabía que había conseguido captar su atención, aunque fuera para mal. Por lo general, nos llevábamos bien, pero en aquel entonces él ya tenía nueve años y había veces en las que parecía que no quería jugar conmigo. Le gustaba dárselas de ser más mayor de lo que en realidad era. Siempre quiso crecer deprisa.

Ni él ni nadie pudo prever que ocurriría algo trágico que sí lo obligaría a crecer de golpe.

Trago saliva, pero noto la garganta cerrada, como siempre que pienso en esa época. Es como si la vida de Noah se dividiera en dos partes: antes de la muerte de sus padres y después.

Antes de ese fatídico día, yo estaba en la vida de Noah de un modo permanente. Y después...

Después todo cambió porque él así lo quiso y a mí solo me quedó aceptarlo. Porque cuando alguien a quien quieres tanto te echa de su vida sin explicaciones, te queda un dolor tan profundo como las grietas que provocan los terremotos y una aceptación que llega de golpe, cuando ni siquiera estás lista para tomarla.

Suspiro y chasqueo la lengua. Al final, de un modo o de otro, el estúpido de Noah ha conseguido que me cueste conciliar el sueño.

Dios, cuánto lo odio.

8

Olivia

2 de diciembre

Llego al hotel unos minutos antes de que empiece mi turno, como siempre. Me gusta ser puntual y, si de paso tengo tiempo de tomar un café antes de entrar, mejor. Voy pensando en pedirle a Eva un capuchino, quizá por eso me sobresalto cuando veo el inmenso árbol que hay en el centro de la recepción. Y cuando digo centro, me refiero a que hay que rodearlo por un lado u otro para subir las escaleras que llevan a las habitaciones.

—¿Qué…?

—¡Me encanta! —Me asusto con el grito de Avery, que acaba de llegar y está sacando su móvil a toda prisa. Inicia un directo y empieza a parlotear—. ¡Buenos días, familia virtual! Tal y como os prometí, os contaré nuestra actividad de hoy en directo. Responderé preguntas y hablaré con los compañeros y compañeras que elijáis, así que ya sabéis: cuantos más seáis, ¡más sabréis!

La miro horrorizada por el modo en que ha convertido todo esto en un jodido *reality show*, pero ella, lejos de sentirse intimidada, me enfoca con la cámara y suelta una risita.

—Ah, sí, aquí está una de vuestras favoritas. Olivia, aquí hay muchos seguidores que quieren saber cómo se tomó Noah que ayer le echaras pimienta en su bola de cacao.

—¿Qué? —Abro los ojos como platos porque, en teoría, solo me vieron mi padre y Eva.

—Estábamos en directo, querida, ¿ya no te acuerdas?

—Yo no… Eh…

—¡Buenos días! —La interrupción de Nora me hace tanta ilusión que estoy a punto de darle un abrazo—. ¿Cómo estáis hoy? ¿Listos para una nueva aventura navideña? —Estoy tentada de poner los ojos en blanco, pero Avery sigue enfocándome. Voy a reventar ese teléfono, lo juro—. Hoy, como habréis visto, tenemos un nuevo elemento en nuestra recepción, pero no es el único, si me seguís hacia el salón, os lo cuento todo. O más bien os lo enseño.

Suelta una risita mientras rodeamos el árbol de recepción y nos adentramos en el salón del hotel. La chimenea está prendida, pero no es eso lo que me llama la atención, sino el enorme abeto natural que descansa junto al ventanal que da a la calle. Mientras todo el mundo suelta un «oooh» colectivo yo solo puedo pensar que han cortado un árbol de no sé cuántos años para ponerle adornos encima y tirarlo al cabo de un mes. Es hasta macabro, ¿por qué nadie más lo ve? Estoy a punto de decir algo, pero me detienen dos cosas: la mirada de Eva, que justo ha salido de la cocina, y el teléfono de Avery que sigue apuntando en mi dirección. Me muerdo la lengua porque no hace falta tener una crisis familiar por segundo día consecutivo. Además, si no me controlo un poco, acabarán hablando con mi madre. Y tengo más de veinte años, no es que pueda castigarme, pero la pereza que me da tener que tratar con ella sabiendo que va a ponerse en modo paternalista y autoritario es tal que me hace desistir de soltar una sola queja.

—¿Crees que querrán que lo decoremos nosotros? —le pregunto a Avery.

Ella vuelve a enfocarme, pero no me molesto en decirle que apague su teléfono. Tiene el beneplácito de los jefes, así que no lo hará.

—¿Quién si no?

—No sé, es todo tan… —Me callo, pues recuerdo que no hace ni un minuto que he decidido que no iba a abrir la boca para quejarme.

—Oh, venga. Ayer te vi sonreír mientras te tomabas la leche caliente.

—No era por la Navidad, Avery, era porque…

—Sí, ya sé, por lo que le hiciste a Noah. No fue bonito.

—La vida no es bonita.

Ella se ríe y, para mi sorpresa, corta el directo de TikTok. Me guiña un ojo, como si fuera un gesto cómplice y no entiendo por qué hasta que habla:

—Y lo será aún menos cuando él sea tu jefe y te eche de una patada en el culo.

—¿Qué te hace pensar que va a echarme? Además, falta mucho para eso.

—No tanto.

—¿A qué te refieres? —La miro entrecerrando los ojos y Avery empieza a revisar los bordes de su teléfono. Al parecer, de pronto le resultan fascinantes, por eso se lo quito de un tirón—. Avery, ¿qué quieres decir con eso?

—Oh, bueno…, pues simplemente digo que Noah ha acabado sus estudios, está llevando gran parte de la gestión él solo y…

—No, son sus abuelos quienes lo hacen, aunque él ayude mucho.

—Aun así, cada vez está adquiriendo más responsabilidad, Olivia. Es muy probable que el año que viene tome las riendas.

—¿Y tú eso cómo lo sabes?

—Bueno, ¿no te parece raro que quieran hacer este juego justo ahora?

—¿Qué juego? ¿De qué hablas?

Avery pone los ojos en blanco, como si yo fuera tonta, pero me aparta a un lado mientras el resto de los compañeros que participarán en la actividad de hoy van llegando.

—Quieren que el ambiente sea más sano, pero por encima de todas las cosas, quieren asegurarse de que Noah es capaz de manejarse con los trabajadores más conflictivos del hotel, por eso él no puede faltar a ninguna actividad.

—¿No puede?

—Oí a Nicholas decir que es el único que estará en todas. Seguramente quieran prepararlo para poder jubilarse de una vez.

—Pero, aunque se jubilen, seguirán viviendo aquí, ¿no?

—O tal vez sea Noah quien se mude aquí.

—No lo creo. Valora muchísimo su intimidad. Cuando vivía aquí, se pasaba los días encerrándose para no socializar.

—Yo a ese Noah ni siquiera lo conocí, pero el del presente me parece más que listo para coger las riendas del negocio, ¿a ti no?

Justo cuando intento responderle, el susodicho entra en el salón hablando con un trabajador. Es uno de los señores de mantenimiento con fama de ser bastante gruñón, pero está sonriendo con lo que sea que le dice Noah, y me doy cuenta de que, en realidad, sí que parece un jefe. Para mí es raro verlo así, pero supongo que es porque me cuesta tomar conciencia de que, en efecto, ya no somos adolescentes, sino dos personas adultas con problemas de la vida real.

¿Y si Avery tiene razón? ¿Qué pasará si Noah se convierte en mi jefe antes de lo esperado? ¿Tan cegada he estado como para no darme cuenta de que está preparándose cada día un poco más?

Peor aún: ¿y si decide echarme en cuanto coja el cargo?

Me desanimo tan rápido que, cuando los abuelos sacan una sola cajita y la rompen, confirmando que hoy toca decorar el árbol, no tengo fuerzas para quejarme. Lo único que hago es suspirar mientras nos informan de que, al acabar la jornada, nos quedaremos algunos realizando esta labor tan importante y, por supuesto, yo estoy en la lista.

En realidad, debería intentar llevarme bien con Noah. Creo que sería la única forma de librarme de esta tortura navideña. El problema es que luego recuerdo todo lo ocurrido y... no soy capaz.

Mi enemistad con Noah Merry es algo que va más allá del suplicio de tener que vivir al máximo la Navidad. Es una cuestión de principios, aunque me fastidie.

Y vaya si me fastidia...

9

Noah

Aquí está pasando algo. No sé el qué, pero es algo importante. Olivia no ha protestado cuando mis abuelos han anunciado que vamos a decorar no uno, sino dos árboles. Y peor aún: durante la jornada laboral, no se ha dedicado a regodearse y mirarme con una sonrisita triunfante después de que ayer se saliera con la suya con el tema de la pimienta.

Es desconcertante, se sale del plan y no me gusta. Se supone que ella hoy tendría que recrearse en su pequeña victoria para que yo me enrabietara más y urdiera mi venganza con más ganas y motivos, pero me lo está poniendo difícil y así esto no tiene ninguna gracia.

Después de la jornada, cuando llega el relevo de los que tienen que participar, nos reunimos en el salón con mis abuelos, que disponen que lo mejor es que un pequeño grupo decore el de la entrada y otro, el del salón.

—Las chicas y yo decoraremos el de la entrada —dice Hattie de inmediato.

No entiendo bien el motivo hasta que Olivia protesta.

—Es más fácil de decorar. He visto que ya tiene las luces puestas.

—Deberías haber sido más lista, entonces.

—No creo que sea just…

—Oye, niña, te he visto correr por aquí con trenzas y sin dientes, ¿recuerdas? ¿De verdad estás dispuesta a enfrentarte conmigo por esto?

Si algo sabe todo el mundo en este hotel es que no merece la pena enfrentarse a Hattie por nada. Si no, que les pregunten a las chicas que trabajan para ella. Sí, sé que teóricamente trabajan para mis abuelos, pero si soy sincero, estoy temiendo el momento de tomar las riendas y tener que ser su jefe. Lleva años aquí, es un poco sargento, pero el caso es que, cuando se va de vacaciones, el sector de limpieza de habitaciones, que es de lo que se ocupa, se convierte en un auténtico caos donde reinan las discusiones, las cosas no se hacen a tiempo y siempre parece haber algún problema. Así que hemos llegado a un punto en el que, como nieto de Nora y Nicholas, pienso que Hattie no debería tener tanto control, pero como futuro dueño del hotel, creo que me da pánico que un día se le ocurra renunciar y dejarme solo. Es mejor estar en su barco, eso es algo que sabe todo el mundo, incluida Olivia. Motivo por el que se queda en silencio y permite que Hattie y su equipo vayan a la recepción a decorar.

—Bien, supongo que aquí nos quedamos nosotros —digo mirando a mis abuelos.

—En realidad, os quedáis Asher, Olivia y tú —dice mi abuelo—. Nosotros tenemos cosas que hacer, Avery puede librar hoy, Eva está todavía en la cocina y Roberto ya ha entrado en su turno. De cualquier modo, no son ellos los que tienen problemas de comportamiento.

—¿Y yo por qué? Últimamente me estoy portando genial —dice Asher.

—Cierto, pero contamos contigo para que hagas de árbitro en caso de que las cosas aquí se… descontrolen. Aunque confío en que os vais a comportar como las personas adultas que ya sois.

—La mirada que me dedica mi abuela es un poco indignante.

—No hay ningún problema —digo—. Nos ocuparemos y estará perfecto en un abrir y cerrar de ojos.

Olivia no protesta, aunque solo hay que mirarle la cara para saber que no está muy conforme con esto y yo vuelvo a preguntarme qué me estoy perdiendo.

Al final, todo el mundo se marcha y, cuando ya estamos los tres a solas, Asher entrelaza sus dedos, los lleva al frente y los hace crujir de un modo asqueroso.

—Tío… —me quejo.

—Cuidadito, Noah. —Sonríe con suficiencia y cuadra los hombros—. No te quejes mucho, porque ahora soy tu jefe.

—¿Qué dices?

—Tus abuelos han dicho que soy el árbitro.

—Eso es una chorrada. Una metáfora de…

—Metáfora o no, si voy ahora mismo y cuento que Olivia y tú estáis discutiendo, ¿quién tendrá más problemas? —Lo miro mal y se ríe—. Pues eso mismo pensaba yo. De momento, lo mejor que podéis hacer es desenredar y colocar las luces del árbol.

—Acabemos con esto cuanto antes —murmura Olivia dirigiéndose a una de las enormes cajas que hay junto al árbol—. Hay dos juegos —dice sacándolos—. Uno es de colorines y el otro en tonos cálidos. Voto por los cálidos.

—A mí me gustan más de colorines —digo—. ¡Es Navidad! Tiene que ser alegre.

—Que te dé un ataque epiléptico mirando lucecitas no es muy alegre.

—No he conocido a nadie que se haya muerto por mirar luces navideñas, Olivia —le digo sonriendo antes de arrebatarle el juego de luces de colores—. Pondremos estas.

—¿Entrenando para ser un jefe abusón y que no oye a sus empleados? Y yo que mantenía la esperanza de que hubieras aprendido algo de tus abuelos.

—Eh, que soy muy buena persona.

—Sí. —Suelta una risita que me enerva, porque pretende ser insultante y vaya si lo consigue—. Deberíamos vestirte del niño Jesús y ponerte en un pesebre viviente.

—Dios, pagaría por verte en pañales en un pesebre —murmura Asher.

—¿No se supone que tú eres el árbitro? —me quejo.

—¿Y qué?

—Los árbitros son imparciales.

—Supongo que diría algo en caso de que Olivia sacara una pistola y te obligara a hacerlo, pero solo ha sido un comentario, hombre. —Se gira hacia Olivia y la mira un tanto cauteloso—. No tendrás por ahí una pistola, ¿verdad?

—¡No! Pero ¿qué…?

—Vale, vale, yo qué sé, joder. La gente está muy loca últimamente.

Esta vez quien pone los ojos en blanco soy yo.

—Vamos a poner las malditas luces, ¿de acuerdo?

—Pondremos las cálidas —insiste Olivia.

—Oye, no puedes orden…

—Oh, mierda —me interrumpe Asher.

Me empuja cuando estoy a punto de estirar las luces de colores sobre el árbol para salir vencedor y se mete en el hueco que queda entre el árbol y el ventanal que da a la calle, donde una mujer se queda mirándolo un poco desconcertada.

—¿Qué haces, joder? —pregunto.

—Sssh. Esa chica que viene para acá —susurra—. Tenéis que hacer que se marche.

—¿Qué? ¿Quién…?

—Hola, buenas tardes. —La susodicha en cuestión entra en el salón con una sonrisa dulce y educada—. ¿Habéis visto a Asher? La chica de recepción me ha dicho que estaba por aquí.

—¿Asher? —pregunta Olivia—. Aquí no trabaja ningún Asher.

—¿Cómo que no? —Se ríe y niega con la cabeza—. Claro que sí. Me sirvió una copa en el bar anoche mismo.

Me temo que le sirvió algo más que una copa, a juzgar por lo que dice y, sobre todo, por lo que no dice. Su sonrisa esperanzada, el interés por volver a verlo hoy…

—Lo que mi compañera quiere decir es que este no es su turno —le digo.

—Pero en la recepción me han dicho…

—Se han debido de confundir. Hemos tenido cambios de última hora. Asher estará sirviendo mesas un poco más tarde en la zona de coctelería. —Me acerco a ella, aparto las luces a un lado, pues todavía las tengo sujetas, y le tiendo la mano—. Noah Merry, encantado. Soy el nieto de los dueños del hotel.

—Oh, encantada. Soy Stephanie. Anoche… Yo… —Se queda en silencio, procesando esta nueva información, y al final sonríe y niega con la cabeza—. ¿Sabes qué? No importa. Me hospedo aquí, así que pasaré más tarde para tomar una copa y lo esperaré justo donde has dicho. ¡Gracias!

Se marcha mientras la miro y, cuando sale, voy hacia la entrada y encajo las puertas correderas que dan acceso al salón para hacerlo un lugar más íntimo. Cualquier huésped puede abrirlas, pero supongo que al menos no nos verán desde la recepción. Me giro y miro mal a Asher, que juguetea con unas ramitas del abeto para evitar mi mirada.

—Pensé que esto ya lo habíamos hablado —le digo en tono serio—. Asher, no puedes ir acostándote con nuestras huéspedes.

—Oye, que no nos acostamos —me dice muy serio—. Las mamadas en el baño no cuentan.

—¡Claro que cuentan, joder! —exclamo enfadado.

—Bueno, ya está. Asher es un imbécil mujeriego, no es nada nuevo —dice Olivia.

—Te agradecería que no te metas cuando intento aplicar las normas de la empresa —le contesto a ella, molesto.

Olivia me mira muy seria y un tanto sorprendida, lo que a su vez me desconcierta. Para ser sincero, estoy esperando a que me mande a la mierda, que es algo muy propio de ella, pero solo asiente una vez y cuadra los hombros en una actitud rígida que no me gusta nada.

—Me olvidaba de nuevo de que eres el jefe, así que, como tú digas. ¿Podemos decorar el árbol, por favor? Me muero de ganas de salir de este ambiente tan estrictamente profesional.

Frunzo el ceño mientras ella se vuelve hacia la caja. ¿Qué demonios significa eso? Quiero preguntar, pero Asher se apropia de la conversación. Bueno, de la conversación y de los adornos. Al parecer, está muy agradecido con Olivia por haberlo defendido, así que, pese a ser mi mejor amigo, se pasa los siguientes cuarenta y dos minutos alabando el modo en que Olivia decora y diciéndole que él siempre supo que, de los dos, ella era la buena. Incluso quita las luces de colores que yo estaba poniendo y coloca las cálidas que quería ella.

—Me hablaba mal de ti, pero yo nunca le hacía caso.

—¡Eso es mentira! —exclamo.

—¿Qué parte? —quiere saber Olivia—. ¿La de que hablabas mal de mí o la de que nunca te hacía caso?

Aprieto los dientes. No puedo admitir que es la segunda porque entonces quedaré como un gilipollas. Asher sonríe porque también lo sabe. Menudo imbécil está hecho. Este no vuelve a dormir en mi casa ni aunque me ruegue de rodillas.

—Vamos a terminar con esto, ¿de acuerdo?

Ella no contesta y eso, de nuevo, me pone en alerta. De hecho, decoramos el árbol en un silencio tan riguroso que es bastante incómodo. Al menos hasta que ellos deciden volver a las andadas y, de pronto, se comportan como los mejores amigos del mundo cuando la realidad es que a Olivia siempre le ha caído mal mi amigo. Hubo un tiempo en el que incluso me recriminó que pareciera que él era más amigo mío que ella. Ahora ya no hay dudas, pero en ese entonces contesté todas y cada una de las veces que no dijera estupideces. Nadie era más amiga mía que ella…

Al final, el árbol queda bastante bonito. Los adornos son elegantes y conjuntan con el salón. Si me preguntaran a mí, diría que son incluso un poco fríos, pero es que yo guardo el recuerdo de un árbol cargado de manualidades y guirnaldas de palomitas hechas en casa y, sinceramente, no hay nada que supere eso.

Claro que evocar eso duele tanto que prefiero que este sea del todo distinto. Así no trae recuerdos. Si algo he aprendido en la vida es que es mucho mejor vivir así: ignorando todo lo que nos ha dolido tanto como para dejarnos una cicatriz imborrable.

Al final Olivia recoge su bolso, hace una foto al árbol y la envía a alguien. Quiero preguntarle, porque es raro en ella, que tanto odia la Navidad, pero me recuerdo justo a tiempo que lo que Olivia haga no es asunto mío. Su vida le incumbe solo a ella, por mucho que antes eso no fuera así. Se marcha después de despedirse y yo me quedo aquí, junto a un árbol adornado a la perfección que no me dice absolutamente nada y un amigo que me traiciona en cuanto se le presenta la oportunidad.

—Tío, ojalá no tuviera que trabajar. Tengo el ánimo indicado para salir de fiesta.

—Pues me temo que eso no es posible —le digo de mala gana—. Ponte a trabajar y recuerda que Stephanie se pasará por aquí esta noche. Más te vale disculparte y no dejar en mal lugar al hotel.

—Venga, Noah…

—Hablo en serio, Asher. Puede que seas mi mejor amigo, pero no voy a tolerar más que tu comportamiento en el trabajo embarre el negocio de mi familia. Y, si eso te hace unirte a Olivia para crear un grupo de odio oficial hacia mí, me parece perfecto.

—Estás un pelín rencoroso.

—No, es que tú te has pasado de idiota. Y esta noche no se te ocurra venir a casa a dormir.

—¡Venga ya! —Esta vez su indignación es real—. ¿Y dónde voy a dormir?

—¿Qué te parece la calle? Es un buen sitio para reflexionar.

—Eso es cruel, tío.

—Y dejarte dormir en mi casa de gratis y que encima te portes así es de imbécil. No sé yo qué es peor.

Me marcho a casa cabreado, no tanto con él como conmigo mismo, porque estoy lo bastante arrepentido de haber dicho esas palabras como para saber que le escribiré y le diré que venga a dormir a casa, aunque sea un mensaje escueto y frío. Pero no lo haré ahora. Al menos voy a dejarle pensar durante un par de horas que no tiene dónde dormir, a ver si así se pone las pilas.

Y en cuanto a Olivia...

Nada, joder, en cuanto a ella nada. No es asunto mío. A ver si me lo meto en la cabeza de una maldita vez.

10

Olivia

3 de diciembre

Llego al trabajo cansada después de una noche intensa, y no para bien. Mi hermana Zoe, la pequeña, se despertó con pesadillas y se coló en mi cama, lo que hizo que Angela se despertara y también viniera con nosotras. Adoro a mis hermanas, pero las noches que deciden dormir conmigo son un suplicio porque, por más que lo intento, no consigo descansar teniendo tantos brazos y piernas moviéndose de un modo constante. Sería más sencillo si se quedaran quietas, o si yo misma no necesitara moverme varias veces a lo largo de la noche.

Me he levantado con dolor de cuello, sueño y mal humor, aunque esto último es una extensión de mi personalidad en los últimos días. No ayuda en nada que, al llegar al hotel, me encuentre con Avery sentada ya en la recepción, en pleno directo y charlando como si se hubiese levantado entre sábanas de seda y rosas. ¿Cómo puede estar tan guapa tan temprano? Yo apenas he atinado a ponerme un poco de rímel y pasarme el cepillo por el pelo. El flequillo que me corté hace unos meses en un impulso y por mi cuenta ha decidido, un día más, no quedarse en su sitio, así que es como si me hubiera puesto rulos por la noche y cada mechón fuera en una dirección. Solo quiero tomarme una aspirina para el dolor de cabeza y dormir cinco o seis horas. ¿Es tanto pedir?

—¡Aquí está mi compi! —Avery da la vuelta al teléfono con tanta rapidez que no consigo apartarme a tiempo—. Y viene tan resplandeciente y sonriente como siempre.

—Que te jodan, Avery.

Mi compañera suelta una risa que dejo atrás mientras voy hacia la cocina. Eva entraba hoy un poquito antes que yo, como suele ocurrir. Cuando me sonríe y me señala la cafetera, ya prendida y con el glorioso café preparado, la abrazo con rapidez.

—Angela y Zoe se mudaron de madrugada, ¿no? Las oí corretear por el pasillo.

—Mmm... Tus hijas son adorables, pero muy mala compañía para dormir.

Se ríe y carraspea de un modo que me hace achicar los ojos.

—Son una bendición, ¿no es verdad? Me alegra tanto que las quieras de ese modo.

—¿De qué otro modo podría quererlas? Son mis hermanas. —Ella se emociona y yo frunzo el ceño—. Eh, Eva, ¿qué ocurre?

—Ay, regalito, hay algo que deberías saber.

Ignoro el apelativo cariñoso y pongo todo mi esfuerzo en no poner mala cara, porque de verdad parece agobiada. Ahora que me fijo, sus ojeras deben ser más profundas que las mías. No parece que sea algo de una sola noche. Es como si llevara días sin dormir bien y no entiendo cómo no me he dado cuenta antes. De inmediato, pienso que he estado tan ocupada pensando en lo mucho que odiaba toda esta pantomima de la Navidad que no he prestado atención a lo realmente importante.

—¿Estás enferma? —pregunto asustada—. ¿Es grave?

—No me estoy muriendo —confirma de inmediato, haciendo que el alivio recorra mi sistema nervioso—. No es eso, pero es que... es que...

—Suéltalo, Eva, me estás poniendo de los nervios.

—Estoy embarazada. —Por un momento es como si no entendiera lo que dice. Como si las palabras no consiguieran atravesar mi cerebro para hacerme comprender el significado—. No sé cómo ha pasado. Estábamos bien así, tu padre y yo no pensábamos tener más porque es sacrificado y cansado, y... y no sé cómo ha pasado —repite.

—A ver, yo tengo una idea del cómo, aunque no me guste pensar en ello. —Eva se tapa la cara con las dos manos y parece tan agobiada que la llevo hasta un taburete y hago que se siente—. Bueno, no te preocupes. Has pensado en todas las opciones, ¿no? Quiero decir, si no quieres tenerlo...

—Sí que quiero.

La miro sin comprender y niego con la cabeza.

—Vas a tener que ser más específica conmigo, Eva, porque dices que quieres, pero a la vez dices que no estaba planeado y estás llorando, así que...

—No estaba planeado, eso es cierto. Teníamos claro que estábamos bien con tres hijas que nos llenan de felicidad, pero ha pasado y... y no soy capaz de deshacerme de este embarazo, aunque por mi edad ya sea arriesgado y...

—Oh, vamos, no eres tan mayor.

—Tengo cuarenta y tres años. Según internet...

—Según internet todo el mundo tiene cáncer, aunque solo sea un resfriado y, dependiendo de las páginas en las que te metas, la tierra es plana, así que no hagas caso de esa mierda y ve a un médico de verdad. No eres la primera mujer de más de cuarenta que tiene un bebé y no serás la última.

—¿No crees que es una locura?

Me mordisqueo el labio inferior. A ver, el apartamento en el que vivimos no es una mansión y, de hecho, no hay espacio para una cama más, lo que plantea una problemática y a la vez una solución. Hace tiempo que pienso que debería buscar algo solo para mí y mudarme, pero no lo he hecho porque sé que Eva y mi padre se pondrán muy dramáticos. Ahora, sin embargo... Es evidente que todos no cabemos y, cuando llegue el bebé, estaremos muy faltos de espacio. Aun así, no digo nada de esto, porque son problemas menores en comparación con el agobio que siente, de modo que niego con la cabeza y sonrío.

—Será un bebé muy querido. No solo por papá y por ti, sino por sus hermanas mayores. Si quieres tenerlo, Eva, deberías hacerlo.

—Tu padre no lo sabe. —Sus ojos se llenan de lágrimas y a mí se me acelera el pulso—. No sé cómo decírselo.

—Bueno..., ¿qué te parece si esta tarde me llevo a las peques de paseo y habláis tranquilamente del tema?

—¿Harías eso?

—Haría lo que fuera por ti. Por vosotros.

Ella se emociona y me abraza con tanta fuerza que me cuesta un poco respirar.

—Eres la mejor hija que alguien podría desear.

Sonrío, pero lo cierto es que no sería capaz de admitir en voz alta lo agradecida que me siento por tener a Eva, porque sé bien que mi madre biológica no piensa así. Y digo biológica para diferenciarla de Eva porque puede que a ella no la llame «mamá», pero es un hecho irrefutable que ha ejercido como tal y ha cubierto mis necesidades emocionales mucho mejor que la que me parió.

Cuando por fin se calma, consigo mi preciada taza de café y salgo de la cocina pensando en lo que acaba de pasar y, sobre todo, en lo que está por venir. Tan distraída estoy que no reparo en la presencia de Noah hasta que me tropiezo con él.

—Joder, perdona —digo apartándome y cerciorándome de que no le he salpicado de café.

—Tranquila, iba a por un poco de eso mismo —dice señalando mi taza—. Buenos días.

—Buenos días —murmuro.

Lleva un traje. Uno de verdad. Nada de pantalón vaquero y jersey, no. Se ha puesto un traje que le queda como un guante y me hace pensar en él como en un jefe de verdad. Frunzo el ceño. Mierda, esto cada vez se confirma más.

—¿Lista para otra jornada navideña en este nuestro querido hotel? —Respondo algo parecido a un gruñido y se ríe—. Esa es mi chica.

Arrugo la nariz de inmediato. Esa elección de palabras…

—¿Por qué llevas traje? —pregunto sin poder contenerme.

—Quiero impresionar a una huésped que me tiene medio enamorado.

—¿En serio? —pregunto en un tono de voz demasiado alto.

—No, joder —se ríe—. Tengo una reunión con mis abuelos y los abogados para un tema del hotel. Voy a tomar café, acudir a la cita y, en cuanto pueda, cambiaré esto por un vaquero y una sudadera.

Estoy a punto de contestar «mucho mejor», pero me paro justo a tiempo. ¿A mí qué me importa cómo vaya vestido? Como si yo misma no llevara uniforme a diario. De verdad, es que a veces soy lo peor. Asiento, intentando no ceder a la curiosidad y preguntar por qué tiene que reunirse con los abogados, eso no es asunto mío, como tampoco lo es su maldita vestimenta, así que lo rodeo para ir hacia la recepción.

—Pues hasta luego —murmuro.

—Hasta luego —responde—. Por cierto, a la hora del almuerzo nos reuniremos en la recepción para abrir la casita con la actividad del día. —Vuelvo a gruñir, pero esta vez no se ríe—. ¿Algo que objetar?

Decidido. Tener a Noah de jefe va a ser peor que tener un grano constante en el culo.

—Nada, estoy deseándolo.

—Eso pensaba yo. —Sonríe de un modo tan falso que siento impulsos de apretarle las mejillas para que deje de hacerlo. ¿Cómo de mal estaría hacer eso? Coger sus bonitos mofletes entre mis manos y apretarlos hasta que el hoyuelo de su barbilla se profundice mucho más de lo que ya lo hace.

Sonrío mientras me dirijo a la recepción. Hay algo sádico en todo esto, estoy segura, pero no pienso pararme a pensarlo.

La mañana pasa volando. La entrada de un grupo de suecos deseosos de explorar Nueva York estos días nos tiene distraídas durante un buen rato. No solo por tener que registrarlos, ofrecer instrucciones de comidas y actividades cercanas, sino porque muchos de ellos son... guau. O sea: viva Suecia.

Tan distraída estoy con uno en concreto, de nombre Gunnar y de aspecto esplendoroso, que no me percato de que casi todos sus compañeros ya han subido a las habitaciones. Él sigue haciéndome preguntas acerca de las luces navideñas de los árboles, el sirope de las tortitas por la mañana y las alfombras de los pasillos.

—Me encanta la Navidad. ¿Y a ti? —pregunta.

—Por supuesto, es muy bonita. —Oigo una risa de Avery y deseo como nunca tener el don de dar patadas invisibles, pero no se me concede—. Si necesita algo, puede llamar a recepción en cualquier momento.

—¿Cualquier momento? —Su sonrisa denota que ha ido más allá de la relación profesional de cliente y trabajadora, pero a mí no me importa, porque tiene unos ojazos azules, es altísimo y...

—Olivia, ¿te queda mucho? Tenemos que reunirnos.

La voz de Noah hace que me sobresalte y lo mire un tanto confusa. ¿Cuándo ha llegado? ¿Y por qué parece enfadado? Miro a su alrededor y veo a Asher y algunos más. Pues sí que ha tenido habilidad Gunnar para distraerme...

—No, ya casi acabo. —Carraspeo y le doy al sueco un par de panfletos más—. Lo dicho, si necesita cualquier cosa, no tiene más que pedirla.

—Lo haré. —Se marcha sonriendo, no sin antes guiñarme un ojo y hacer vibrar prendas de mi vestuario que no están a la vista. Y no diré más del asunto.

—Uy, Olivia, ¿tienes algo que contarnos? —pregunta Asher riéndose—. Joder, si venimos un minuto más tarde, te encontramos empotrada por el vikingo ese.

—Dios, ¿te imaginas? —pregunta Avery riéndose—. A nuestros seguidores les habría encantado.

Me doy cuenta entonces de que vuelve a enfocarme con su teléfono y casi con toda probabilidad nos ha estado grabando a Gunnar y a mí en directo.

—¿Eso que estás haciendo es legal? —pregunto antes de mirar a Noah—. ¿Puede grabar a los clientes del hotel como si nada?

—No he enfocado al sueco, solo a ti y tu cara de...

—Bueno, vale ya —dice Noah de mal humor—. Vamos a hacer eso cuanto antes.

—¿Dónde están tus abuelos?

—En casa, cansados después de la reunión. Abriré yo la casita para sacar la nota. ¿Tienes alguna queja?

Quiero decir que sí, que no me fío de él, pero parece realmente molesto y ni siquiera sé por qué, así que decido escoger bien mis batallas: encojo los hombros, sonrío y niego con la cabeza.

—Ninguno en absoluto, jefe.

11

Noah

Rompo la cajita ante la atenta mirada de Olivia, Avery, Asher y algunos trabajadores más. He salido de mal humor de la reunión en la que nuestros abogados prácticamente me han dicho que debemos poner en orden el traspaso del hotel antes de que mis abuelos mueran. ¡Como si estuvieran a punto de hacerlo! Ya sé que están mayores, puedo darme cuenta, pero tener que empezar a hacer este tipo de cosas solo porque están empeñados en que es mejor así, en vida, me pone enfermo. No quiero pensar en que van a morir en un límite determinado de años que se acorta cada vez más. No quiero, pero al parecer no puedo decidir lo contrario, así que solo me queda acatar y respetar sus decisiones, aunque no me gusten.

Salir de mal humor y encontrarme con Olivia tonteando con un huésped no ha mejorado mi día. No es porque me importe, ella puede hacer lo que quiera en su tiempo libre, pero es un huésped y ya soporto bastante con Asher y su forma de romper las reglas como para que se una ella. Pienso tener una charla al respecto, pero ahora mismo solo quiero abrir la casita y que cada uno continúe con su trabajo. Eso hago.

Saco la nota correspondiente y leo:

—Debes decirle algo bonito a la persona con la que peor te lleves antes de que acabe el día.

—¿Solo eso? —pregunta Asher—. ¡Es fácil! No me llevo mal con nadie.

—¿Estás seguro? —Avery lo mira enarcando una ceja—. Porque puedo nombrar a dos compañeras como mínimo que dirían lo contrario.

—Yo no me llevo mal con nadie. Si ellas se llevan mal conmigo es otra historia.

—Claro. —Pongo los ojos en blanco—. En fin, la parte buena es que hoy nadie tendrá que quedarse más tiempo porque esto se puede hacer en cualquier momento.

—Aunque odie que me saques en redes sociales sin mi consentimiento, creo que eres buena persona y siempre estás dispuesta a ayudar a los demás.

Todos nos quedamos en silencio ante las palabras de Olivia dirigidas a Avery. Esta tiene la boca abierta y una mano sobre el corazón, como si acabara de apuñalarla justo ahí.

—¿Estás de broma? ¿Yo soy la persona con la que peor te llevas? —El espanto en su voz es tan patente que me da cierta lástima.

No es ella. Ni de lejos. Soy yo, pero la muy cabezona no piensa admitirlo porque con toda probabilidad preferiría clavarse alfileres en los párpados antes que decirme algo bonito.

—No es algo personal —responde Olivia—. Es por tu obsesión con TikTok.

—Pues deberías saber que estamos ganando bastante audiencia.

—Sí, ya… —contesta riendo entre dientes.

—Tenemos casi cien mil seguidores nuevos.

Me quedo a cuadros con el dato. Ni siquiera sé cómo reacciona Olivia, porque de pronto lo único que puedo pensar es en que Avery ha conseguido enganchar a casi cien mil personas a la dinámica de este hotel y eso, de alguna forma, debe ser bueno, ¿no? Puede traducirse en futuros huéspedes.

—Pues felicidades —suelta Olivia en tono seco, sacándome de mis pensamientos—. La gente nos conocerá por ser los trabajadores de hotel que peor se llevan de la historia. Qué honor, ¿eh?

A ver, eso ya no me gusta tanto…

—Gracias —responde Avery con una sonrisa—. Por cierto, ayer en el directo de la tarde, la pregunta que más se repetía era qué había pasado entre Noah y tú para que os llevéis tan mal, así que creo que sería buena idea preguntarle a nuestra audiencia si piensa que yo soy la persona con la que peor te llevas. Me apuesto lo que sea a que van a votar otra cosa.

—Ni se te ocurra, Avery —dice entre dientes.

—¿Por qué no? Me parece injusto que me acuses de ser la persona con la que peor te llevas. Es mentira. ¡Sé muy bien que es mentira!

—Oye, si te digo que eres con la que peor me llevo, tienes que aceptarlo y punto. ¡No puedes saber cómo me siento yo!

—¡Pues vale! Tú también eres la persona con la que peor me llevo, que lo sepas.

Es mentira, es evidente. Si a alguien se le dificulta este juego es a Avery, porque creo que se lleva bien con todo el mundo.

—Muy bien, pues tienes que decirme algo bonito —replica Olivia.

—Vete al infierno.

—Vas a tener que probar de nuevo.

Avery enrojece de tan enfadada que está. Se nota sobre todo cuando corta el directo que mantenía hasta ahora y se mete el teléfono en el bolsillo.

—¿Sabes qué? Hasta ahora pensaba que no eras una mala chica. Me decía a mí misma que solo estás un poquito amargada, pero en el fondo tienes buen corazón. Ahora empiezo a dudarlo seriamente.

—No sabes cómo me apena oír eso —dice Olivia sonriendo.

Es una sádica. Casi parece que disfrute de cabrearla y estoy seguro de que quien no la conozca lo pensará. Pero yo he visto otras versiones de ella. Sé que tiene una sensibilidad que poca gente posee, que sufre a menudo con cosas que otras personas ni se plantean y que, incluso, puede ser tan dulce como la miel. A veces tengo que hacer un esfuerzo sobrehumano por casar a una Olivia con la otra, pero son la misma persona. Me obligo a recordarlo porque… porque es importante hacerlo para no acabar mal, muy mal, con ella.

Avery y Olivia se enzarzan en una discusión que corto en seco porque, después de todo, seguimos en horario de trabajo.

—Vais a tener que posponer vuestro intercambio de cumplidos hasta más tarde. No quiero que los huéspedes os vean discutir.

—Oh, cielos, deja ese tono paternalista, eres tan… tan…

Sonrío y me meto las manos en los bolsillos solo para cabrearla.

—Adelante, puedes empezar ahora conmigo. Avery, ¿por qué no inicias de nuevo el directo?

No tengo que decirlo dos veces. Avery es una mujer cargada de ira contra Olivia ahora mismo, así que tarda un suspiro en sacar el teléfono y retransmitir la escena en vivo.

—Eres… eres… ¡Arg!

—Guau, menudo don de palabras. —Olivia hace amago de responder, pero la corto—. En fin, tenemos todo lo que queda de jornada para decirle algo bonito a la persona que peor nos caiga. No es necesario que sea en público.

—Yo ya lo he hecho —insiste Olivia.

No le respondo. No me merece la pena. Todos nos vamos a trabajar y, esta vez, no vuelvo a ver a Olivia hasta horas más tarde, cuando la encuentro comiéndose una galleta fuera, en el patio interior. Hace un frío de mil demonios, aquí solo salen los clientes que fuman, en realidad, pero a Olivia siempre le ha gustado sentir el viento frío en la cara.

Quedan apenas unos minutos para que acabe nuestra jornada. Podría marcharme ahora, cuando ni siquiera me ha visto, y evitar lo que a todas luces podría ser otro conflicto, pero soy un hombre con una misión y, al contrario que ella, yo sí soy sincero con lo que siento. No quiero saltarme el calendario de mis abuelos porque tengo la absurda convicción de que, el día de mañana, quiero recordar toda esta locura con la certeza de haberlo hecho por ellos. Sin engaños y sin trapos sucios. Por esto tengo que admitir que, ahora mismo, Olivia es la persona que peor me cae del hotel. Odio que sea así, pero eso no hace que la situación cambie. Me acerco por detrás justo cuando le da un bocado a su enorme galleta. Se ha puesto un gorro de lana que le tejió Eva hace años. Es de colorines y tiene un pompón enorme. Es un tanto infantil y hace un contraste enorme con su abrigo negro y su actitud de Miércoles Addams. En realidad, mirarla justo ahora es como ver a las dos Olivias que he conocido en mi vida mezcladas en una sola persona. Debería carraspear, hacerle notar que estoy aquí, a escasos pasos de ella, pero no lo hago.

Por el contrario, doy un paso más, acerco mi boca a su oído y susurro:

—Sigo pensando que eres la mejor hija y hermana que cualquier persona pudiera desear.

Ella se sobresalta, se gira y me mira con los ojos tan abiertos que, por un instante, casi siento el impulso de quedarme aquí, recreándome en el modo en que el tono miel de sus iris se oscurece por la sorpresa.

Trago saliva, porque de pronto tengo la boca más seca de lo que debería y doy un paso atrás. Ya está. Lo he hecho. He dicho algo bonito, así que me doy media vuelta y me dirijo a la puerta con la intención de marcharme a casa.

Sin embargo, su voz me detiene. Contaba con dejarla muda, que no dijera una palabra y salir de un modo un tanto dramático, pero, sin duda, triunfal. Demostrarle que yo sí soy lo bastante maduro como para acatar las normas de este estúpido juego. Pero Olivia, al parecer, tiene otros planes. Debí de suponerlo. Ella nunca actuará como yo creo. Siempre encontrará el modo de sorprenderme, para bien o para mal.

—Y tú eres un gran nieto. También fuiste un hijo increíble, Noah, y estoy segura de que ellos lo pensaban.

Trago saliva y no me giro. Creo que ella tampoco espera que lo haga. La primera frase puede entenderse como que ha admitido, por fin, que yo también soy la persona que peor le cae ahora mismo. La segunda... No sé con qué intención dice la segunda, pero sé cómo la recibo yo: como una puñalada.

Porque no es verdad. Que mis padres estén muertos no hace que yo pase a ser el hijo perfecto. Las cosas no funcionan así, aunque mucha gente crea que sí. Aprieto los dientes, acelero el paso y entro en el hotel solo para dar por finalizado mi turno y marcharme a casa. De pronto, todo esto del calendario de actividades me parece una estupidez y solo quiero abrir una botella de vino, beber y olvidar parte de lo sucedido hoy y prácticamente desde que tenía catorce años.

12

Olivia

4 de diciembre

Despierto sobresaltada cuando la música de Carlos Rivera llega hasta mi habitación a todo volumen. Me tapo las orejas con la almohada y pienso que los vecinos van a odiarnos un día más. La puerta se abre y mis hermanas entran gritando y riendo como locas.

—¡Vamos a tener un hermanito nuevo! —grita Zoe—. O hermanita, pero espero que sea hermanito, ya tenemos muchas chicas en casa.

—Yo quiero que sea una niña. Los chicos son un asco —sentencia Angela, que a sus tiernos ocho años está empezando a tener opiniones propias que no pienso rebatir, porque si me preguntan ahora mismo, diré que algunos chicos sí que son un asco.

Intento levantarme de buen humor, pero lo cierto es que no dejo de preguntarme cómo el puñetero Carlos Rivera puede con una balada hacerme sentir como si estuviera en un *after*.

Cuando salgo de la habitación con mis hermanas, el panorama es… interesante. Hay globos con helio pegados al techo y mi padre baila con Eva, que ríe a carcajadas en medio del salón mientras él canta (bastante mal, por cierto) la canción que suena.

Te soñé.
Presentí cada día tu mirada, tu llegada.
Me rendí ante el brillo de tu alma.
Sí, soy aquel que desde siempre te esperaba…

Eva parece feliz y enamorada, así que supongo que eso es lo importante, pero, si a mí un chico me cantara así cuando aún no he tenido tiempo de peinarme y lavarme la cara, posiblemente lo denunciaría. Supongo que es una muestra más de que esta parte agria la he heredado de la genética materna. Es curioso, porque no dejo de criticar a mi madre, pero a menudo veo actitudes en mí misma que me la recuerdan más de lo que me gusta admitir.

Debería llamarla, o al menos mandarle un mensaje, pero entonces recuerdo que ella no me ha llamado ni escrito y me enfado. ¿Por qué tengo que hacerlo yo?

—¡Mija! ¡Mija, ven, vamos a celebrar que seremos uno más! —grita mi padre acercándose con los brazos extendidos y la clara intención de que baile con él.

Mi primer impulso es negarme, pero entonces miro a Eva y recuerdo lo agobiada que estaba ayer por el tema del bebé. Se ve que ha esperado hasta esta mañana para contárselo, está emocionada y feliz y yo no quiero estropearle el momento, porque esa mujer significa mucho para mí.

Dejo que mi padre me guíe por el salón dando giros que no pegan nada con la balada que suena y acabo riéndome, porque es imposible no reír con mi padre.

—¡Hoy será un buen día! Lo sentencio.

Me río. A mi padre le encanta hacer eso. Sentenciar cosas imposibles porque asegura que así se cumplen. Yo no lo creo, pero supongo que es bonito que sienta que tiene un poder tan grande sobre el futuro y su propio destino. Si me paro a pensarlo, incluso es envidiable.

Me recreo un poquito en la música. Más de lo que pienso admitir en voz alta. Luego mi padre se empeña en hacer tortitas para desayunar. Mis hermanas tienen que ir a clase, pero aun así buscamos la forma de desayunar juntos. Hoy Eva, él y yo entramos en el turno de tarde y agradezco, una vez más, que Nicholas y Nora nos tengan el aprecio suficiente para ponernos los turnos en los mismos horarios. Soy consciente de que en otro trabajo no tendría esta suerte, aunque a veces me comporte como si no viera todas las ventajas que tengo trabajando en el hotel. Me pregunto si cuando Noah tome el cargo seguirá haciendo estas cosas. Una parte de mí piensa que sí, porque en realidad a él le da igual y sería de cretino no hacerlo. Otra piensa que Noah no me tiene un gran cariño y es posible que precisamente por eso se empeñe en ponerme las cosas difíciles.

Pienso en lo que me dijo ayer y vuelvo a sentir el mismo nudo en la garganta. No esperaba que tuviera el valor de venir a decirme algo, pero reconozco que fue un punto a su favor. Sé dar la razón cuando alguien es lo bastante valiente como para lanzarse a hacer algo que, a todas luces, no le gustó.

Lo sé porque yo estuve todo el día esquivándolo, convenciéndome de que había hecho bien al decirle mis palabras bonitas a Avery, pero sabiendo que, en realidad, era mentira. Todo el mundo sabía que era mentira.

El problema es que no sé si hice bien al decirle aquellas palabras a Noah. Y odio eso. Odio que todo lo relacionado con él sea tan complicado. Nunca sé si he dicho lo correcto o no. Y odio aún más ser consciente de que hasta no hace tantos años yo ni siquiera me paraba a pensar en ello porque con Noah simplemente era yo. Sin filtros. Y me sentía genial siendo así.

—Deberíamos ir pensando en la temática de la fiesta del nuevo bebé —dice mi padre en un momento dado, bajando la música y llamando mi atención—. Parece que no, pero un embarazo pasa demasiado rápido.

—Papá, faltan meses.

—Regalito, este va a ser mi último bebé, así que voy a ponerme intenso. Me voy a exceder en un montón de cosas y voy a ser aún más cariñoso que de costumbre. Y te lo digo ya para que luego no digas que no te avisé, ¿de acuerdo?

Me quedo un poco sorprendida, pero Eva suelta una risita que viene a decir que está de acuerdo con todo, así que solo me queda aceptarlo.

Desayunamos una torre inmensa de tortitas con todo tipo de salsas y luego me pongo ropa de deporte y decido salir a correr un poco.

Me arrepiento en cuanto piso la calle.

Nueva York en general es una ciudad que impresiona porque sabe venderse. Sabe cómo llamar tu atención en cada esquina con algo nuevo, así que no es de extrañar que se haya ganado la fama de ser increíble en Navidad. No hay una maldita calle que no tenga adornos, la música sale de según qué establecimientos y siempre es navideña, la gente camina cargada de bolsas y con una sonrisa que, en otras temporadas, no luce ni por asomo. De algún modo, esta ciudad se las ingenia para que las personas que no disfrutamos de todo este alboroto parezcamos ogros. Mi ceño se frunce más con cada Santa Claus que veo bailando en mitad de la calle solo porque sí, o pidiendo dinero, o anunciando que estará en el centro comercial a tal hora para recibir a los niños. Joder, creo que yo ni siquiera dejaría a un hijo mío acercarse a un señor que no conozco de nada para que se siente en sus rodillas. ¿Qué nos pasa? ¿Es que nadie más ve lo perturbador que es?

Justo mientras pienso en todo esto, recibo una llamada y me sorprendo al constatar que se trata de mi madre. A ver si mi padre va a tener razón y manifestar pensamientos funciona…

—¿Sí? —respondo, pese a saber que es ella, porque una parte de mí piensa que quizá se ha equivocado y quería llamar a otra persona.

—Tu padre me ha llamado para contarme la noticia —me dice—. ¿Otro bebé? Es sorprendente, desde luego.

Aprieto los dientes porque no me gusta su tono. Sé que no ha dicho nada del otro mundo, pero también sé la intención que hay detrás de cada una de sus palabras.

—Ellos están felices y eso es lo que importa —contesto—. ¿Me has llamado para eso?

—Te he llamado porque, según recuerdo, en ese apartamento el espacio no es que sobre. Con otro bebé en camino pasaréis de estar completos a estar saturados. ¿Has pensado en ello?

Por un instante, se me acelera el pulso y no es por el ejercicio que he hecho, que ha sido más bien poco. Claro que lo he pensado. Es evidente que ha llegado el momento de mudarme. Aun así, por una milésima de segundo contemplo la posibilidad de que mi madre lo esté diciendo para que me mude con ella. Por suerte o por desgracia, ella me confirma que no es así solo unos segundos después.

—Tendrás que buscar algo barato, porque tu sueldo no es nada del otro mundo, pero he pensado que podría avisar a June Anderson, ¿te acuerdas de ella? Estudiaste con su hija en el instituto.

Claro que me acuerdo de June Anderson. Su hija me habría hecho la vida imposible en el instituto si no llega a ser porque le paré los pies a tiempo demostrándole que le convenía más dejarme tranquila.

—¿Qué tiene que ver June en esto?

—Tiene una inmobiliaria que va bastante bien, lo que es una sorpresa, porque todo el mundo sabe el problema que tiene June con el alcohol.

Reprimo una protesta, otra vez. Mi madre, para ser una persona fría y en apariencia sin sentimientos, está al tanto de todos los cotilleos de la gente de su alrededor.

—No necesito que avises a June —le digo.

—¿Entonces?

—Entonces ¿qué?

—¿Qué harás? El tiempo pasa deprisa, no puedes dejar algo como buscar apartamento para última hora, Olivia. Debes ser responsable y ponerte ya a ello. Mirar qué zonas te convienen más, las conexiones con el transporte público y valorar la posibilidad de compartir vivienda para que te salga más accesible.

—Mamá, gracias por preocuparte, pero creo que puedo encargarme de ello yo sola.

Su silencio al otro lado de la línea me deja claro que se ha ofendido. Ella es así. Pretende llamar después de días sin saber nada de ella, decirme qué hacer con mi vida y volver a desaparecer. Al principio me hacía sentir culpable, pero ahora he aprendido a manejarlo, o eso creo. Intento que su actitud fría y distante cuando marco los límites no me afecte.

—Como quieras. Esperemos que no te veas durmiendo en el sofá cuando llegue el bebé y no tengas dónde vivir.

Me trago un nudo de resentimiento, porque la idea de decirle que tiene una jodida e inmensa casa en la que podría alojarme llegados a ese punto ni siquiera se me pasa por la cabeza. Aprendí hace mucho que mi madre me quiere a su manera, lo cual implica que no viva con ella porque valora demasiado su privacidad.

Cuando siento celos de que Kevin sí viva allí, me recuerdo que es posible que mi madre esté armando todo un plan para echarlo de casa en cuanto sea mayor de edad y enseguida se me pasa.

—Gracias por tu llamada, mamá, pero estaba a punto de empezar a correr, así que…

—Oh, claro, el ejercicio es bueno. Ya vamos hablando.

No espera a que me despida, cuelga la llamada y yo me quedo en medio de la calle congelada, porque ha empezado a nevar y, aunque llevo ropa de deporte térmica, no está hecha para estar parada en medio de la calle pensando en lo cansada que estoy del día de hoy, y eso que acaba de empezar.

13

Noah

—Voy a matarte.

El murmuro de Olivia no me asusta. Al contrario. Volvemos a retomar la dinámica que hemos tenido en los últimos años, esa en la que ya nos sentimos cómodos porque llevarnos bien es imposible, pero que me ignore, como el día que montamos el árbol, es inconcebible.

La actividad de hoy ha resultado ser un pequeño concurso de galletas de jengibre. Es casi media noche, las galletas de Olivia son un puto desastre y, en la única que se salva, he escrito con glaseado «Olivia ama a Noah». De ahí la amenaza y su cara de odio profundo.

—¡No puedes tocar mis cosas!

—Y eso lo dice quien metió pimienta en mis esferas de chocolate.

—Oh, Dios, hace un siglo de eso, Noah, supéralo.

—Hace literalmente tres días.

—¡Tres días a tu lado parecen un siglo!

—Qué bonito.

—Ya basta, chicos. —Mi abuelo nos mira muy serio, pero lo conozco tan bien que sé que intenta reprimir una sonrisa, así que el efecto no es el que él espera—. Estoy cansado de repetir que esto tiene como fin precisamente mejorar este tipo de situaciones.

—Este tipo de situaciones antes no se daban —dice Olivia—. Noah iba por su lado, yo por el mío y todos tan contentos.

—Eso es lo más sorprendente de todo esto. —Mi abuela suspira con cierta incredulidad—. Vosotros de verdad creéis que antes de esto ibais por vuestro lado, ¿no?

—No lo creo, era así —dice Olivia.

—¿Noah? —Mi abuela me pregunta y Avery enfoca su teléfono hacia mí. Estoy empezando a entender a Olivia y su odio a que sus momentos más reprochables se emitan en directo. Frunzo el ceño y la miro mal.

—Adelante, Noah: nuestro público espera una respuesta.

—Creo que se nos da bastante bien ignorarnos mutuamente.

La risa es colectiva y, por si no fuera lo bastante irritante, Avery hace señas hacia su teléfono.

—Aquí hay unos miles de personas conectadas que opinan distinto, y eso que no os veían antes. Lo cierto es que no dejáis de buscaros para haceros la vida imposible.

—Bah, poner un poco de glaseado en una galleta no es hacerle la vida imposible —me defiendo.

—¡Es que tú no tienes que tocar mis cosas!

—Y tú tampoco las mías, pero lo haces, ¿sí o no? —respondo—. Tocas todo lo mío sin pararte un maldito segundo a pensar que no va a gustarme.

—¿Que yo toco todo lo tuyo?

—¡Sí! —Reconozco que mi enfado es un poco exagerado, teniendo en cuenta que se supone que hoy el victorioso era yo—.

¡Tú, joder! Tú lo tocas todo. Siempre metes en todo con permiso y sin él.

—¡Pero si yo paso de ti!

—Olivia, estás obsesionada conmigo.

—¡Ja! —Su indignación crece tan rápido que la imagino como esos monstruos gigantes de las películas que avasallan ciudades y arrancan rascacielos sin ningún esfuerzo—. Noah Merry, eres el ser más mentiroso, falso y despreciable que he conocido en mi vida. ¡Y te odio!

Parece algo muy contundente, pero estoy acostumbrado a que me grite que me odia. No es la primera vez. Ni siquiera es la quinta o sexta. Olivia grita que me odia como mínimo una vez al mes desde hace años. Estoy listo para contestarle cuando Avery se me adelanta.

—Pues la mayoría de nuestros seguidores piensan que estás enamorada de él.

El silencio que se hace en la cocina es tan ensordecedor que hasta me siento un poco mareado. Miro a Olivia, que tiene los ojos como platos y mueve los labios, como intentando hablar, pero sin conseguirlo. De pronto, siento algo removerse en mi interior con una violencia que no entiendo.

—¿Enamorada? —Olivia echa el aire a trompicones, como si acabara de volverle después de haberse visto privada de él un tiempo, y suelta una carcajada que me hace fruncir el ceño—. ¡Enamorada!

Su risa aumenta no solo en volumen, sino en histerismo e incredulidad.

Algunos de los que nos rodean sonríen. Otros se ven visiblemente incómodos. Mis abuelos permanecen imperturbables, como si no quisieran mover ni un solo músculo de la cara para que nadie pueda acusarlos de haberse posicionado y yo... yo estoy enfadado. No sé por qué.

Bueno, sí, porque se ríe como una maldita gallina. ¡Y ya sé que las gallinas no se ríen, pero no me importa! Sé perfectamente lo que quiero decir y sé que... sé que... Dios, es tan frustrante, exasperante, irritante y un montón de cosas más acabadas en «ante» que solo puedo coger su galleta, esa en la que he escrito que me ama, y comérmela de un bocado. Luego me doy la vuelta y me voy, porque una parte de mí siente que esto es venganza suficiente y otra, aunque no quiera reconocerlo, tiene miedo de que me arranque la cabeza por haber osado comerme la maldita galleta.

Lo peor de todo es que, al llegar a casa, no dejo de preguntarme quién se supone que ha ganado el concurso.

14

Olivia

5 de diciembre

Descarto una opción más de la aplicación de alquileres que estoy usando para buscar piso. Aunque odie reconocerlo, mi madre tenía razón: este apartamento se quedará pequeño cuando llegue el bebé.

—Regalito, ¿qué haces? —pregunta mi padre sobresaltándome.

Me guardo el teléfono por instinto, aunque es absurdo. Hace mil años que no me revisa el contenido del móvil. Y, después de pensarlo un segundo, creo que lo mejor que puedo hacer es ser sincera. Tendré que hacerlo antes o después, así que ¿por qué no ahora?

—En realidad…, estaba buscando casa.

Mi padre, que acababa de coger la jarra del café para servirse una taza, se queda completamente inmóvil, con la jarra en la mano y mirándome como si de pronto me hubieran salido cuernos.

—¿Para qué?

—Bueno, papá, estoy a punto de cumplir veinticinco años.

—¿Y?

—Según las estadísticas, los jóvenes de Estados Unidos se independizan a los veinticuatro. Estoy a diez días de salirme de la norma y yo odio salirme de la norma.

—¿De dónde has sacado esas estadísticas?

Ni loca voy a reconocer que las he sacado de TikTok, porque me he hecho una cuenta a la que me he ido haciendo adicta a pasos vertiginosos. Anoche vi todos los vídeos de Avery y, para mi horror, tiene razón: nos hemos hecho famosos. Hablo en plural porque la cuenta es suya, pero el contenido está basado en todos nosotros. Los directos no los veo porque no se quedan guardados, pero en los comentarios de los vídeos sale mi nombre con tanta asiduidad que me siento abrumada y un poco asustada. No quiero que la gente hable de mi vida. ¡Es gente que no conozco! Y, aun así, la jodida Avery tiene algo a la hora de hacer los vídeos y narrar situaciones cotidianas del hotel que engancha. Si yo no he podido dejar de verlas y soy parte del «elenco», ya puedo imaginar por qué la gente tampoco puede.

—¿Regalito?

Mi padre sigue mirándome, esperando una respuesta y yo solo puedo carraspear y encoger los hombros.

—Internet, ya sabes.

—No deberías creerte todo lo que dice internet.

—Ya…

—Y respecto a lo de vivir sola, si es por el nuevo bebé…

—No, no es por eso —miento, pero entonces veo en su cara que sabe la verdad y me resigno—. Mamá me llamó ayer después de hablar contigo.

Su suspiro me deja claro que no le gusta eso, pero no me lo dirá a las claras. Si hay algo que mi padre hace bien es guardarse para sí mismo su opinión con respecto a mi madre. Lo ha hecho toda la vida, incluso cuando ha intercedido por mí en discusiones, no ha aprovechado nunca para hablarme mal de ella.

Ella, en cambio…

—Olivia, espero que seas muy consciente de que en esta casa no sobras ni vas a sobrar nunca.

—Lo sé, pero…

—Falta mucho para que nazca el bebé y, cuando lo haga, dormirá con nosotros en el dormitorio una larga temporada. No tienes de qué preocuparte.

Sé que lo dice de verdad. Mis hermanas pequeñas han dormido con ellos hasta ser más o menos mayores. De hecho, Zoe, la pequeña, aún se cuela en su cama de vez en cuando, aunque las dos prefieren colarse en la mía.

Aun así, desde que hablé con mi madre, no he dejado de pensar en el tema de independizarme. Con cada minuto que paso pensando en ello, siento que es lo correcto. Tener un espacio propio, un lugar en el que no sentir que desentono. No tendría que decorar en Navidad, por ejemplo, aunque eso haría que mi padre me diera muchas charlas. Podría levantarme tarde los días libres o acostarme a la hora que quisiera viendo series sin auriculares. Podría salir hasta tarde y volver sin preocuparme por hacer demasiado ruido. No sé, parecen tonterías, pero, de pronto, la independencia se me antoja bonita.

—No digo que vaya a irme mañana, pero no pierdo nada por ir mirando apartamentos. Creo que me gustaría experimentar cómo es eso de vivir sola.

Él abre la boca, pero la cierra de inmediato. Está claro que iba a decir algo que sabe que no me gustaría, así que, cuando vuelve a hablar, lo hace en un tono mucho más comedido.

—Bueno, está bien, pero no irás a ver ninguna vivienda sola. Nueva York no deja de ser una ciudad peligrosa en algunos sentidos y, además, necesitarás el consejo de alguien más. Prométemelo.

—¿Qué peligros crees que puedo correr? —pregunto con curiosidad.

—Olivia…

—No iré a ver ninguna vivienda sola —acepto—, pero no quiero que me agobiéis con tonterías.

—¿Tonterías?

—Ya sabes. Cosas del tipo: no puedes vivir aquí, fíjate en este suelo, no le va nada a tu tono de ojos.

Mi padre se ríe por primera vez desde que hemos empezado esta charla, lo que me alivia, porque odio que tengamos momentos de tensión.

—Prometo que intentaré no comparar el suelo con tus ojos.

—Ni nada por el estilo.

—Eso ya…

—¡Papá!

Se ríe más alto, lo que llama la atención de Eva, que entra en la cocina preguntando a qué viene tanto jaleo. Le contamos lo sucedido y, aunque se nota que no le gusta demasiado la idea de que me independice y se siente culpable, me anima a hacerlo si es lo que quiero.

Cuando salgo de la cocina para vestirme y prepararme para el trabajo, lo hago pensando que, aunque mi madre sea como es, la vida lo ha compensado poniendo en mi camino a mi padre y a Eva, así que creo que no puedo quejarme.

Ya en el hotel, por la tarde y cuando mi turno está terminando, empiezo a pensar que hoy nos darán la alegría de descansar del calendario de actividades, así que quizá sí haya merecido la pena la discusión con Noah ayer. ¿Fue un capullo? Sí, pero si consigo un día de libertad de actividades, casi estoy tentada de agradecérselo.

Para mi desgracia, las ilusiones no se mantienen todo el turno. Cuando apenas falta media hora para acabar, Nora y Nicholas llegan a la recepción y nos dicen que vamos a abrir la siguiente caja.

—Esperaremos a que llegue todo el mundo, aunque Noah no está hoy en el hotel.

—¿Y dónde está? ¿Significa eso que se libra? —Me doy cuenta de que tal vez las preguntas parecen demasiadas cuando todo el mundo se queda mirándome en silencio—. Lo que quiero decir es que no me parece justo.

—En su día dejamos claro que no todas las actividades serán para todo el mundo —dice Nicholas.

—Pero sí para la gente que se lleva mal y ayer vuestro nieto se llevó muy mal conmigo —insisto.

Mi padre me mira desde una esquina y entiendo en el acto que es hora de callarme.

El resto de mis compañeros llegan, Avery empieza a retransmitir en directo y todo parece ir más o menos como siempre hasta que leen el papelito del interior de la casita.

«Paseo en grupo por Dyker Heights para deleitarnos con las luces navideñas».

Tiene que ser una maldita broma. Dyker Heights es como Disneyland para la gente adicta a la Navidad. Es un barrio en Brooklyn que se vuelve completamente loco en las fiestas. Decoran las casas con tantas figuras y luces que llega a ser exagerado no solo para mí, que no me gusta la Navidad, sino para cualquier ser humano con sentido común. De hecho, se dice que en muchas casas ya ni siquiera son los dueños los que decoran, sino que contratan empresas que se encarguen de ello.

—¿Y cuándo vamos a esto? —pregunto.

—En cuanto acabe el turno —nos dice Nora—. Noah se encargará de conducir la furgoneta que usamos para trasladar huéspedes al aeropuerto, así que no tendréis que ir en transporte público.

Asiento, pero no consigo librarme de la sensación de estar a punto de vivir una noche caótica, estresante e interminable.

15

Noah

Conducir una furgoneta llena de compañeros cansados, irritados y con Avery armada con su móvil retransmitiendo en directo no es sencillo. Si encima llevas a las dos personas más importantes de tu vida dentro, es algo que no le recomiendo a nadie. De verdad, a nadie.

Mis abuelos intentan mantener la calma, pero lo cierto es que el trayecto hasta Brooklyn se está haciendo complicado y esta vez la culpa no es del todo de Olivia. A última hora se ha apuntado Faith, una chica que trabaja como camarera, igual que Asher. Y ese es el problema. Faith empezó trabajando para cubrir una baja de pocos días, y se lio con Asher pensando que era un chico encantador y dulce. En principio no podría parecer que hay tanto drama, pero es que mis abuelos se fijaron en que Faith es increíble como trabajadora. Tiene una gran disposición, se lleva bien con los clientes y es de las chicas que más propinas consigue, así que le ofrecieron un contrato más largo. Ahí es donde sí llegaron los problemas porque, obviamente, cuando Faith descubrió que Asher no es encantador y dulce solo con ella, se sintió engañada y ahora lo odia.

Faith ha estado desconectada del calendario de actividades hasta este momento porque llegó a pedir que le cambiasen el turno para no tener que trabajar con Asher nunca más, así que mis abuelos no quisieron arriesgar demasiado juntándolos en actos extralaborales. Cuando les recriminé que no tienen problemas en que Olivia los haga, alegaron que a ella ya la conocen lo suficiente como para saber que, por mucho que odie todo esto, no renunciará al trabajo. Con Faith no tenían esa certeza, pero hoy, cuando ha sabido que vamos a Dyker Heights ha dado un gritito y ha dicho que le encantaría ir. Al parecer, no ha estado nunca, ya que creció en un pueblo de Montana y es relativamente nueva en la Gran Manzana. Según mi abuelo, tenían la esperanza de que Asher se bajara del barco, pero mi amigo es demasiado lanzado. Yo creo que es simplemente estúpido, pero no he querido caldear más el ambiente.

Ahora estamos en una furgoneta en la que se han dicho cosas como «ojalá toques una bombilla y te electrocutes» y todo el mundo ha hecho como que no lo ha oído, pero sí.

La parte buena es que el foco en Olivia y en mí parece haber disminuido porque Avery encuentra esta nueva trama fascinante, pero eso es hasta que llegamos, aparco y pregunto si alguien necesita ayuda para bajar. Obviamente me refería a mis abuelos, pero Olivia me ha dicho que soy un machista y que las mujeres pueden bajar de la maldita furgoneta por sí solas. Podría haber aclarado la situación, pero no he querido porque me viene bien que mis abuelos vean que la única culpable de nuestra relación de mierda aquí es ella.

¿Es un plan infantil? Puede.

¿Me produce cierto placer aprovechar cada situación, por mínima que sea, para echarle las culpas de todo? Sin ninguna duda.

—¿Puedes creer que estoy nerviosa? —pregunta Faith a mi lado.

Sonrío. He hablado poco con ella desde que entró, pero parece una chica agradable. Lleva unas gafas enormes que cambia por lentillas durante sus turnos y el pelo rubio oscuro y largo.

—Es normal. Supongo que impresiona mucho cuando lo ves por primera vez —le contesto mientras recorremos las primeras calles.

—¿Tú has venido muchos años?

—Últimamente no, pero cuando era pequeño, mis padres solían traerme.

—Oh, ¿y cómo es que no han venido?

Trago saliva. Odio tanto esta parte que siempre olvido que me he acostumbrado a obviar tener que dar explicaciones y, cuando llega, no estoy listo.

—Oye, Noah, te apuesto lo que quieras a que puedo adivinar cuántas luces tiene este año la casa de Lucy Spata.

Me giro y observo a Olivia, con su pelo prácticamente negro, su flequillo hasta las pestañas y esos ojos marrones y profundos mirándome como si quisiera matarme, aunque haya sido ella la que ha iniciado la conversación. No sé si lo ha hecho a conciencia, pero sé que, en mi interior, le voy a agradecer siempre la interrupción.

—Venga ya, Olivia —me río—. Es imposible.

—¿Aceptas o no?

—No creo que las apuestas sean lo más saludable —murmura mi abuela—. Y menos entre vosotros dos.

—¿Quién es Lucy Spata? —pregunta Faith.

123

—Oh, fue la culpable de que el barrio hoy se vista así en Navidad —le digo—. En los ochenta, decidió decorar su casa de un modo, digamos, llamativo. Se dice que, en un principio, los vecinos no estaban muy de acuerdo, pero poco a poco se fueron sumando y hoy en día existe una competición no declarada para ver quién decora mejor los jardines. Eso sí, el de Lucy sigue siendo siempre el mejor, o al menos está en los tres primeros puestos.

—Lo que nadie puede negarle es que sigue siendo llamativa —sigue Olivia—. Te puede gustar más o menos, pero no pasa inadvertida y eso siempre es algo que tener en cuenta.

Abro la boca y la cierro justo a tiempo porque me doy cuenta de que estaba a punto de decir «anda, mira, como tú» y algo me dice que no iba a ser una frase bien recibida.

—¿Entonces? —digo después de tragarme mis palabras iniciales—. ¿Qué apostamos?

—Si me aproximo yo más, me regalas a Snow.

—Ni hablar —contesto riéndome.

—¿Por qué no?

—Es mi gato.

—Te odia.

—¡No me odia!

—Siempre está conmigo.

—Porque le das de comer mierdas que le encantan y no son buenas para su salud.

—No es verdad. Solo le doy chuches de gatos y, muy muy muy de vez en cuando, crema de cacahuete. Y para que lo sepas, incluso cuando no le doy nada, se viene conmigo. Me ha elegido, Noah, asume tu derrota y dámelo.

—No.

—Vale, ¿qué quieres apostar?

—Chicos, de verdad pienso que no es buena id...

—Déjelos, señora Merry —la interrumpe Avery—. No se imagina cómo están subiendo los espectadores ahora mismo.

Su teléfono nos apunta y soy consciente de que hay mucha gente esperando que nos decidamos. Veo el reto en la cara de Olivia, la conozco demasiado bien y no podrá pasar de esto, así que estoy tentado de sonreír.

—Si ganas tú, te quedas a Snow. —Sus ojos se abren tanto que siento que parte de su flequillo podría metérsele dentro. No es que no aprecie a mi gato, es que estoy seguro de que odiará la parte que aún no he dicho—. Pero si gano yo, pasarás una semana trabajando con Hattie, en vez de en la recepción.

La exclamación es colectiva. Avery se lleva la mano a la boca y parece espantada, mis abuelos me miran como si estuviera loco y yo solo puedo sonreír. No pretendo hacerla sentir inferior o algo así, no es eso. La mandaría con Hattie, aunque esta fuera la encargada de contar el dinero que entra en el hotel. Lo que quiero es eso, que esté bajo las órdenes directas de la persona más estricta y exigente del establecimiento.

—No puedo cambiar de puesto así como así —dice riéndose—. Habría que cambiar el contrato y...

—Oh, vamos, somos una empresa familiar. Estoy seguro de que podemos hacer que trabajes con Hattie una sola semana sin tener que modificar nada legal. —Ella me mira en silencio, un tanto impactada—. Claro que, si lo que tienes es miedo, podemos cambiar la apuesta y...

—Acepto.

—Querida, no hace falta que…

—Señor Merry, por favor, deje que esto ocurra. Los seguidores están subiendo tanto que podría hacerme pis en las bragas. —Avery suelta una carcajada y se enfoca con el teléfono—. ¡En serio, familia virtual, esto es grandioso!

Avery no se imagina lo harto que estoy de esa familia virtual suya, pero como ahora mismo lo importante es que Olivia ha accedido, solo puedo pensar en que tengo que ganar esto como sea. No pienso perder a Snow.

¿En qué cojones estaba pensando para hacer esto?

Ah, sí, en Olivia siendo esclavizada por Hattie. Es una imagen tan dulce que me he olvidado de todo lo demás.

Caminamos en un silencio tenso, creo que todos vamos pensando en lo que acaba de ocurrir. Quizá por eso me sorprendo cuando llegamos al número 1152 de la calle 84. Los cuarenta ángeles que Lucy puso en honor a su madre cuando esta murió parecen saludarme al llegar. Sé que son estatuas, pero de verdad siento que se ríen de mí a la espera de que pierda a mi gato por una apuesta estúpida. Cuando me enfrento a la fachada y al jardín, me doy cuenta del modo más patético de que es imposible averiguar cuántas malditas luces brillan aquí.

—¿Y bien? —pregunta Olivia.

Su sonrisa de listilla no me gusta, pero hay mucho en juego y sé que posiblemente lo hace porque está nerviosa, así que me lanzo.

—Este año hay 520 luces.

La risa de Olivia se intensifica. No es para menos. Yo no tengo ni puta idea y se nota, pero ella no es que esté mucho más acertada porque carraspea y, como siempre, habla solo para joder mi existencia.

—Yo creo que hay 522.

—Estarás de broma —le digo.

—En absoluto. Creo que hay 522 luces. Te has dejado sin contar aquellas. —Señala a un ángel que se supone que es navideño, pero da un poco de grima.

—Olivia, has dicho dos más que yo solo por joderme.

—Me ofende que digas ese tipo de cosas.

—Lo digo porque es verdad. ¡No puedes decir 522!

—¿Y qué puedo decir, según tú? Ilústrame, querido jefe, ya que parece que eres quien lo sabe todo.

La voy a matar.

—¡Bien! ¿Sabes qué? Voy a tocar en la puerta y a preguntar cuántas malditas luces hay aquí. Prepárate para una semana de esclavitud al lado de Hattie.

—Hazle la maleta a Snow porque hoy mismo se viene conmigo.

—¡Eva es alérgica a los gatos! —grito fuera de mí.

—¡Hay champús especiales o vacunas o algo! Y si no, lo encerraré en mi habitación y no saldrá jamás.

—Oh, eso suena muy saludable para un ser vivo.

—Tienes envidia porque tu gato me quiere más que a ti.

—No, lo que tengo es que estoy harto de tus ganas de retarme en todo y…

—Chicos, ¿vais a llamar o no? —pregunta Avery—. La gente se está poniendo nerviosa con el tema de la apuesta.

Me interrumpo para mirar a nuestra compañera. Luego miro a Olivia, que parece tan enfadada como yo. Subimos la escalinata hacia la puerta a zapatazos y de malos modos. Es muy evidente que los dos estamos tensos, estresados y enfadados, pero eso no nos impide esperar como dos idiotas a que la puerta se abra.

El problema es que no se abre.

Tocamos de nuevo. Y otra vez, pero nada. Finalmente asimilamos que, para nuestra vergüenza, es posible que no haya nadie en casa.

—Que alguien lo mire en internet —dice Faith con voz serena y dulce, intentando aportar un poco de claridad en todo este asunto—. Venga, chicos, tranquilos. Todo tiene solución.

—Eso es. Todo tiene arreglo —sigue Asher.

—Ojalá te mueras —murmura Faith, que se ve que lo de tener una voz serena y dulce le funciona con todo el mundo menos con mi amigo.

Asher abre la boca para contestarle, pero quien habla es mi abuela, que nos informa de que en internet tampoco aparece nada al respecto del número de luces que hay en la casa de Lucy Spata.

—¿Sabéis qué? Creo que no importa —dice Faith.

—¿Cómo que no importa? —pregunto.

—Bueno, hemos venido a ver un barrio maravilloso lleno de luces en Navidad. ¿Qué más da cuántas haya? ¿A quién le importa? Estamos aquí juntos, haciendo equipo. Eso es más importante, ¿no?

—Creo que tienes toda la razón. —Mi abuela sonríe orgullosa de Faith, que responde a su gesto.

Todo es precioso hasta que Asher propone hacer una foto de grupo y Faith dice que preferiría morirse antes que salir en una foto con él.

Al final, Faith se empeña en ser ella quien haga la foto de grupo para no tener que salir y lo hace. Posamos, la mayoría con cara de incomodidad. Cuando acabamos, Asher da un paso al frente y extiende la mano.

—Ponte tú. Haré una donde salgáis vosotros y yo no.

—No quiero que me toques —dice ella de mala gana.

—Pues echa el teléfono por los aires.

—No quiero que toques mi teléfono.

—Pues haré la foto con mi maldito teléfono, pero ponte de una vez.

Faith accede, por fin, y hacemos una segunda foto donde estamos todos, menos Asher. Toda esta situación se está volviendo surrealista a cada día que pasa. Miro a mis abuelos y me doy cuenta de lo mucho que les entristece todo esto, aunque no lo digan.

De pronto, me siento tan mal que es como si me quitaran las energías. Es así siempre. Peleo y peleo y peleo hasta que, en un momento determinado, siento que no tengo fuerzas para nada y me dejo llevar. En esta ocasión no es distinto, prefabrico una sonrisa y paseo por el barrio con todos los demás mientras pienso en volver a casa cuanto antes.

Al final, parece que la apuesta ha quedado anulada, y menos mal porque no sé en qué demonios estaba pensando para hacer algo tan estúpido como eso. Miro a Olivia de soslayo, que va perdida en sus propios pensamientos, como si intentara distraerse lo máximo posible para no tener que tomar conciencia de dónde y con quién está.

Tengo que alejarme de esta guerra con ella. Tomar un poco de distancia, porque me desestabiliza demasiado y eso no es bueno.

Nunca lo ha sido.

16

Olivia

6 de diciembre

Sonrío mirando mi gran obra y procuro que el orgullo no me desborde hasta el punto de tirarme de la silla en la que estoy sentada, pero es complicado, la verdad.

Estamos en casa de Nicholas y Nora, nuestro turno ha terminado, pero teníamos que hacer la actividad de hoy. No sé si será porque el paseo de ayer fue estresante al máximo o porque estoy empezando a acostumbrarme a esta dinámica, pero lo cierto es que no me ha sonado tan mal cuando nos han dicho que teníamos que hacer postales navideñas caseras.

No me gusta, obviamente, pero lo he llevado con un ánimo distinto al de otros días. Claro que eso, con toda probabilidad, es porque he aprovechado el momento para molestar a Noah. Podría parecer que estoy obsesionada con joder su existencia, pero no es verdad. Digamos que no estoy obsesionada, pero es algo que disfruto bastante.

El caso es que ahora no dejo de pensar que no pueden notar que siento un orgullo descontrolado. No puedo evitarlo, pero no es por mi postal (que no deja de ser un paisaje invernal bastante soso), sino por mi verdadera obra maestra. O sea, la postal de Noah, en la que ha hecho un Santa Claus con algodones y purpurina (que parece un poco drogado, si somos sinceros) y al que yo le he pintado cuernos, un tridente y un rabo en cuanto mi querido futuro jefe ha ido al baño.

Me siento eufórica, como cuando hacía una broma de pequeña y esperaba que el resultado estallara frente a todos. Casi noto en el paladar el sabor de la gloria cuando oigo sus palabras.

—¿Por qué le has pintado una polla a mi santa? —Lo miro estupefacta. Él tiene su postal en la mano y me la muestra de tal forma que todo el mundo puede verla—. Estás enferma.

Hattie y las chicas se ríen y yo siento que las mejillas se me enrojecen a la velocidad de la luz. Mi padre, que hoy se ha apuntado porque le ha parecido divertido, me mira espantado, y yo solo puedo apretar la mandíbula y mirar mal a Noah.

—No es una polla, es un rabo.

—¿Crees que llamarlo «rabo» lo mejora?

—¡Es un rabo de verdad! ¡De demonio!

Noah mira atentamente la postal y eleva las cejas. A ver…, no es mi mejor dibujo, pero no es fácil pintar con disimulo la postal de un compañero sin que los demás se den cuenta. O más bien, mientras los demás hacen como que no se dan cuenta, porque la sonrisita de Nora me vuelve a dejar claro que todo el mundo es consciente de nuestra guerra abierta.

—A mí me sigue pareciendo una polla.

—A lo mejor los demonios la tienen así —dice Asher que, para sorpresa de nadie, es incapaz de mantener la bocaza cerrada—. Tío, ojalá fuera un demonio.

—¿Crees que hay alguna chica en el mundo que quiera tirarse a alguien con un rabo así de largo? —pregunta Noah.

—¡Noah, por favor! —exclama su abuela.

—Perdón, abuela, pero reconoce que es peor lo de Olivia. Pintarle a Santa sus partes íntimas… ¿Qué clase de pervertida eres en realidad?

—¡Que te digo que no es una…! —Me enervo, dándome cuenta de que Noah está sonriendo. El cabrón está sacándome de quicio a conciencia y yo se lo estoy permitiendo—. ¿Sabéis qué? Da igual. De todas formas, esto es una estupidez.

—Oh, vamos. Hiciste esto para molestarme y resulta que estás molesta tú. —Noah se ríe, no le importa que lo esté fulminando con la mirada—. Reconoce que es gracioso.

—Gracioso sería que te cayeras por las escaleras y te golpearas lo bastante fuerte para no morir, pero sentir dolor algunos días.

—Se ha puesto siniestra. Eso es que la has molestado mucho —dice Asher.

—¡No me ha molestado! No tiene tanto poder. Ya quisiera.

—Yo creo que tengo todo ese poder y más.

—Lo que indica que tu ego es del tamaño de esta ciudad. Eso no sorprende, querido. Lo sorprendente sería que por una vez fueras humilde.

—Lo sorprendente sería que te comportaras como una adulta y no como una niñata resentida.

—¡Yo no estoy resentida!

—Bueno, chicos, ya vale. —Mi padre carraspea, bastante incómodo, y se frota la frente con cierto aire de cansancio antes de mirarme.

De pronto siento que vuelvo a ser una niña de siete años pillada en una travesura. Es increíble el poder que tiene este hombre para hacerse entender con solo una mirada. Quiero decir algo, de repente siento una necesidad urgente de defenderme y dejar claro que no he pintado las partes íntimas de Santa Claus. Joder, no estoy enferma, pero me doy cuenta de que su seriedad no viene solo de eso, sino de la discusión con Noah. Sé bien que no le gusta que mezclemos nuestra enemistad con el trabajo y este estúpido calendario, en vez de arreglarlo, parece que lo estropea más. Quiero decir algo, pero entonces Avery se me adelanta.

—No, por favor, Roberto, no los pares ahora. ¡Esto está que arde!

La miro y me pregunto cómo es posible que me haya olvidado de que estaba ahí, grabando. Supongo que es por la costumbre. Nadie lo diría, pero ha llegado un punto en que, simplemente, no reparo en que gran parte de mi día a día en el trabajo es retransmitido en redes sociales. Sigue pareciéndome mal, pero Avery cuenta con el beneplácito de los jefes y yo ahí no puedo hacer nada, salvo ignorarla.

Supongo que de tanto ignorarla ha llegado un punto en el que incluso olvido que me graba.

—Termina con tu postal, Olivia, nos vamos a casa.

La voz de mi padre suena del mismo modo que sonaba cuando estaba decepcionado o enfadado en una fiesta infantil, pero no quería reñirme delante de todo el mundo.

Carraspeo, tengo veinticuatro años, por el amor de Dios. Es ridículo que siga haciéndome sentir así, de modo que hago como que no me importa, termino mi postal navideña y hasta Noah acaba la suya. Me gustaría decir que borra el rabo de su Santa, pero no, se le ha ocurrido que es buena idea pegarle pompones encima.

—Ahora Santa tiene una polla de colores —dice Asher en un momento dado antes de revolcarse él solo de risa.

Nadie más se ríe, pero creo que no es porque no les haga gracia, sino por respeto a mi padre, que cada vez parece más tenso.

Salimos de casa de los Merry unos minutos después en silencio y permanecemos así hasta que llegamos a casa, donde Eva nos interroga con la mirada, pero ninguno de los dos dice nada.

Me doy una ducha, me pongo el pijama y, solo cuando estoy lista para encerrarme en mi habitación, mi padre me pide que me siente en el sofá, junto a él.

—Es que pensaba mirar…

—Algún día tendrás que dejar de hacer esto.

—¿Hacer qué? —pregunto.

—Huir de tus responsabilidades. Esquivar conversaciones incómodas solo porque sabes que tendrás que pedir disculpas.

—No creo que tenga que pedir disculpas por nada. —Mi padre eleva las cejas y yo me retuerzo las manos—. Noah tampoco es que se porte genial conmigo.

—¿Te das cuenta de que ese argumento deja de ser creíble cuando pasas de los diez años? Eres una mujer adulta, Olivia. Compórtate como tal.

—Papá, yo…

—Vas a conseguir que te echen, hija, y de verdad que me daría una pena enorme. Creo que pese a todo te gusta mucho tu trabajo, pero supongo que hay cosas que no puedo enseñarte por más que las vea venir.

—Papá…

—Eso es lo más complicado de ser padre: ver que tus hijos van directos a estrellarse y no puedes hacer nada por evitarlo porque, por más carteles luminosos que les pongas indicándoles otro camino, no quieren verlo.

Dicho esto, enciende el televisor y deja de mirarme. Es su modo de decirme que la conversación ha llegado hasta aquí. Y lo odio. Odio que me haga sentir como si hubiera hecho algo gravísimo que necesitara ser reparado. Odio decepcionarlo. Odio que piense que voy sin frenos por la vida cuando, según yo, soy bastante coherente y madura todo el tiempo (bueno, casi todo el tiempo).

Me encierro en mi habitación, me pongo los auriculares y resoplo, frustrada.

Ojalá la maldita Navidad acabe de una vez por todas.

17

Noah

7 de diciembre

Me despierto con el sonido del teléfono. Es mi día libre, por el amor de Dios. ¿Es que no voy a poder dormir ni siquiera en mi maldito día libre? Miro la pantalla y, al ver que se trata de mi abuela, descuelgo.

Puedo ser un cabrón en muchos aspectos de mi vida, pero nunca ignoraré una llamada de teléfono de mi abuela. Eso tiene que decir algo bueno sobre mí.

—¿Sí?

—Hijo, ¿puedes confirmarme que te ha llegado un correo electrónico del hotel? Tu abuelo y yo programamos todos los mensajes para primera hora de la mañana, pero no estamos seguros de haberlo hecho bien.

Me despego el teléfono de la oreja y miro la hora. Demasiado pronto, joder. Demasiado pronto.

—¿Tiene que ser ahora mismo?

—Sí, querido. Es importante porque, aunque hoy es vuestro día libre, tenéis que preparar la actividad.

—¿Qué? ¡Abuela!

—Será divertido, te lo prometo.

Gruño, pongo el altavoz y entro en la bandeja de entrada de mi correo electrónico. En efecto, hay uno del hotel.

¡Buenos días!

Esperamos que disfrutéis al máximo de vuestro día de descanso, pero también nos gustaría informaros de que las actividades deben seguir. ¡Cada vez falta menos para el día de Navidad! Así que os comunicamos que, una vez abierta la casita de hoy, os ha tocado la maravillosa tarea de decorar un jersey en casa.

¡Cuidado! No hablamos de comprar un jersey navideño, sino de decorar alguno que ya tengáis hasta convertirlo en uno. Queremos que sea algo hecho por vosotros. Pensaréis que esto no contribuye de ninguna forma a la convivencia, pero ahora viene la mejor parte:

¡Mañana tenéis que traerlo puesto!

Será superdivertido ver vuestras creaciones y estoy segura de que nuestros huéspedes adorarán ver a trabajadores tan joviales y serviciales corretear por los pasillos de nuestro querido hotel ataviados con prendas caseras y navideñas.

Esperamos con ansias vuestras creaciones.

Nicholas y Nora Merry

Me quedo mirando la pantalla un momento, procesando la información y olvidando por completo que mi abuela sigue al teléfono.

—¿Qué cojones…?

—¡Noah!

—Perdón, abuela —murmuro—. ¿De verdad tengo que decorar un jersey?

—Oh, sí, querido. Eres el futuro dueño, así que tienes que dar ejemplo.

—Abuela, con todos mis respetos, creo que esto se está convirtiendo en algo un poquito excesivo. Mira, lo de hacer algunas actividades tenía su gracia, pero…

—No tenía su gracia sin más, Noah. Cada actividad la hemos pensado mucho entre tu abuelo y yo. Todas contribuyen a un bien común. Estamos seguros de que esto es lo que necesita el hotel y nuestra familia.

Cierro los ojos, frustrado. Cuando mi abuela se pone así, me resulta imposible negarle nada. Es cierto que yo mismo he estado de acuerdo en toda esta pantomima, pero, sinceramente, pensaba que se haría más llevadero. Sobre todo pensaba que, a estas alturas, Olivia ya habría explotado. Ni confirmo ni desmiento que toda mi aceptación se basara en pensar lo mucho que iba a disfrutar eso, pero está ahí, aguantando igual o mejor que yo. No tengo ninguna duda de que este correo le habrá sentado como una patada en el estómago, si es que está despierta, pero en realidad saber que está asqueada no provoca en mí tanta felicidad como pensaba en un principio.

Y eso es una mierda.

Hablo un poco más con mi abuela y, al final, consigo liberarme y colgar. Eso sí, ya no logro volver a dormirme, así que salgo de mi dormitorio y me encuentro con una visión que… Bueno, vamos a dejarlo en que habría preferido arrancarme los ojos.

—Eh, tú, parásito. —Me acerco a Asher, que duerme despatarrado en mi sofá solo con unos calzoncillos estampados de Rudolf—. Despierta, tenemos cosas que hacer.

Asher hace amago de moverse, pero en cuanto ve la hora en su móvil, gruñe y se da la vuelta.

—Tío, es demasiado temprano y anoche salí.

—Ese es tu problema, no el mío. Además, si no querías que te molestara, haber dormido en tu puta habitación. Ahora levanta, tenemos trabajo.

—¿Qué? Es el día libre —mascula contra el cojín del sofá. Cojín que, por cierto, tiene una mancha de babas enorme.

Joder, qué asco.

—Mira tu correo electrónico.

Me meto en el baño sin esperar una respuesta. Una vez allí, programo el altavoz que tengo para que la música suene a todo trapo y entro en la ducha. Asher se va a despertar sí o sí.

Para cuando salgo está vestido, despeinado, con una taza de café en la mano y cara de querer morirse.

Cojo la jarra de la cafetera y me sirvo una taza.

—¿Has mirado el correo?

Asher gruñe algo ininteligible, da un sorbo a su taza y me mira.

—Tus abuelos están un poquito…

—¿Un poquito qué? —lo reto.

—Nada, nada, solo iba a decir que están un poco más entusiasmados de la cuenta con esto, ¿no? ¿Un jersey decorado? ¿En serio? Creo que no tengo ningún jersey que no tenga ya un estampado de algo.

Eso es cierto. Asher tiene poca ropa y normalmente está desperdigada en mi salón y en mi propio armario, porque le tengo prohibido usar el armario del cuarto en el que duerme.

¿Por qué? Te preguntarás. Pues porque ya usa la cama y, si le dejo el cuarto completo, armario incluido, se encontrará cómodo al cien por cien. Teniendo en cuenta que no aporta nada a los gastos de la casa ni paga un mínimo de alquiler, creo que el hecho de que esté algo incómodo es mi modo de cobrarme las molestias. No voy a darle el título completo de compañero de piso hasta que no se comporte como tal. Ahora mismo solo se comporta como un okupa.

Nos acabamos el café, él protestando y yo de mucho mejor ánimo después de la ducha, y salimos a la calle para comprar mierdas con las que adornar nuestros jerséis: purpurina, algodón, cartulina. Ni siquiera tengo una idea clara de lo que quiero hacer con el mío, pero Asher ha empezado a echar de todo al carro y yo, simplemente, me he dejado llevar.

Ya en casa elijo un jersey rojo y liso que tengo. Mi amigo coge el suyo, que ha tenido que comprar para la ocasión. Es verde y tiene la intención de llenarlo de las bolas navideñas.

—Voy a ser un árbol navideño andante, tío. Es genial.

En realidad, sí que lo es, y fácil, porque solo ha necesitado un puñado de bolas y silicona caliente. Yo, en cambio, he decidido hacer un muñeco de nieve con algo llamado fieltro que, según la chica de la tienda, es genial para las manualidades. Mi experiencia, de momento, es otra. El fieltro es como una tela de pelusa que, cuando le pones silicona caliente, quema. Quema porque no es lo bastante gruesa para que no lo haga. Y todo porque se me ha antojado hacer una nariz naranja en relieve y ponérsela al puto muñeco para poder decirle mañana a Olivia que he hecho un muñeco de nieve con un rabo en la cara, como a ella le gusta.

Como idea es inmadura, lo acepto, pero me hace mucha gracia, así que...

—¿Y cómo vas a hacer para que la nariz no se caiga hacia abajo por el peso? —pregunta Asher, que ha acabado el suyo y está deleitándose en joderme la vida a mí.

—Sacaré pecho y ya.

—Venga, tío —se ríe Asher—. Estás haciendo un desastre. Lo sabes, ¿no? Solo ganarías esto si el concurso fuera de hacer el jersey más feo de la historia.

—No está tan mal —masculло.

—Tu muñeco de nieve tiene un ojo más grande que el otro. También la cabeza enorme en comparación con el cuerpo, cuando debería ser al revés, y esa nariz, por más que tú lo digas...

—Bueno, ¿podemos hablar de otra cosa? O mejor todavía: vete por ahí a buscarte la vida.

—Nah, tengo resaca y prefiero quedarme aquí, charlando con mi mejor amigo de cosas importantes de la vida.

—Meterte con lo que hago no es algo importante en la vida.

—Pero hablar de Olivia sí. —Quiero decirle que ese, desde luego, no es que sea mejor tema de conversación, pero entonces sigue hablando y capta mi atención—: ¿Sabes que está buscando piso?

—¿Qué? ¿Por qué?

—No sé, la oí hablar con Roberto acerca del tema. Al parecer, no está nada contento con la decisión, pero ella parece convencida. Ya tiene varias citas concertadas con un agente inmobiliario.

—Eso es una tontería.

—Yo qué sé, tío. Ya sabes que Olivia me odia, así que no es como si habláramos de nada. ¿Crees que podrías ponerle tetas a tu muñeco de nieve?

—¿Qué? ¡No, joder!

—Vale, vale.

La conversación se acaba porque, obviamente, no quiero insistir y que Asher entienda que el tema de Olivia me interesa más de la cuenta, pero mentiría si dijera que no me quedo dándole vueltas.

Tanto es así que, al día siguiente, cuando llegamos al trabajo, tengo la clara intención de preguntarle. El problema es que, cuando por fin la veo, porque primero he tenido que subir a saludar a mis abuelos, ella está vestida con un jersey negro al que le ha colgado rayos, nubes grises y un montón de renos de cartulina. Renos zombis, algunos con ojos sangrientos y otros vomitando manchas verdes hechas con más cartulina y purpurina. El modo en que ha conseguido manipular algodones, cartulinas y purpurina para convertirlos en algo asqueroso y un poco siniestro despierta a partes iguales mi admiración y rechazo.

Y lo peor es que ha hecho uno igual para Snow, mi gato, al que sostiene en brazos como si la situación fuera de lo más normal.

Al parecer, será otro día movido en el Hotel Merry.

18

Olivia

8 de diciembre

Remuevo la tercera taza de café del día y doy un sorbo recreándome en la sensación de llenarme el labio de espuma. El café de Eva es increíble, pero hay algo reconfortante y nostálgico en las tazas de café que me prepara Nora Merry. Quizá es porque, aunque no quiera, recuerdo que fue la primera persona en ofrecerme una taza de café espumoso cuando aún era una adolescente. Yo estaba acostumbrada a tomar refrescos y batidos y entonces ella me descubrió el maravilloso mundo de la cafeína en su estado más puro mezclada con canela, espuma y un poco de leche. Desde entonces, cada vez que me ofrece una taza, soy incapaz de negarme, aunque sepa que, como hoy, no está feliz con mi atuendo y mucho menos con mi actitud.

La jornada laboral ha acabado por fin, pues no sopesé bien las explicaciones que tendría que darles a huéspedes y compañeros acerca de mi jersey de renos zombis vomitando. Si no me he quejado es porque Noah me ha mirado con odio concentrado por osar vestir a su gato igual y quiero que piense que estoy supersatisfecha, aunque no sea cierto.

La verdad es que este jersey pica, siempre ha picado. Irá de aquí a la basura sin ningún tipo de remordimiento. Pero, claro, no conté con que tendría que trabajar con él durante muchas horas. Creo que tengo un sarpullido en los brazos y en el cuello. Por fortuna, me he puesto una camiseta de tirantes debajo, así que al menos el pecho se ha librado. Y para más suerte aún, al acabar la jornada y subir al apartamento de los Merry para la actividad de hoy, Nora me ha ofrecido un jersey suyo con tal de que me quitara «esa cosa tan horrible». He aceptado haciéndole pensar que lo hacía por ella, pero lo hacía por mí. Un minuto más con él puesto y acabaría rascándome como si tuviera piojos por todo el cuerpo.

Ahora mismo tengo puesto un jersey de lana azul marino con una casa roja de tejados blancos, casi idéntica a las casitas de las actividades. En el jersey también hay nieve, un par de estrellas doradas y la palabra MAGIC en grande arriba, sobre el pecho. En un día normal, lo odiaría, pero hoy me parece maravilloso, sobre todo por el tacto suave y calentito que tiene.

Nicholas enciende los altavoces y comienza a sonar «It's the Most Wonderful Time of Year». Eso podría agriar mi estado de ánimo, pero no lo consigue. Estoy contenta, calentita y he cabreado a Noah. Creo que, en términos generales, ha sido un buen día.

Por desgracia, lo bueno no es eterno. Noah llega, completando el círculo de los asistentes, que somos más o menos los mismos de siempre, y sus abuelos abren la casita con la nueva actividad.

—Vamos a escribir una carta a Santa Claus —dice Nora con una sonrisa dulce y maternal.

—Tiene que ser una broma —digo en medio de una risa que, de verdad, no pretendía que fuera tan irónica como suena.

—¿Por qué lo dices, querida? —pregunta Nicholas.

—Todos tenemos más de veinte años. —Señalo a Avery, Asher, las chicas que trabajan para Hattie y a ella misma—. Bueno, y tú…

—¿Yo qué? —pregunta en un tono que deja claro que mi vida puede correr algún tipo de peligro según lo que responda.

Me acobardo de inmediato. Una cosa es cabrear a Noah, que es muy llevadero y algo a lo que ya estoy acostumbrada, y otra tocarle las narices a Hattie. No soy tan valiente.

—Tú estás guapísima hoy —le digo.

Ella me fulmina con la mirada, consciente de que no iba a decir eso, y Nora aprovecha para repartir los folios y los bolígrafos.

—Venga, chicos, intentad tomároslo como lo que es: una actividad en grupo. Dejad volar la imaginación, volved a vuestra infancia y escribid a Santa desde el corazón.

De verdad, si cualquier otra persona me dijera ese tipo de cosas, le recomendaría dejar de drogarse, pero Nora es la viva imagen de la anciana adorable de película a la que uno es incapaz de reprocharle nada, así que me callo, acepto mi folio y dejo mi taza de café a un lado para escribir mi carta.

Querido Santa:

Hace mucho que dejé de creer en ti, así que voy a aprovechar todo el folio que queda libre para hacer un dibujo muy gráfico de algo que me haría muy feliz esta Navidad.

Atentamente,

Olivia Rivera

A continuación, hago un dibujo muy muy detallado de Noah sentado encima de un árbol de Navidad, con la estrella metida por el culo. En vez de ojos, le pongo dos cruces en la cara y dibujo la boca en forma de O. Luego, con una sonrisa, dibujo cuatro cuadraditos en forma de regalo navideño y, dentro de cada uno, pongo una letra hasta formar la palabra: Noah. Por si quedaba alguna duda.

No es que pretenda enseñárselo a toda la mesa, pero Noah está a mi lado sentado y, aunque no deja de poner el brazo entre los dos para que no pueda ver lo que escribe en su carta, sí que dedica miradas de soslayo a la mía. Así que, cuando por fin acabo mi obra de arte, cojo de nuevo mi taza, me echo hacia atrás y permito que lo vea en todo su esplendor.

No es el único, Avery, que tenía el móvil apoyado sobre una taza grabándose a sí misma, lo coge de inmediato para enfocar mi folio.

—Eres una niñata —masculla Noah por lo bajito.

—Sí, puede, pero tú estás increíblemente ruborizado ahora mismo.

—No es verdad.

—Sí que lo es —dice Avery mientras lo graba—. Y todo el mundo piensa lo mismo.

—Qué bien, Avery —contesta Noah en un tono claramente enfadado—. ¿Y qué más opina todo el mundo?

—Aparte de que estás ruborizado, nuestra familia virtual está muy interesada en que os encontréis bajo el muérdago, ya sabéis para qué.

—No hay muérdago —respondemos Noah y yo a la vez.

Mira, por una vez, estamos de acuerdo en algo.

Entonces los abuelos de Noah sueltan una risita. Nicholas carraspea y encoge los hombros.

—Sí que lo hay, pero tendréis que averiguar encima de qué puerta está y no cruzaros nunca a la vez, chicos.

—Eso es una estupidez —respondo—. Se os ha ido la cabeza con esto de la Navidad. Ya mismo pretenderéis que cantemos villancicos juntos. —El silencio en el lugar hace que suelte una carcajada seca—. Si está en una de las actividades, ya lo podéis quitar. Antes muerta que cantar.

—Acuérdate de que de pequeña cantabas mucho, cielo —me dice Nora.

—Sí, de pequeña hacía muchas cosas que, evidentemente, ya no hago. —No puedo evitar mirar a Noah de soslayo.

Él se da por aludido y carraspea, aún más incómodo. Dobla su carta y se la mete en el bolsillo antes de murmurar una despedida apresurada y largarse.

Pues muy bien, otra prueba de mierda que, en vez de hacerme sentir mejor, me deja un sabor amargo en la boca.

Minutos después, cuando por fin he logrado despedirme de mis compañeros y, sobre todo, de los abuelos de Noah, este me intercepta en la puerta del hotel.

—Oye, ha sido un día muy largo —le digo—. Me encantaría quedarme a discutir, pero voy a marcharme, ¿de acuerdo?

—Asher dice que estás buscando piso.

—Asher debería preocuparse más de su propia vida, dado que la tiene patas arriba.

—¿Es verdad?

—¿Que la tiene patas arriba? Tú lo sabes mejor que nadie, que vive contigo.

—No, joder, lo de que estás buscando piso.

—¿A ti qué más te da?

—¿Es verdad o no?

—Sí, es verdad —admito, más que nada para que me deje en paz—. De hecho, voy ahora a ver el primero.

—Genial, te acompaño.

—Ni hablar —digo riéndome—. ¿Has perdido la cabeza?

—He hablado con tu padre, ¿sabes? Me ha dicho que prometiste no ir sola a ver ningún piso.

—Ya, pero…

—¿Has quedado con alguien más?

—No, pero…

—Pues andando.

Me gustaría decir que consigo negarme, pero un rato después, no sé cómo, estoy vestida con el jersey de su abuela mientras entramos juntos en el primer piso que voy a ver. Él sigue vistiendo su jersey casero con ese muñeco de nieve deforme, quizá por eso el agente inmobiliario nos mira como si no fuéramos gente de fiar.

Me entretendría contándote los detalles, pero es que Noah no deja de ponerle pegas a todo. Se queja de la poca luz que tiene, de que faltan enchufes, de que hay una grieta en el salón y de que la moqueta del dormitorio huele a rata muerta. Y todo eso lo ha dicho delante del señor de la inmobiliaria sin inmutarse.

—¿Y cómo sabes tú a qué huelen las ratas, joder? —pregunto ya enfadada.

—Lo sé y punto. Este piso no sirve. ¿Has visto ese armario? Es pequeñísimo.

—Yo no tengo tanta ropa.

—Pero tienes muchos abrigos.

—¿Qué…? Noah, por favor.

—Por favor, nada. Ahí no caben los abrigos. ¿Dónde vas a ponerlos? ¿En la moqueta apestosa? ¿O aprovecharás la grieta para poner un perchero?

Me pinzo la nariz cerrando los ojos y respirando hondo, exasperada. Cuando los abro, me encuentro con un gestor inmobiliario muy pero que muy incómodo.

—Si no es de tu agrado, podemos buscar otra cosa.

—Esa es una gran idea —dice Noah.

Me callo y aprieto la mandíbula. ¿En qué momento he permitido que todo esto pasara? Que se apuntara a ver pisos cuando nuestra relación es abiertamente hostil, que opine hasta el punto de rechazar algo por mí. Sí, el piso es una mierda, pero debería ser yo quien lo dijera, no él.

Tan enfadada estoy que, cuando ya estamos en la calle y por fin nos quedamos solos, estallo.

—Pero ¿a ti qué te pasa?

—¿A mí? ¿Qué te pasa a ti? ¿De verdad no ves que ese piso es un desastre?

—¡Pero es mi problema! No eres nadie para meterte en esta parte de mi vida, Noah. ¡Esto no te incumbe! ¡Mi vida no te incumbe!

—No te equivoques, Olivia —me dice en tono chulesco—. Me da igual lo que hagas con tu vida, lo que pasa es que, si vas a dar este paso, lo mínimo que puedes hacer es asegurarte de que alquilas un lugar seguro, estable y bueno para vivir.

—Tengo el sueldo que tengo, Noah. Tú deberías saberlo porque estás en el camino de ser mi jefe.

—Pues como futuro jefe te prohíbo vivir aquí.

La nieve empieza a caer otra vez, lo que empeora mi ánimo de mierda. Dios, estoy harta de que la estúpida nieve adorne la estúpida ciudad creando un marco aún más idílico para la estúpida gente que adora la estúpida Navidad.

—¡No puedes prohibirme vivir en ningún sitio, idiota!

—Soy tu futuro jefe, tú lo has dicho.

—¿Y cuándo has visto a un jefe meterse con el lugar donde viven sus empleados? A decir verdad, ni siquiera deberías estar aquí.

—Vengo en calidad de amigo.

—¡Ja! Esa sí que es buena. Amigos.

Mi risa camina entre la incredulidad y la amargura.

—¿Qué? —pregunta frunciendo el ceño.

No sé si me ofende más lo que ha dicho o el hecho de que ni siquiera parece percatarse de la locura que ha soltado. Me acerco a él con las manos en la cintura y lo miro entrecerrando los ojos.

—¿Eres consciente de que dejamos de ser amigos hace mucho? —Noah no responde, parece sorprendido, lo que me ofende aún más—. De hecho, fuiste tú quien decidió que ya no lo seríamos más, así que ahora no vengas con tonterías, Noah. Eres mi futuro jefe y lo acepto, pero no sé qué haces aquí y, desde luego, tú y yo estamos muy lejos de ser amigos.

El modo en que me mira...

Joder, cómo odio que me mire así, como si le hubiera dado una bofetada.

Como si de verdad hubiera olvidado todo lo que ocurrió entre nosotros.

19

Noah

Navidad de hace diez años

Pasar de una mano a otra el balón de fútbol que solo toco en Navidad desde hace dos años está resultando ser más doloroso de lo que creía. En realidad, no sé qué tradición de mierda es esta. Hace dos años que mis padres murieron. Dos años y da igual. No mejora. No se hace más fácil y resulta que con dieciséis años los necesito tanto como los necesitaba a los catorce, cuando se fueron. Vuelvo a rodar entre mis dedos el balón que me compraron justo antes de morir. Trago saliva y me pregunto cómo habría sido si todavía estuvieran aquí, pero entonces el dolor llega intenso y lacerante. Descarto esos pensamientos y me quedo solo con la amargura. Aunque no lo parezca, es más fácil llevar este dolor que el que me produce pensar en los muchos finales alternativos que podría haber tenido mi familia.

La manilla de la puerta hace ruido y la miro. Alguien está intentando entrar.

Es ella.

Aún no ha hablado, pero no lo necesito para saberlo. Sé que es ella. Hace meses que esta dinámica se repite. Durante el primer año después de que mis padres murieran, Olivia estuvo muy unida a mí, más que nunca, pero para mí algo se fue desintegrando con cada día que pasaba. No era culpa de ella ni tampoco mía, era algo que simplemente no podía controlar. Era incapaz de ir a su casa o pasar el rato con ella como antes. Como si nada hubiera pasado. ¡Claro que había pasado! Todo era distinto, aunque ella hiciera como que no se daba cuenta. Odiaba eso. Joder, lo odiaba con todas mis fuerzas.

Odiaba eso y otras muchas cosas, como por ejemplo que Roberto, su padre, me siguiera llamando «hijo». Lo había hecho siempre, desde que yo era niño, pero después de perder a mis padres, yo sentía ganas de gritar y romper cosas cada vez que lo decía. Si iba a su casa, Eva cocinaba cosas tan ricas para mí que la satisfacción duraba solo unos minutos, hasta que recordaba que mi propia madre solía cocinar cosas ricas y ya no podía hacerlo porque estaba muerta. Y yo no debería estar disfrutando de esa comida ni de una familia que no era la mía ni de unos padres que no eran los míos, porque los míos estaban muertos.

Muertos. Muertos. Muertos.

El segundo año ha sido peor. Todo mi agobio se ha sumado a la insistencia de Olivia de hacer ver que todo sigue igual entre nosotros. Que seguimos siendo los mejores amigos del mundo, aunque lo cierto es que solo ella se esfuerza por estar pendiente de mí y de nuestra relación. Yo he empezado a salir más con Asher, un chico que conozco del instituto y con el que Olivia siempre se ha llevado regular.

Asher es un poco idiota, pero no hace preguntas dolorosas. Se conforma con enrollarse con chicas y no habla nunca de lo que siente o de lo que quiere en la vida. Asher es un campo seguro. Olivia, no. Ella se empeña en preguntar cómo me siento y qué puede hacer para ayudarme, sin darse cuenta de que no hay nada que pueda hacer, porque todo en ella, en su casa, su familia y nuestra vida en común me recuerda lo que he perdido.

—Abre, por favor, te he traído algo —me dice a través de la puerta.

—Vete, Olivia, no quiero hablar contigo.

—Pero…

—¡Que te vayas! ¡Vete de una vez! ¿Es que no ves que no quiero estar contigo? ¿Qué tengo que hacer para que te des cuenta?

Por un instante, creo que insistirá, como hace siempre. Le he hablado tan mal en tantas ocasiones últimamente que estoy seguro de que, si mis abuelos lo supieran, me castigarían de por vida. En cambio, la manilla de la puerta permanece quieta y al otro lado solo se oye silencio. Un silencio que, tras unos minutos, hace que el pecho se me comprima de dolor.

Parpadeo con fuerza intentando no llorar. Joder, tengo dieciséis años. Se supone que no debería llorar, pero hay algo dentro de mi pecho que arde con fuerza. Por encima de todo eso, está el miedo de saber que han pasado dos años y, de cara al futuro, solo queda más dolor, porque mis abuelos cada vez son más mayores. Van a irse. En algún momento se irán y entonces… entonces…

Cierro los ojos e intento concentrarme en otra cosa, pero mi mente vuelve a Olivia, como si fuera incapaz de salir de estos dos temas. Mis abuelos y ella. Ella y mis abuelos. Siempre lo mismo.

Pienso en cuánto insistió hasta ayer mismo para que vaya a casa de su familia a celebrar la Navidad con ellos. Quiere que mis abuelos también vayan. Ya lo intentó el año pasado y no entiende que no es que no me guste celebrarla solo con mis abuelos, es que no quiero celebrarla con nadie, y menos con su familia.

Sé que ella no sabe lo que es perder a tus padres de un plumazo, pero he llegado a sentir odio por el modo en que siempre se queja de su madre. Sí, tiene razón, su madre puede llegar a ser odiosa, pero lo que Olivia no ve es que la casa de su padre es más que suficiente. Que hay amor ahí dentro para colmarla durante toda una vida mientras yo… yo…

Me levanto de la cama, asqueado de mí mismo y listo para irme a la calle con Asher. Seguro que encontramos algo que hacer. Algo que me ayude a olvidarme de todo esto.

En cuanto abro la puerta, descubro una cajita en el suelo. La cojo, entro de nuevo en mi dormitorio y me siento en la cama para abrirla. Dentro hay una guirnalda hecha a mano con fotos desde que éramos pequeños hasta ahora. La estiro sobre la cama y es entonces cuando me doy cuenta de que, detrás de cada instantánea, Olivia ha escrito la descripción de lo que hacíamos o nuestras edades, como si yo lo hubiera olvidado y necesitara un mapa para guiarme a través de nuestra infancia.

Busco la primera del extremo izquierdo y empiezo a leer.

Olivia y Noah. 4 de julio. Teníamos seis y siete años. Fuimos a ver los fuegos desde la terraza del hotel. Fue genial.

Sonrío al observar los dientes que me faltaban y la sonrisa entusiasta de Olivia. Paso a la siguiente.

Olivia y Noah. Siete y ocho años. Subidos al árbol del patio del hotel. Tu madre nos echó una buena bronca cuando nos descubrió. Odiaba que treparas a los árboles, ¿te acuerdas?

Ya no sonrío. Me acuerdo. Claro que me acuerdo. Ojalá no lo hiciera, creo que sería más fácil así. Paso a la siguiente.

Olivia y Noah. Ocho y nueve años. Tus padres me llevaron con vosotros a ver las luces de Dyker Heights.

Olivia y Noah. Navidad. Nueve y diez años. El día en que te regalaron a Snow. ¡Qué suerte tuviste! Te envidié muchísimo por ello, te dije que no te lo merecías y tú me dijiste que Santa no existía. Siempre has sido un poco sádico.

Me río, aunque lo cierto es que por dentro noto algo muy distinto a la risa. Amargura, nostalgia y rabia, porque odio que me obligue a recordar todo esto.

Sigo mirando las fotos. En algunas salimos abrazados, en otras miramos a cámara risueños y, en las últimas, cuando la adolescencia hizo acto de presencia, salimos con cara de estar hastiados del mundo.

En la foto en la que ella tenía trece y yo catorce, no estamos Olivia y yo, sino yo con mis padres. No leo lo que pone en el reverso porque ya lo sé. Es la última foto que tenemos juntos.

La foto del año pasado ya es distinta. Olivia sonríe muy poco, apenas se percibe, y yo salgo serio, con mal color de cara y unas ojeras tan profundas que dan un poco de miedo.

Hay una última foto. Estoy yo solo, pero es una foto hecha por Olivia. Lo sé porque nadie más ha entrado en mi habitación aparte de Asher y me daría cuenta si él me hiciera alguna foto. No es un chico al que se le dé bien disimular en nada. El caso es que en la foto estoy yo solo tumbado en mi cama, leyendo. La giro y leo lo que pone.

Noah preparándose para llevar las riendas del hotel.

Aprieto los dientes e intento contener las lágrimas, otra vez. A veces tengo la sensación de que eso es todo lo que hago desde hace dos años: intentar no llorar.

Meto la guirnalda en la caja y esta, bajo la cama. No puedo tener estas fotos a la vista ahora. No quiero pensar en llevar las riendas ni en que tarde o temprano perderé a mis abuelos ni en que voy a quedarme solo en el mundo ni mucho menos en Olivia.

No quiero pensar en nada.

Y mucho menos en la maldita Navidad.

20

Olivia

9 de diciembre

El frío de Central Park me deja helada hasta los huesos. La mayoría de la gente a la que se lo digo me dice que no, pero yo sostengo que en Central Park siempre hace mucho más frío que en el resto de la ciudad. Serán los árboles, la tierra sin asfaltar o yo qué sé. Claro que, con toda probabilidad, también se debe a la nieve que no deja de caer.

Me alegra que los abuelos de Noah no hayan venido. La actividad de hoy es pasear juntos, pero el tiempo no está para pasear. El tiempo solo está para quedarse en casa con un libro, una mantita y un café caliente entre las manos.

Las que sí que han venido son Hattie y las chicas que, sorprendentemente, están charlando de un modo muy amigable. Por lo visto, las actividades sí que han hecho mella en ellas, porque parecen llevarse mejor y no creo que sea fingido. Hattie preferiría morirse antes que fingir nada.

En realidad, me guste o no reconocerlo, las actividades han servido para que los empleados del hotel implicados de un modo u otro vayan a trabajar con otro ánimo. Muchos llegan comentando cuál será la que toque ese día en concreto; parecen ilusionados o, como mínimo, expectantes.

Todos parecen haber mejorado y asimilado todo esto del calendario. Todos menos Noah y yo.

—Hoy estás inusualmente callada.

Lo miro un segundo. Lleva un gorro verde botella con un pompón blanco que le tejió Eva hace años. Aunque ya no nos soportemos, es bonito que lo siga usando. También se ha puesto una bufanda, un abrigo que abulta bastante, zapatillas de deporte y los vaqueros. Está guapo, pienso. Y luego me arrepiento de haberlo pensado y me flagelo tanto como me es posible.

Desvío mi mirada de él y la centro en Hattie, que está riéndose del ángel de nieve que ha hecho una de las chicas. Hace solo un mes eso era algo impensable, así que la señalo con la cabeza y vuelvo a mirar a Noah.

—¿Crees que fingen? —pregunto con franqueza.

—No lo sé —admite—. ¿Tú qué crees?

Me ajusto mi gorro, calándomelo más aún en un intento de salvarme del frío. También me lo tejió Eva, pero es de colorines, en vez de verde. Me froto la nariz, que tengo helada y seguramente tan roja como la de Noah, que casi parece Rudolf. Estoy a punto de decírselo, pero me doy cuenta de que eso es algo que habría hecho en el pasado. En el presente mis bromas con Noah no existen. Él quiso que fuera así, de modo que me ciño a nuestra conversación.

—Creo que fingen muy bien para que toda esta pantomima acabe —miento, porque no veo a Hattie fingiendo nada.

—Eso es un poco sádico, ¿no? —pregunta Noah—. Aunque te pega.

—No es sádico. ¿De verdad crees que personas que tienen tan mala relación de trabajo pueden llevarse bien por hacer tres chorradas navideñas?

—¿Por qué no?

Boto de rabia. No sé por qué. Bueno, sí lo sé. Me pasa siempre que él habla de la Navidad como si no pasara nada. Como si se hubiera olvidado de todo lo ocurrido.

—Porque la Navidad es una chorrada inventada por los grandes almacenes, ¿o no era eso lo que tú mismo solías decir?

Noah inspira por la nariz y, al exhalar, un vaho blanco sale de su boca dejando constancia del frío que tiene. Se mete las manos en los bolsillos de su anorak y encoge los hombros.

—¿Qué quieres que te diga, Olivia? ¿Quieres que pida perdón por lo que pensaba hace unos años? Era un adolescente que sufría por la pérdida de sus padres. Perdona si me puse un poco dramático.

Me río, pero no es una risa de humor. Es una risa de rabia, de aspereza, de cansancio, también.

—Ya lo estás haciendo otra vez.

—¿El qué?

—Excusar tu comportamiento y dejarme a mí de exagerada. Evadir e ignorar el daño que hiciste como si no importara porque estabas atravesando una situación difícil.

—¿Difícil? Difícil es suspender un examen, tener un día de mierda o que se te pinche una rueda. Que se te mueran tus padres en un accidente es algo que te marca de por vida.

Aprieto los dientes, porque odio todo esto. Odio que él me haga sentir, una vez más, como si fuera una chica caprichosa o egoísta. Odio que, cada vez que nos acercamos para tener una conversación, por mínima que sea, la chispa acabe saltando y nos distanciemos con más fuerza. Odio que piense que a mí no me afectó nada de aquello. No eran mis padres, obviamente, pero también sufrí su pérdida. Y luego él me echó de su vida de la peor forma…

—Tengo una nota que leer —dice Asher interrumpiendo mis pensamientos.

—¿Una nota? —pregunta Noah.

—Me la dieron tus abuelos antes de salir porque soy un gran chico en el que se puede confiar. Lo dijeron ellos. —Su sonrisa es tan orgullosa que pongo los ojos en blanco.

—Lee la nota de una vez —le digo impacientándome.

Él se la saca del abrigo, la desdobla y lee:

—«Mañana la actividad consistirá en asistir a una fiesta de disfraces navideños en casa. Cenaremos juntos, así que venid con hambre y ganas de pasar un buen rato de convivencia».

—¡Una fiesta de disfraces! —grita entusiasmada una de las chicas—. Será genial, aunque espero encontrar algo esta tarde para ponerme.

—Sí, Nora y Nicholas me dijeron que, pasada una hora de paseo, debía leer la nota y luego dejaros libres —aclara Asher—. Recordad: ¡mañana tenéis que ir disfrazados!

—Genial, justo lo que necesitaba —murmuro antes de emprender el camino de vuelta a casa con paso firme. Al menos el maldito paseo se ha acabado.

En lo que a mí respecta, la actividad está hecha, he paseado por el maldito Central Park y tengo cosas más importantes que hacer, como visitar un nuevo inmueble al que, por fortuna, Noah no viene.

21

Noah

10 de diciembre

Me ajusto el gorro de elfo delante del espejo que tiene mi abuela en la entrada de su apartamento. Esto es lo mejor que he conseguido para la fiesta de disfraces. ¿Quién iba a pensar que los trajes de Santa están tan solicitados? O sea, sé que es Navidad y todo eso, pero aun así...

No me ha quedado más remedio que vestirme de elfo y de verdad que puedo imaginar perfectamente las risas de Olivia cuando me vea. Eso es lo peor. Rezo para que su disfraz también sea ridículo y estemos en igualdad de condiciones.

Miro a mis abuelos cuando oigo a mi abuelo reír. Ellos no han tenido ningún problema para dar con un disfraz de Papá y Mamá Noel. Al parecer, lo cogieron hace bastante tiempo, cuando planeaban todo esto. Además, no es porque sean mis abuelos, pero si algún director de película los viera, querría ficharlos para una película porque no pueden estar mejor caracterizados. Parecen de verdad Santa y su esposa. O más bien diría que se asemejan mucho a la imagen que Estados Unidos ha creado de ellos.

Avery va vestida de árbol de Navidad. No es ninguna broma, ha conseguido hacerse un traje de gomaespuma y meter su cara justo en la copa del árbol. Se ha maquillado con sombra de ojos verde y se las ha ingeniado para sacar los brazos por aberturas laterales y así tener el teléfono a mano.

Asher va de reno, que es lo más barato que encontró.

Roberto y Eva han llegado vestidos de San José y la Virgen María. Han dejado a las pequeñas con una niñera y, además, han gritado nada más entrar que están esperando otro bebé, lo que ha sorprendido a todo el mundo. Todos estamos felices por ellos, aunque yo ya lo supiera por Olivia. Mis abuelos han llorado imaginando tener un bebé nuevo en la familia, así mismo lo han dicho. Yo he sonreído, porque me alegra como nadie se imagina verlos felices y emocionados.

Los minutos pasan y Olivia no llega. Empiezo a creer que hará todo lo posible por librarse de esto, pero entonces la puerta del apartamento se abre y entra ella vestida de... la Catrina. Lleva un vestido negro, largo, ceñido y escotado, la cara maquillada con los símbolos propios de las Catrinas, en tonos rojos y negros, como si fuera un esqueleto, y una diadema de flores rojas. Nada de lo que lleva es navideño y se nota que lo ha hecho por joder, pero está... espectacular. En realidad, demasiado espectacular, a juzgar por cómo se queda todo el mundo mirándola en silencio. Me gustaría describir las reacciones de los demás, pero no puedo porque, por más que lo intento, no puedo dejar de mirarla. Solo lo hago cuando recibo un empujón de Asher.

—Cierra la boca, tío.

Carraspeo y encojo los hombros, incómodo.

—¿Qué?

Asher se ríe y niega con la cabeza.

—Joder, estás peor de lo que pensaba. Y eso que ya te imaginaba mal.

—No sé de qué hablas —murmuro antes de alejarme. Por desgracia, no lo hago lo bastante rápido como para dejar de oír su risita.

Nos sentamos alrededor de la mesa dispuestos de cualquier manera, pero, por algún motivo, he acabado al lado de Olivia. Lo sé, es como si nos buscáramos, pero juro que no es así. Simplemente… acabamos juntos. Siempre. Es inexplicable.

—¿No has encontrado ningún disfraz navideño o esto es otra demostración de lo rebelde que puedes llegar a ser? —murmuro por lo bajini.

—¿Tienes algo en contra de mi disfraz?

—No es navideño.

—Repito: ¿tienes algo en contra?

La miro de nuevo. No, joder, ¿cómo voy a tener algo en contra? Está para comérsela, pero antes muerto que reconocerlo, así que me limito a dar un sorbo a mi copa y encoger los hombros.

—Pensé que lo harías por mis abuelos, eso es todo.

—Tus abuelos me han felicitado y dicen que es un disfraz precioso.

—Son educados, ya lo sabemos.

—Sí, eso es cierto. No entiendo cómo es que no se te pega nada.

Bufo y vuelvo a dar un sorbo a mi copa. Al parecer, mi gesto llama la atención de mis abuelos, que centran su mirada en nosotros.

—¿Le ocurre algo a la cena? —pregunta mi abuela.

—No, ¿por qué lo preguntas? —responde ella.

—No has tocado el brócoli, querida.

Sonrío para mí mismo. Olivia odia el brócoli y lleva toda la vida haciéndoles creer a mis abuelos que le encanta. De hecho, cuando éramos amigos y comía en casa, era yo quien me lo acababa en los descuidos que tenían.

—Estoy dejándolo para el final porque me encanta.

Pincha un trozo, se lo mete en la boca y lo mastica con tanta lentitud que pienso que, en algún momento, la verdura echará raíces dentro de su boca. Se lo traga y, en mi cabeza, casi puedo verla vomitando sobre la mesa. Consigue no hacerlo, pero sé bien el esfuerzo que le ha supuesto. Sus padres también lo saben, porque Eva la mira con una cara de lástima tremenda, pero se cuida mucho de no delatarla. En realidad, no entiendo bien por qué simplemente no dice que no le gusta y ya. Mis abuelos no se lo tomarían a mal, pero esta es una de esas cosas que Olivia hace porque piensa que podría ofenderlos y, por mucho que me odie, jamás haría algo que hiciera sentir mal a mis abuelos.

Quizá por eso, conmovido por el cariño que sé que siente hacia ellos, cuando la mesa retoma la conversación y todo el mundo parece distraído, pincho el brócoli de su plato y me lleno la boca para acabármelo cuanto antes.

Es la primera vez que Olivia me mira sin rencor en… años. De hecho, me dedica una pequeña sonrisa y murmura un «gracias» que hace que ciertas partes de mí se llenen de algo muy parecido a la emoción. Me preocuparía por mi propia reacción, pero entonces oigo un «Oooh» que me pone alerta.

Miro a Avery que, frente a mí, me enfoca con el móvil mientras sonríe.

—Eso ha sido muy muy mono —me dice.

Mierda. Lo ha retransmitido todo y, por alguna razón, me había olvidado de la cámara. Pienso, y no es la primera vez, que todo esto de TikTok me genera sentimientos cada vez más encontrados. La publicidad es buena, pero cada vez siento más que toda mi vida está siendo expuesta en redes sociales y eso… eso no me gusta. Sobre todo porque sé que, dentro de la comunidad que ha creado Avery, hay mucha gente empeñada en que Olivia y yo estamos, en realidad, enamorados.

Es algo que llevan haciendo desde el principio. Aseguran que tenemos mucha tensión sexual y blablablá.

Olivia, que también ha sido testigo de todo lo sucedido, se frota la frente y murmura por lo bajini:

—Ojalá pudiera tener un solo momento sin la puta cámara apuntándome todo el rato.

Sus palabras se quedan rondando por mi cabeza el resto de la cena. Todo el mundo parece actuar como siempre. Hablan, bromean, comen y, cuando llega el postre, muchos están tan achispados que la música sube de volumen y algunos se animan cantando villancicos para el deleite de mis abuelos.

No lo pienso demasiado. Más bien no lo pienso nada. El ponche se apodera de mí y, cuando todos se ponen de pie después del postre para interactuar de un modo más cercano, agarro a Olivia de la mano y la saco del apartamento corriendo. La llevo al vecino, ese en el que crecí con mis padres, y abro la puerta sin meditarlo.

Solo cuando estamos dentro y enciendo la luz, me doy cuenta de que Olivia me mira con los ojos como platos.

—¿Qué haces?

—Pensé que querías un rato sin cámaras apuntándote y reconozco que Avery se está poniendo un poco intensa con esto de TikTok.

—¿Un poco intensa? —pregunta con ironía.

—Sí, bueno… —Me rasco la nuca y me río.

Olivia mira a su alrededor y trago saliva.

—Hacía años que no venía aquí.

Sigo su mirada y vuelvo a tragar saliva, esta vez por motivos distintos. Todo parece estar intacto. Sé bien que mis abuelos hacen que el apartamento se mantenga limpio y Hattie se asegura de que nada se estropee o esté fuera de lugar. Se lo digo a Olivia.

—Imaginé que… —Niega con la cabeza y suspira, pero la animo a seguir hablando.

—¿Qué ibas a decir?

—Imaginé que todo estaría cubierto con sábanas o algo así. Como te has negado a vivir aquí… No sé. Supuse que estaría como en las películas cuando se ven casas abandonadas.

No puedo culparla por pensar así. En realidad, no vivo aquí porque este apartamento me trae demasiados recuerdos de todo tipo. Buenos y malos. Cuando mis padres murieron, me mudé con mis abuelos y, en cuanto pude, me marché del hotel para ver si así conseguía dormir mejor. Funcionó solo a medias.

Debería inventar algo que decirle a Olivia, pero, ya sea por los disfraces, el mío de elfo estúpido y el suyo jodidamente espectacular, o porque estoy cansado, no tengo ganas de seguir fingiendo.

—Se mantiene limpio y vengo de vez en cuando, sobre todo si necesito documentos o cosas que sé que se guardan aquí, pero es verdad que no lo uso como una casa. Es más bien como un museo al que tengo que entrar algunas veces.

—Me imagino que debe de ser demasiado doloroso.

La miro muy serio. Es la primera vez que ella toca el tema sin que haya un ápice de rencor en sus palabras. Como antes, cuando solo quería ayudar del modo en que yo lo permitiera. Justo como hacía antes de que yo la cagara.

—Bueno…, podría ser peor, supongo.

—¿Todo sigue igual?

—Sí.

—¿Incluso tu habitación?

No esperaba esa pregunta. Bueno, en realidad, llegados a este punto no sé bien qué esperar en general.

—¿Por qué no lo compruebas tú misma?

Parece sorprendida solo un segundo. Supongo que no quiere perder la oportunidad, así que se encamina sin titubeos hacia mi antigua habitación y la abre. Parece decidida, sin embargo, cuando entra, se queda mirándolo todo como una estatua.

—Por increíble que parezca, está tal y como la recordaba. Como si se hubiera congelado el tiempo.

Me coloco a su lado y me meto las manos en los bolsillos, incómodo y tenso.

—Bueno, en gran parte se congeló. Al menos aquí.

Olivia me mira, lo puedo sentir, pero no le devuelvo la mirada. Me concentro en el suelo, las cortinas o cualquier otra cosa que no me haga sentir triste y melancólico. Ella se mueve por la habitación despacio, pero segura. No es que haya mucho que ver, de todos modos: la cama, la mesita de noche, una cómoda y el escritorio en el que pasaba horas jugando a la consola o estudiando. Ella se para frente a la foto de mis padres conmigo que hay sobre la cómoda. Era pequeño, tenía cinco o seis años y estábamos en Central Park en Navidad. Es curioso que justo haya vuelto a fijarme en ella hoy, en la misma época.

—Eras un niño tan bueno...

—¿Era? —pregunto en tono jocoso.

Ella suelta la foto, que había cogido con cuidado, y me mira por encima de su hombro con una pequeña sonrisa.

—Te fuiste convirtiendo en un pequeño demonio conforme pasaban los años, Noah.

Me acerco más, hasta quedarme a escasos centímetros de ella, que sigue de espaldas a mí.

—Tampoco es como si tú fueras un angelito, Olivia —digo su nombre con el mismo retintín que ella ha dicho el mío.

Se ríe. Lo hace de verdad, es posible que se le haya escapado, pero oír su risa en mi presencia después de tanto tiempo es... bonito.

—Estábamos hechos el uno para el otro entonces.

Sé que no habla de un modo romántico. Sé que, de hecho, es muy posible que lo haya dicho sin pensar, pero yo... yo...

—No me porté bien contigo —admito de pronto, sorprendiéndome a mí mismo—. Sé que piensas que ni siquiera me doy cuenta de lo que hice, pero yo...

La puerta se abre de golpe y me interrumpe. Asher aparece con mil preguntas en el rostro.

—Eh, Noah, imaginé que estarías aquí. Oye, tu abuela no deja de preguntar por vosotros.

La poca intimidad que se había generado entre Olivia y yo desaparece. Trago saliva, nervioso, y la miro.

—Deberíamos salir —murmuro.

—Sí, claro.

Ella se escabulle antes de que pueda decir nada más y yo me quedo mirando a mi amigo un segundo justo antes de seguirla y volver al apartamento de mis abuelos, huyendo de las posibles preguntas de mi amigo.

Algo… algo estaba a punto de pasar. No sé bien qué, pero sé que era algo que me hacía sentir demasiado, así que, en el fondo, agradezco la interrupción de Asher. De no haber sido por él, a saber qué más habría dicho…

22

Olivia

Solos. Estamos solos.

No es lo que yo hubiese elegido, sobre todo después de que ayer las cosas fueran tan raras en la cena de disfraces. Imaginé muchas reacciones a mi vestimenta, pero reconozco que, quizá porque pensé demasiado en eso, nunca concebí la posibilidad de que Noah volviera a comerse mi verdura a escondidas (si no contamos el maldito móvil de Avery) y me llevase al apartamento de sus padres solo para darme un minuto de calma.

Aquello había sido... raro. Me había hecho sentir cosas que, desde luego, no quería sentir. Y no hablo de un sentido romántico, no es eso. Es que sentí que yo le importaba de algún modo y eso sí que no quería pensarlo. No podía permitírmelo teniendo en cuenta nuestro pasado.

Pero aquí estamos, porque los abuelos de Noah piensan que necesitamos pasar tiempo a solas, ya que somos los únicos que no han mejorado nada la mala relación laboral. De hecho, según sus propias palabras, hemos ido a peor y molestamos a trabajadores y huéspedes que están cansados de nuestra dinámica. Si me preguntas a mí, creo que nuestra dinámica es bastante entretenida, pero supongo que hay gustos para todo.

No me anima mucho que la actividad sea recorrer el Polo Norte dentro de Macy's. En Navidad, instalan en los grandes almacenes algo llamado Santaland. Una aldea del Polo Norte donde se puede conocer al mismísimo Santa Claus (nótese la ironía). Es gratis, pero hay que reservar hora y, como tenemos tanta suerte, resulta que nuestros queridos jefes nos han reservado una a Noah y a mí.

La situación es incómoda porque apenas hablamos. Recorremos los escaparates navideños, preciosos para la mayoría de las personas y demasiado recargados para mí, y nos empapamos del espíritu navideño. Bueno, siendo sincera, Noah se empapa y yo intento no poner cara de culo, pero no ayuda en nada el hilo musical.

—¿De verdad no vas a acercarte a él? —pregunta entonces mientras nos dirigimos a nuestra cita con Santa Claus.

—Noah, tengo veinticuatro años, ¿sabes lo raro que sería subirme a las piernas de un señor disfrazado de Santa? Es perturbador.

—Eso es porque tienes la mente muy sucia.

Lo miro estupefacta, pero no sé si por sus palabras o porque está sonando «Mele Kalikimaka» y es... raro. De verdad, oír un villancico con música hawaiana solo podía ser la guinda a este pastel extraño y extravagante.

Paseamos por un pasillo de luces de colores junto a un decorado que, para los amantes de la Navidad, debe de ser como caminar por el cielo. Hay árboles con caras de duendes, casitas en miniatura, juguetes decorando cada metro del lugar inspirando a los niños para pedir cuantas más cosas, mejor. No es como si me las diera de ser una gran persona, soy consumidora porque es imposible no serlo en una ciudad tan capitalista como esta, pero, en serio, todo esto es excesivo. Está pensado para que los niños se atiborren de imágenes de juguetes, dulces y fantasías. Lo sé porque mi padre y Eva han traído a mis hermanas pequeñas y costó muchísimo dormirlas esa noche por la emoción desbordada.

A mí no me despierta emoción. Reconozco que en el pasado me encantaba, pero ahora todo me resulta demasiado artificial.

Cuando quiero darme cuenta, estamos frente a un Santa que, por fortuna, está sentado en un trono tan grande que su sillón es, en realidad, un banco de terciopelo verde. Alguien debería subirle el sueldo a la persona que pensó que era mucho mejor sentar a los niños a los lados que encima de un desconocido. Miro a Noah, que me lee el pensamiento y se ríe mientras niega con la cabeza.

—¿Te acercarás o no?

—Depende, ¿se lo dirás a tus abuelos si no voy?

—No me ofendas, Olivia. Por supuesto que sí.

Pongo los ojos en blanco.

—Entonces, supongo que no me queda más remedio que hacerlo.

—Bien dicho.

—Por tus abuelos, no porque me apetezca.

—Lo daba por hecho.

Su sonrisa es tan sabionda que me saca de quicio. Una chica vestida de elfo, o duende, o lo que sea que signifique llevar un traje de rayas y un gorro ridículo, nos da paso. Nos acercamos cada uno por un lado y nos sentamos junto a Santa, que ni siquiera se inmuta al ver a dos adultos sin niños allí, a su lado. De verdad, ¿nadie más ve que es raro?

—Vosotros diréis, chicos. ¿Qué os gustaría pedirme?

Intento no bufar y me concentro en pensar que, al final, este señor está haciendo su trabajo y no tiene la culpa de que mis jefes se hayan vuelto un poco locos. Creo que, con quedarme en silencio, ya hago un favor. Noah es el que habla, en vista de que yo no abro la boca.

—Creo que los dos queremos pedir salud para nosotros y nuestros seres queridos.

—Es un gran deseo —dice Santa sonriendo—. ¿Y tú?

Sus ojos azules adornados con gafas doradas y redondas me miran. Soy incapaz de preguntarme qué hay más allá de la barba postiza, el colorete y ese traje. ¿Qué lleva a una persona a trabajar de Santa? ¿Es solo necesidad o de verdad es alguien que disfruta recibiendo a cientos de niños y oyendo sus deseos?

—Olivia, Santa te está esperando.

Noah suena tenso, nunca le ha gustado dar la nota, así que sonrío y encojo los hombros.

—Estoy completa —digo.

—Oh, ¿en serio? Eso es genial, pero estoy seguro de que hay algo que te gustaría pedirme. —Niego con la cabeza y él, lejos de cansarse y dejarme ir para dar paso al siguiente, insiste. Ya no hay dudas: le gusta esto. Una persona que lo hiciera solo por necesidad aprovecharía mi desinterés para darme la patada y adelantar trabajo—. ¿Qué tal si probamos con esto? Cuéntame qué es eso que pediste de niña y nunca te concedí.

Me río, incómoda.

—No tenemos tanto tiempo, Santa.

—Oh, vamos. Dime una cosa, la más importante.

No sé qué me impulsa a hablar. En realidad no tenía pensado decirlo, pero de pronto siento que, si no lo digo, no nos podremos ir de aquí, así que lo suelto sin más.

—Una familia normal. Eso era lo que más pedía, pero no me lo concediste nunca.

Santa me mira con algo parecido a la compasión y me odio profundamente por haber dicho eso. ¿En qué momento pensé que era buena idea? En ninguno, pero la música, el decorado, la presión… Todo me ha llevado a hablar de más.

—Siento mucho que no se te concediera —dice Santa.

Carraspeo, incómoda, y asiento. Hacemos la foto de rigor, en la que salgo con los labios fruncidos y Noah con una seriedad que me sorprende, porque ni siquiera había reparado en su reacción.

Cuando salimos de ahí no sé cómo me siento. Después de todo, una no consigue siempre una disculpa del mismísimo Santa Claus. Se lo digo a Noah en un intento de ser graciosa, pero no se ríe.

—¿Qué pasa? —pregunto.

—Tú pedías una familia normal y yo… yo solo pedía a mi familia. A toda mi familia.

El significado de sus palabras cae sobre mí como un jarro gigante de agua fría. Me doy cuenta de que esta vez he sido insensible y ni siquiera he pensado en lo que él sentiría con mis palabras.

—Oye, yo…

—No te preocupes. ¿Quieres quedarte la foto?

Frunzo el ceño, aún me siento fatal, pero es obvio que Noah no quiere hablar del tema, así que miro la foto que sostiene en la mano y que nos ha costado una pasta y niego con la cabeza.

—Para ti.

Asiente, pero no dice nada.

Salimos a la calle y, hoy, por raro que parezca, no me molesta que esté nevando. Puede gustarme más o menos, pero es una realidad que Nueva York abre los brazos cada año para la gente que, durante esta época, se empeña en mostrarse frenética y entusiasta. Hay una camaradería y generosidad que, si bien me parece excesiva, dota a las calles de un color y una alegría inusuales en otra época del año. No es que Nueva York sea triste, pero sí puede llegar a ser fría. Una ciudad en la que todo el mundo parece ir a su bola, sin pararse a mirar al prójimo más que en estas fechas, cuando todo eso cambia de un modo radical. Tengo sentimientos muy encontrados, pero sería inútil negar este fenómeno.

Eso, unido a la nieve y a la decoración, hace de la ciudad un lugar bonito por el que pasear.

—¿Tienes hambre? —Me sorprende oír a Noah. Lo miro y señala una cadena de hamburguesas que me encanta. Él lo sabe, claro que lo sabe, puede que seamos enemigos desde hace años, pero hay cosas que no se olvidan—. ¿Te apetece cenar?

—No puedo. —Él asiente, como si no pasara nada, y aunque en otro momento hubiese aprovechado eso para ser irónica, repelente o simplemente insoportable, hoy no me apetece. Quizá por su gesto de ayer, o porque aún me siento mal con lo ocurrido en la visita a Santa—. Voy a ver otro apartamento.

—Oh. ¿A estas horas?

—Sí… No tenía más huecos libres y el agente inmobiliario dijo que no le importaba.

—Vale, genial.

—Si quieres… —Me lo pienso un solo instante, pero luego sigo adelante en modo kamikaze, porque es evidente que no sé lo que hago—. Si quieres puedes venir. Quiero decir, si no tienes nada que hacer.

—¿No te importa? —Lo sorprendido que parece debería darme una muestra de lo raro que es esto.

—Siempre que no te pongas picajoso…

—Lo intentaré, pero reconoce que el último era una mierda. —Me río, pero no hablo—. Me sirve.

Nos movemos en Uber hasta Brooklyn, donde está el apartamento que vamos a ver. Es pequeño, un estudio diáfano con un baño y una sola habitación, pero me enamoro en cuanto lo veo. Es cierto que no tiene mucha luz, pero todo lo demás está genial. Nada de grietas ni pocos enchufes ni moqueta apestosa.

Me gusta tanto que prácticamente doy saltos de emoción. Miro a Noah, que sonríe.

—Es muy pequeño.

—Sí, pero está genial.

—Sí…, no está mal.

No es como si buscara su aceptación, pero reconozco que, desde que me lo dice, me siento aún más predispuesta a reservarlo. Charlamos con el agente inmobiliario, que nos informa de los requisitos necesarios para alquilar. Tendré que dar un riñón y sangre de unicornio, pero es factible de asumir, así que le digo que lo vaya preparando todo y salgo de allí tan contenta que no me quedan ganas de ser antipática con Noah.

—¿Qué te parecería cenar ahora? —pregunto.

Él parece sorprendido, pero acepta de inmediato.

—Claro, ¿qué te apetece?

—Hamburguesa, por supuesto.

—Por supuesto —dice riendo entre dientes.

La cena la hacemos cerca de casa de mi padre y, cuando por fin nos sirven la comida, estoy contenta, ilusionada con la posibilidad de tener mi propio apartamento, aunque sea tan pequeño. Y ¿por qué no decirlo?, tranquila al saber que, de momento, Noah y yo no tenemos un frente abierto.

—Hagamos algo: una tregua —me dice—. Durante lo que dure esta cena, no vamos a echarnos nada en cara. Sin insultos. Sin rencores. ¿Qué te parece?

Sonrío, porque intuyo que Noah estaba pensando lo mismo que yo.

—¿Solo una tregua? ¿Podemos volver a odiarnos mañana?

—Sí, claro —dice riendo—. Ya no sé qué sería de mi vida sin el odio que siento por ti.

Sonrío, porque algo me dice que ese odio, en realidad, no es tal. Supongo que nos hemos acostumbrado a esa palabra, pero la verdad es que si me preguntaran si le deseo algún tipo de mal a Noah (algo más serio que un poco de pimienta en el chocolate caliente o un dibujo donde se meta la estrella del árbol de Navidad por el culo), sería incapaz de afirmarlo. Me he acostumbrado a gritarle que lo odio y, en algún momento, esa palabra se tornó tan normal para nosotros como cualquier otra. Nos gritamos que nos odiamos como podríamos gritarnos un «Buenos días», o eso me gusta pensar.

—Creo que puedo aguantar un ratito de tregua —contesto al final.

Noah se ríe y da un enorme bocado a su hamburguesa para cerrar el trato. Hago lo mismo y me pregunto cómo de raras serán las cosas después de esto. Cuando me doy cuenta de lo que estoy haciendo, destierro el pensamiento y me concentro en el ahora.

No sé qué pasará mañana, no sé qué sentiré, pero sé que ahora mismo estoy sentada en un sofá de cuero rojo junto a un ventanal por el que puedo ver la nieve, pero sin sentir frío. No siento ira ni rabia ni vergüenza en compañía de Noah. Me siento bien y, de momento, eso me sirve.

23

Noah

Joder, había olvidado lo divertida que puede ser Olivia cuando no está pensando todo el rato en la manera de joderme vivo.

Durante lo que dura la cena, puedo relajarme y olvidar la tensión que nos ha acompañado los últimos años. Gracias a nuestra tregua, no espero que me suelte alguna de las suyas a la mínima de cambio y eso es… bonito. Incluso liberador.

Es como si volviéramos a ser los de antes.

Recuerdo entonces lo que ocurrió después de aquel día, cuando la eché de mi habitación. Al principio no me di cuenta de que había obrado tan mal. De hecho, me sentí aliviado cuando ella dejó de insistir en estar conmigo, la verdad. Por fin tenía lo que tanto había buscado, pero un día, pasadas unas semanas, me acerqué a hablar con ella y me encontré con que había construido un muro entre nosotros y me resultaba imposible llegar hasta ella. Olivia se había cerrado en banda y solo tenía frases irónicas o palabras pasivo-agresivas para mí. Recuerdo que aquello me sorprendió. Supongo que era tan capullo como para pensar que ella estaría siempre ahí, esperando que yo quisiera prestarle atención.

Una parte de mí entendió con el tiempo que no podía culparla, pero otra... otra parte se enfadó mucho. Con el mundo y con ella.

Yo había perdido a mis padres, joder. Era yo quien atravesaba un duelo que me estaba partiendo en dos y era el que peor lo estaba pasando. ¿Y ella era la ofendida?

Ahí empezó todo.

Me subí al caballo del orgullo y, en vez de reconocer lo mal que estaba haciendo las cosas, me amparé en mi dolor para echarle las culpas a ella.

Lo demás vino solo. Con cada año que pasaba nos alejábamos más y más. Olivia acabó los estudios y empezó a trabajar en el hotel, igual que yo, y las cosas se complicaron aún más porque ya no podíamos evitarnos tanto como hacíamos antes.

El rencor no cesaba por ninguna de las dos partes y, cuando llegaba la Navidad, era como si los dos recordáramos a la vez el modo en que habíamos mandado a la mierda una de las mejores amistades que habían existido en el mundo, estaba seguro.

Ahora, en el presente, soy capaz de ver que me encerré tanto en mí mismo que la eché de mi vida de muy malas formas. Tenía motivos para estar dolido y enfadado, claro, pero eso no significaba que no hubiera sido injusto y cruel con Olivia. Ella intentó estar a mi lado y yo la eché, sin más. No es que le cerrara la puerta: es que literalmente no la abrí.

Aún no estoy listo para decirlo en voz alta, sobre todo porque no estoy del todo convencido de que ella acepte mis disculpas de buen grado, así que me prometo a mí mismo, aquí y ahora, mientras comemos esta hamburguesa y el ambiente tiene un aire parecido a lo que un día logramos, mejorar la relación con ella. Esta vez de verdad y no solo de cara a la galería para contentar a mis abuelos.

De todos modos, tampoco es como si esto último estuviera funcionando…

La cena acaba, salimos de la hamburguesería y escondemos la barbilla en nuestros abrigos al mismo tiempo. El frío es intenso y se ha hecho muy tarde, así que los dos pedimos un Uber y, mientras esperamos, nos miramos de soslayo.

—Ha estado bien, para ser algo puntual —dice al final provocando mi risa.

Asiento y me balanceo un poco sobre mis talones.

—Sí, no ha estado mal.

Su Uber llega antes que el mío. Se despide con un gesto de la mano y sube sin siquiera mirarme. Claro, no tenía por qué hacerlo, tampoco es como si esto fuera una estúpida película navideña de esas que tanto le gustaban de pequeña y ahora odia, junto a todo lo que tenga que ver con la Navidad.

Me marcho a casa y, cuando ya estoy tumbado en la cama, pienso que, en realidad, no estoy muy de acuerdo con eso de la tregua puntual.

No, no estoy nada de acuerdo y, por un instante, contemplo la posibilidad de enviarle un mensaje y decírselo, pero me contengo a tiempo.

—Mejor demostrar que hablar… —murmuro para mí mismo.

Hemos conseguido cenar sin matarnos. De hecho, la conversación ha sido fluida y amena. Si le digo ahora que quiero que empecemos a llevarnos mejor, se pondrá a la defensiva, la conozco demasiado bien, aunque ella piense que no.

Dejo el teléfono a un lado, en el colchón, y me paso un brazo por detrás de la cabeza mientras miro al techo y los recuerdos del pasado se entremezclan con todo lo que está ocurriendo en el presente.

Poco a poco. Esa es la única fórmula que funciona con Olivia.

O, al menos, eso espero, porque la otra opción, la de seguir odiándonos de por vida… No, esa empieza a resultar demasiado dolorosa.

24

Olivia

12 de diciembre

«Durante todo un día, tendréis que cantar villancicos para los huéspedes que lo soliciten».

Estoy en la recepción intentando asimilar la actividad de hoy. Hace ya una hora que nos la leyeron y, de momento, nadie se ha animado, pero es pronto. Estoy segura de que, a medida que avance la jornada, muchos huéspedes repararán en el cartel que hay junto a la escalera y los ascensores donde se les informa de que, si tienen el espíritu apropiado, pueden solicitar un villancico a cualquier trabajador del hotel. Estuve tentada de preguntar si eso no se considera una humillación, pero Nora y Nicholas han jugado de nuevo la carta del chantaje emocional.

Estamos justo a la mitad del calendario y empiezo a pensar que van a hacer eso en cada una de las pruebas. No ayuda, desde luego, que la mayoría de mis compañeros parezcan encantados. Después de doce días de Navidad obligatoria, ya son muchos los que se llevan bien y van por ahí diciendo que echarán de menos el calendario cuando llegue la normalidad.

Yo no, desde luego, no formo parte de ese equipo. Si bien es cierto que creo que he aprendido a tolerar todo este circo, aún no me encanta y dudo mucho que lo haga algún día. De hecho, vivo con el miedo de que quieran repetir esto cada año. No lo pregunto, por si al final soy yo la que da la idea, pero pensarlo, lo pienso.

En un principio, como digo, escaparse es fácil, pero a medida que avanzan las horas, empiezan a llegar compañeros a recepción que cuentan que ya han tenido que cantar, sobre todo los que trabajan en el restaurante. Avery está deseando que un huésped se lo pida, así que no es de extrañar que se ponga contentísima cuando Gunnar, el sueco, baja, lee el cartel y me sonríe.

—Quiero un villancico.

Lo miro sin saber bien cómo proceder. Para empeorar las cosas, las puertas del ascensor se abren y aparece Noah con unos documentos que, seguramente, tiene que dejar en mi puesto de trabajo.

—Oh —contesto a Gunnar.

Fluida, ¿eh?

—Dijiste que te encanta la Navidad y aquí pone que cantáis villancicos.

Noah ya está a la altura de la recepción y yo no puedo evitar maldecir por dentro. Mierda. Dije eso, es cierto, pero lo hice solo porque Gunnar es altísimo, rubísimo y guapísimo. Habría dicho que me encanta comer bebés si él lo hubiera preguntado. Miro a Noah, que parece contrariado. Creo que es porque está esperando a que lo rete a hacerlo, pero hoy no tengo ganas de ser una capulla. Bueno, no tengo tantas ganas.

Aun así, cuando Noah abre la boca, me echo a temblar, porque no sé si va a cobrarme algunas de las bromitas que le he hecho (sin ninguna mala intención, por supuesto). Una cosa es la tregua que tuvimos anoche, pero soy consciente de que eso se acabó y él aprovechará cualquier oportunidad para ponerme las cosas difíciles.

—¿Qué villancico le gustaría que cantáramos? —pregunta entonces Noah.

Lo miro con los ojos como platos. Avery saca su teléfono de inmediato para enfocarnos. Tampoco le supone un gran esfuerzo porque lo tenía apoyado en el mostrador mientras retransmitía en directo.

De todos modos, Nora y Nicholas le dijeron que no quieren el dinero y que, si le parece bien, se conforman con que done una parte a causas benéficas. Al final, Avery dijo que donaría una parte y la otra la destinaría a un bote que se repartirá cuando termine el mes entre todos los trabajadores que grabe, porque no siente que sea dinero suyo cuando los actores (así nos llama ella) somos todos. Esas son las cosas que hace Avery y me recuerdan que tiene un gran corazón y, solo por eso, no puedo matarla por enfocarme constantemente.

Volviendo al aquí y ahora, Noah, Avery y yo seguimos esperando la respuesta de Gunnar, que se toma su tiempo en responder hasta que, al final, sonríe de un modo que me pone nerviosa.

—Quiero la de «Frosty the Snowman».

Frunzo el ceño. ¿En serio? ¿De todos los malditos villancicos que existen ha elegido ese? ¿No es un poco… infantil?

—Bien, chicas, nuestro huésped ha hecho su elección —dice Noah.

—Un momento, ¿tú no cantas? —pregunta Avery.

—Dejaré que empecéis vosotras y me uniré a los coros. No quisiera estropear vuestras preciosas voces.

Delante de Gunnar no puedo negarme, así que carraspeo y empiezo a cantar más mal que bien. La parte buena es que Avery se lanza conmigo y Gunnar empieza a hacer un baile que... Oh, Dios, está bailando de verdad y, aunque yo canto fatal, él baila peor. Es un espectáculo tan dantesco que los huéspedes que pasan por recepción se quedan mirando. De verdad, si no fuera porque esta estúpida actividad la han propuesto mis jefes, pensaría que esto puede ser motivo de despido. Pocas veces he vivido algo tan raro e incómodo a nivel visual.

Cuando pensaba que no podíamos hacerlo peor, Noah se une en el estribillo, tal como prometió. Si yo canto mal, él canta peor. Faith, que justo ha llegado a la recepción, también se ha animado. Ella canta bien. Es la única y se nota.

A mí todo esto me resulta ridículo, pero entonces las puertas del ascensor se abren y aparecen nuestros jefes. Nora va agarrada del brazo de Nicholas y los dos están ataviados con ropa elegante, así que supongo que van a salir. Se quedan clavados en la recepción mirándonos y, aunque disimule, me doy cuenta del modo en que sonríen. Nora incluso se emociona.

Por primera vez desde que todo esto empezó, reflexiono acerca de lo difícil que habrá sido para ellos ver el mal ambiente que había en el trabajo un día tras otro. Por primera vez también, me arrepiento de verdad de haber sido tan capulla y borde, al menos delante de ellos. Sigo pensando que Noah se ha merecido todos y cada uno de mis desplantes, pero yo podría haber disimulado un poco más.

Miro al susodicho, que sigue haciendo los peores coros de la historia, y él me sonríe como si estuviera un tanto avergonzado. Por un instante, algo se agita con fuerza en mi interior. Y odio cada segundo de ese sentimiento. Lo odio tanto que dejo de cantar de una forma bastante abrupta. Avery y los demás siguen. Cuando la canción acaba, Gunnar aplaude y se ríe tan alto que, de haber habido más gente alrededor, se habría parado a mirarlo.

—¡Genial! ¡Me ha encantado, chicos! Muy bien.

—Nos alegra complacerlo, señor —le dice Noah.

—Estoy muy feliz —sentencia el sueco antes de mirarme—. ¿Te queda mucho para acabar el turno?

—Oh, pues no, pero…

—Genial, podríamos salir a dar un paseo, ¿qué te parece?

Abro la boca, sorprendida de que alguien tan guapo se haya fijado en mí. Mi primer impulso es aceptar, pero entonces oigo una voz que, por supuesto, no es la mía.

—Eso sería maravilloso, señor, pero las reglas de nuestro hotel prohíben terminantemente que nuestros trabajadores se relacionen con los huéspedes de un modo íntimo, ya me entiende.

Miro a Noah estupefacta. ¿Eso es verdad? No lo es. O sea, si eso fuera así, Asher habría sido despedido hace años.

Sin embargo, Gunnar parece creerlo, porque frunce los labios como si estuviera muy triste y suspira.

—Es una lástima —dice mirándome.

Se marcha hacia la calle mientras yo pienso que, desde luego, lo es, porque ese trasero se merece todos los paseos del mundo.

—Las relaciones no están prohibidas, Noah —le digo al susodicho en cuanto se cierra la puerta de entrada.

—No, pero es cierto que no es recomendable salir con los huéspedes —dice Nicholas, interviniendo por primera vez.

Que el jefe lo diga deja clara la postura del hotel, pero a mí hay cosas que no me cuadran.

—Pero Asher lo hace todo el tiempo.

—Y por eso fue elegido para hacer las actividades —añade Nora—. Aunque debo decir que últimamente está portándose bastante bien.

—Eso es porque últimamente se esconde mejor —murmura Faith. Por suerte, nuestros jefes no la oyen.

Avery se tropieza intentando enfocarme más de cerca y la miro mal.

—Eso te pasa por pasarte de lista —murmuro.

Ella se ríe, lejos de arrepentirse. Al final Nicholas y Nora se despiden, Noah vuelve a sus quehaceres, Faith entra en su turno y yo me quedo aquí, con Avery, pensando en que, por un momento y por segundo día consecutivo, la relación entre Noah y yo no ha sido tan mala.

De hecho, se ha despedido con una sonrisa. Aunque se supone que esa es la finalidad de este calendario de actividades, cuando por fin me puedo sentar en mi silla, estoy muy muy tensa.

Y ni idea del porqué.

25

Noah

Asher y yo estamos en casa viendo una peli malísima. De verdad, es tan mala que el sueño empieza a vencerme. Me habría dormido de no ser porque mi amigo apaga el televisor de pronto, sin dar explicaciones. Y, oye, que sea mala no quita que, para dormir, me guste tenerla de fondo.

—No puedo aguantarme más.

Lo miro sin entender muy bien a qué se refiere.

—No puedes aguantarte más... ¿el qué?

—¿Qué está pasando con Olivia?

De todas las cosas que podría haber preguntado, justo esa es la que no me esperaba. Frunzo el ceño y lo miro mal.

—No sé, ¿qué está pasando?

—Oh, venga ya, Noah. Soy tu mejor amigo. ¿Sabes que mentirme es pecado? ¡Irás derecho al infierno!

—Creo que aquí los dos vamos a ir derechos al infierno te mienta o no, pero el caso es que no te miento. No sé de qué me hablas.

—Se te olvida que fui yo quien os encontró en el apartamento de tus padres.

—¿Y?

—Sé muy bien lo que vi.

Me río, para que entienda que ni siquiera voy a darle importancia a sus palabras, pero entonces me detengo, porque eso es lo que he hecho durante mucho tiempo. Asher ha estado en mi vida desde que los dos éramos demasiado jóvenes como para pensar en las consecuencias de nuestros actos. De los míos en concreto. Cuando aparté a Olivia de mi vida, me refugié en mi amistad con él. Para bien o para mal, ha sido partícipe de todo desde el principio, así que creo que va siendo hora de sincerarme.

—Me porté mal con ella, Asher. Fui un capullo.

—¿A qué etapa te refieres en concreto? Porque has sido un capullo a menudo.

Bufo, pero en realidad tiene razón.

—Cuando la eché de mi habitación y luego pretendí hacer como si nada semanas después. —Asher se queda en silencio, lo que me pone nervioso, aunque me joda—. ¿Qué?

—Que te lo dije. Te lo dije muchas veces, aunque la propia Olivia piense que no y que yo te alejé más de ella.

Eso es cierto. Olivia tiene la idea de que cambié su amistad por la de Asher y no fue exactamente así. Sí, Asher apareció en mi adolescencia y lo quería mucho, era mi mejor amigo en ese momento. Sé que a Olivia le duele que no lo alejara a él también, sino que me acercara más, pero eso es porque Asher tiene una familia de mierda y a esa edad pasaba más tiempo en la calle que en casa. Él no intentaba meterme en su casa con su familia, al revés. Todo lo que quería era distraerse con chicas y diversión para olvidar sus mierdas y me enseñó a hacerlo del mismo modo. Me quedé con él porque era más fácil y dolía menos, aunque reconocerlo sea duro.

—Siento que Olivia no te soporte por mi culpa. —Por primera vez tomo conciencia y pido disculpas con sinceridad.

—Bah, yo tampoco me he molestado nunca en acercarme a ella y quizá debería haber intervenido más entre vosotros, pero, tío, es que parecíais un matrimonio. Todo el día juntos.

—Lo sé, pensabas que éramos algo más que amigos, ¿te acuerdas?

—Bueno, eso lo sigo pensando.

Me río, esta vez con una carcajada seca desprovista de humor.

—No digas estupideces.

—¿No? ¿Y qué fue lo que pasó el otro día, en casa de tus padres, cuando os encontré?

—No pasó nada.

—Oh, venga, te lo repito: yo entré y os vi. Teníais una sensación de intimidad de la hostia.

—Te digo que no pasó nada.

—Una cosa es que no pasara nada físico, vale, eso te lo compro, pero no me digas que no hubo algún tipo de cambio esa noche, Noah, porque no soy tonto, aunque me lo haga.

—Simplemente fue…, bueno, fácil. No sé, es bonito haber tratado con la Olivia normal, aunque sea por un corto espacio de tiempo. La que no está a la defensiva ni demostrándome su resentimiento de un modo constante.

—Entiendo.

—Creo que me gustaría volver a ser su amigo. Como antes…

—Entiendo.

—Deja de decir «entiendo».

—No sé qué quieres que diga.

—¿Qué piensas tú?

—Creo que no estás siendo sincero contigo mismo. No del todo, al menos.

—¿A qué te refieres?

—No ves a Olivia como a una amiga sin más, Noah. No lo hacías a los dieciséis y no lo haces ahora. Debes tener cuidado con eso.

—¿A qué te refieres?

—Olivia no es una chica que conoces una noche y a la que después es fácil olvidar. Si sigues indagando en esta nueva etapa de paz que pretendes abrir, tenlo presente. Es prácticamente... familia. Parte de la familia del hotel. Conoces a sus padres desde niño y estoy seguro de que tampoco quieres disgustar a tus abuelos.

—¿Y por qué debería disgustarlos? Hablas como si pretendiera casarme con ella. Solo quiero recuperar su amistad.

El modo en que mis hombros se han tensado da una idea de cómo me siento y mi tono de voz no ha ayudado nada. Parece que estoy a la defensiva, porque lo estoy.

—Oye, yo solo digo que tengas cuidado, ¿vale? —me dice Asher—. Nada más. Y ahora me voy a dormir porque me has estropeado la noche de cine.

Bufo, pero me voy a mi dormitorio y me tumbo en la cama mientras le doy vueltas a la conversación. No pretendo tener una historia de amor con Olivia. No es eso. Simplemente me gustaría recuperar la amistad que perdimos y, no sé, joder, si la perdimos una Navidad de hace años, ¿por qué no podemos recuperarla en las mismas fechas?

Entro en TikTok intentando distraerme de todo esto, porque la presión está empezando a darme dolor de cabeza. La intención en un principio es ver vídeos de osos panda comiendo bambú, que es algo que recomiendo encarecidamente a toda persona estresada, pero el primer vídeo que me sale es de Avery. Como la curiosidad me puede, entro en el perfil para descubrir que la cuenta sigue creciendo a un ritmo vertiginoso. A decir verdad, descubro eso y que Olivia y yo tenemos casi un club de fans rogando que, por favor, nos besemos o nos demos cuenta de que estamos enamorados.

Pero ¿qué le pasa a todo el mundo?

Es estúpido, absurdo y, aun así…, algo se remueve dentro de mí.

Joder, qué mierda.

Al parecer, hay un nombre para definirnos y es *Noalivia*. No, no es una broma, estas son algunas de las etiquetas con más visitas:

#NoaliviaMerry

#NoaliviaTogether

#NoaliviaKiss

#NoaliviaMarried

#NoaliviaCuteCouple

Entro en el primero solo porque… No sé, porque sale mi apellido, supongo, y parte de su nombre. Es como si estuviéramos casados o compartiéramos apellido y es raro, pero, a la vez, es curioso.

Al entrar, me encuentro con un sinfín de vídeos. Entro en el primero y me doy cuenta de dos cosas.

La primera es: ¿cómo es que la gente hace cosas tan increíbles solo con un teléfono? De verdad, hay montajes especialmente bonitos, aunque piense que todo esto es una locura.

Y la segunda es: ¿cómo es que nunca me he dado cuenta del montón de veces que Olivia y yo nos miramos frente a la cámara de Avery?

Joder. Es sorprendente y… y me da que pensar. Puede que la gente sea intuitiva, pero no tendrían material si nosotros no se lo ofreciéramos, aunque sea de forma inconsciente, ¿no?

Repito: joder.

26

Olivia

13 de diciembre

Entramos en el apartamento de los señores Merry y noto el ambiente raro de inmediato. Nora y Nicholas sonríen como siempre, pero hay en ellos un nerviosismo apreciable. Yo, al menos, lo noto, aunque es cierto que los conozco desde hace bastante tiempo.

—Pasa, querida, siéntate al lado de nuestro Noah —me dice Nora nada más verme.

Obedezco y, por un instante, estoy tentada de soltar una de esas frases pasivo-agresivas que tan bien se me dan, pero después de lo sucedido en los últimos días, no sé bien cómo comportarme. Sí, sé que en teoría nuestra cena de tregua solo duró eso: la cena, pero aun así es raro.

Él está vestido con un vaquero y una sudadera, como es habitual. Es cierto que muchos días se pone uniforme, pero, cuando pienso en Noah, siempre lo visualizo así, tal y como va ahora, con el pelo desordenado y los ojos divertidos.

—Felicidades, te ha tocado el privilegio de estar a mi lado.

—Oh, por favor —me río—. Deberías estar dando saltos por dentro porque te he concedido el honor de estar a mi lado.

—Yo estaba antes.

—Y yo he elegido darte el privilegio de mi compañía. ¿Qué vale más?

—¿Vais a estar así todo el rato? Es un poco perturbador —dice Asher.

—Cállate, están increíbles así —interrumpe Avery—. Adelante, chicos, sentíos libres de flirtear.

—Nadie está flirteando, Avery —respondo de malos modos.

A mi lado Noah guarda silencio, pero tomo nota de lo rígida que es su postura de pronto. Imagino que le sienta tan mal como a mí que nuestra amiga y compañera siempre esté insistiendo con que nos relacionemos del modo que sea porque, al parecer, a su comunidad le encanta.

Nora y Nicholas sacan la casita correspondiente y me doy cuenta de que hoy somos muy pocos. A decir verdad, solo estamos Asher, Avery, Noah y yo. Por un instante quiero preguntar, pero supongo que, al final, tenían razón en que los participantes de las actividades harían más o menos en función de su relación con los demás. De cara a los abuelos de Noah, nosotros nos llevamos fatal y no hemos mejorado nada, porque imagino que no saben lo de nuestra cena ni mucho menos lo de la escapada al apartamento de los padres de Noah, así que supongo que es normal que estemos aquí. Asher está porque tampoco ha bajado el ritmo de cagadas y Avery es la reportera dicharachera, al parecer, así que está metida en cada cosa mínimamente importante del hotel, me guste o no.

Por un momento, me alegro de que al menos no seamos demasiados, porque imagino que eso implica que la de hoy será una actividad sencilla.

No podría estar más equivocada.

Rompen la puerta de la casita, sacan la nota de hoy y, cuando la leen, algo oscuro y desagradable me trepa por el pecho.

—Tenemos que fabricar guirnaldas de palomitas para darle el toque final a los árboles de Navidad.

Por un instante, el silencio es absoluto. Asher y yo somos conscientes de lo que ocurre, porque, aunque no me guste reconocerlo, él ha estado en la vida de Noah tanto como yo. Avery está en silencio, pero porque está grabando, y Nora y Nicholas miran a su nieto esperando su reacción. Sus sonrisas son temblorosas y sus ojos guardan tantas esperanzas que el corazón se me rompe un poquito.

—No voy a hacer esto, lo siento. —Noah se levanta tan rápido que me sobresalto.

—Querido…

Su abuela empieza a hablar, pero él se marcha tan deprisa que apenas me da tiempo a pestañear antes de que la puerta se cierre.

Miro de inmediato a mis jefes. Los ojos azules de Nicholas están bajos, centrados en la mesa, mientras Nora nos mira con la mirada cristalina y una lástima visible.

—Pensé que habíamos avanzado lo suficiente como para que al menos quisiera hacerlo con los demás.

—Hay que darle más tiempo —murmura Nicholas.

—Han pasado muchos años —insiste Nora—. Tiempo precisamente es lo que menos va quedando.

—¿Estáis enfermos? —pregunto espantada.

—Estamos mayores —responde Nicholas sonriendo—. No estamos enfermos de gravedad de nada, si eso es lo que te asusta, pero no somos eternos.

Lo entiendo, de verdad, pero creo que estamos llegando a unos puntos que no sé si son aconsejables. No deberían forzar a Noah a hacer algo que le provoca dolor de ninguna de las maneras. Y tampoco deberían decirle que ellos faltarán algún día, más pronto que tarde, por cuestión de edad. Él es más que consciente de eso y se está preparando para ello, puedo ver eso a pesar de nuestra mala relación.

No les digo nada porque al final ellos también sufren todavía la pérdida de los padres de Noah, así que carraspeo y me adapto a la conversación cuando Asher se empeña en bromear con comernos las palomitas.

No lo hacemos, claro. De hecho, hacemos las guirnaldas solo porque me parece demasiado violento que nos vayamos sin hacer nada. Creo que Nora y Nicholas lo agradecen, porque nos hacen chocolate calentito y nos ponen música ambiental que, aunque sea navideña, no está tan mal. Al menos es música de saxo sin letra.

Cuando nos marchamos y salgo del hotel, no puedo dejar de pensar en Noah y lo ocurrido. Siento un chispazo de la Olivia del pasado, cuando actuaba por impulsos e insistía una y otra vez en acompañar a Noah en sus malos momentos, aun cuando no quería.

Entendí por las malas que no debo estar donde no se me quiere, pero han pasado años y... y quizá, no sé. A lo mejor esta vez sí necesita hablar con alguien, después de todo, hemos madurado, ¿no?

Asher sale en ese instante y me ve en la acera del hotel, parada y con la nieve arremolinándose en mi pelo.

—¿Qué ocurre?

—¿Crees que Noah se tomaría a bien que fuera a verlo para asegurarme de que está bien? —pregunto sin medias tintas.

Asher se queda un poco parado. Recuerdo que él y yo nos hemos llevado mal durante años porque siempre he estado convencida de que a él no le gustaba que Noah y yo fuéramos amigos, así que puede que, de un modo inconsciente, esté esperando que él me quite esta absurda idea de la cabeza de un plumazo. Pero no lo hace. Sino que sonríe y se saca el móvil del bolsillo de la chaqueta. Escribe algo y me guiña un ojo.

—Acabo de mandarte la dirección por mensaje. Creo que hoy dormiré en casa de un amigo… o amiga. Así no os molesto.

—No seas idiota.

—No lo soy. Si quieres hablar con él, será mejor que yo no esté.

En eso tiene razón. No es como si hubiera insinuado algo, así que, cuando se marcha, decido no pensarlo mucho más.

Cojo un Uber y me dirijo a la dirección que me ha dado Asher. Cuando bajo del coche y miro el edificio en el que vive Noah, me doy cuenta de que no sé nada de su vida privada. No más allá de lo que pueda saber de cualquier otro compañero del hotel, y eso, con nuestro pasado, es triste…

Me acerco y, mientras me dirijo al portero, recuerdo el modo en que me echó de su habitación hace años. De su habitación y de su vida.

Es una tontería, lo sé, pero también sé que, cuando Noah está mal, no le importa dar donde duele para aliviarse. O al menos solía ser así.

Me pienso durante unos instantes si llamar o no. Todavía estoy a tiempo de darme la vuelta y volver a casa, a una zona segura en la que no me sienta expuesta y temerosa de salir herida, pero luego recuerdo su cara cuando ha visto la nota de hoy y… tengo que estar aquí. Si me echa, pues volveré a retomar con él la dinámica de odiarlo profundamente, pero no puedo irme sin intentarlo al menos, aunque eso me haga parecer un poco idiota.

Toco el botón correspondiente a su piso y espero sintiendo algo enorme atravesado en la garganta. Joder, igual ni siquiera me sale hablar cuando responda.

—¿Sí?

Joder. Joder. Joder. Los nervios se apoderan de mí.

27

Noah

Intento averiguar quién es la persona que está abajo, en el portero, pero está en un ángulo que la cámara no consigue captar. Por un instante, me planteo la posibilidad de que sea alguien gastando una broma o alguien que se ha equivocado.

—¿Sí? —pregunto por segunda vez.

Si es una broma, quien quiera que sea ha elegido un mal día para ponerse a hacer el gilipollas por el portero automático.

Entonces se me plantea una tercera posibilidad: ¿puede ser que alguna chica le haya dado su merecido a Asher, o el novio de alguna chica, o la novia de alguna chica, y esté medio desangrado en el suelo? Es una realidad que tener en cuenta. De hecho, es una realidad que yo me he imaginado más de una vez.

—¿Asher? —pregunto—. ¿Eres tú?

Mi amigo no responde y la paranoia empieza a apoderarse de mí. Si lo pensara con racionalidad, me daría cuenta de que Asher está perfectamente bien, pero estoy empezando a asustarme por ese idiota, quizá porque he estado en tensión mucho tiempo esperando algo así.

—Soy Olivia. —Su rostro aparece en la cámara al mismo tiempo que yo me quedo sin respiración. Es un segundo, lo suficiente para asustarme, pero no para que me pase algo. Trago saliva e intento hablar, pero ella se me adelanta—. ¿Puedo subir?

Reviso el salón con rapidez. El pánico de que las cosas no estén en su sitio se me atraviesa en la garganta unos segundos, sobre todo porque al llegar a casa suelo estar cansando para limpiar, y Asher siempre deja sus mierdas por ahí. Por lo demás, todo parece estar más o menos en orden. Seguro que el cuarto de Asher es un desastre, pero ella no tiene por qué entrar ahí, ¿no?

Aprieto el botón en solo unos segundos, pero aun así reviso de nuevo la cámara, como si una parte de mí estuviera lista para darse cuenta de que se ha ido, cansada de esperar.

La veo empujar la puerta y abro la del apartamento, para esperarla apoyado en el marco.

Olivia está en casa.

Es la primera vez que me busca en años y, aunque me imagino los motivos por los que ha venido hasta aquí, una parte de mí se está regodeando en el hecho de que se haya preocupado lo bastante como para visitarme.

«Eres un tóxico, Noah…».

Cuando aparece en el rellano del apartamento lleva el abrigo, pero se nota por el pantalón que aún va vestida con el uniforme del hotel, así que supongo que, después de la dichosa actividad, ha decidido venir aquí.

—Hola. —Su sonrisa no es sincera, sino tensa, y no puedo culparla porque la situación en sí es incómoda.

Nunca pensé tenerla aquí, pero mucho menos después de un día que ha resultado ser una mierda.

—Hola —murmuro.

—Solo quería venir a ver cómo estás después de… Bueno, ya sabes.

—Estoy bien.

¿Estoy bien? ¿Y ya está? ¿No voy a decir más? Es que menudo imbécil soy a veces, de verdad. Pero quiero que conste que me comporto así porque estoy nervioso, tenso y no sé bien qué finalidad exacta tiene esta visita. Creo que Olivia también se da cuenta de lo raro que es todo esto, porque se mete las manos en los bolsillos del abrigo y se balancea un poco sobre los talones mientras carraspea.

—Oh, genial.

—Sí…

—Bueno, pues en ese caso… Adiós.

¿Adiós? ¿Cómo que adiós? ¿Se va? Joder.

—No —le digo.

—¿No?

—No te vayas. Hay… hay cosas que podemos hacer. —Olivia eleva una ceja y me pongo nervioso, porque eso ha sonado raro, lo que me frustra aún más—. Pelis. Podemos ver una peli o, no sé, cenar. ¿Has cenado?

—No, pero es tarde y…

—Mañana no trabajamos. —Olivia duda y yo, de pronto, siento la necesidad de que ella acepte. No me paro a pensarlo, decido guiarme por impulsos y ver cómo sale. Total, peor no puede ir —. Vamos, ¿me tienes miedo? ¿Es eso? —pregunto en un tono socarrón.

—No digas tonterías.

—¿Entonces? Venga, una cena y una peli, por los viejos tiempos. ¿Qué podría ir mal?

Lo pregunto, pero por dentro yo sé que podrían ir mal muchas cosas. Muchísimas. Aun así, me callo y hago como que estoy superseguro de lo que hago. Ella, después de pensarlo un poco, da un paso en mi dirección. ¡Bien!

Joder, no, que no se me note eufórico. Sonrío, pero como podría sonreírle a un vendedor de seguros. Ella se adentra en el apartamento y, cuando pasa justo por mi lado, me dedica una sonrisilla.

¡Una sonrisilla! ¡A mí! Tiene que ser a mí, porque la otra opción es que le haya sonreído a la puerta y eso sería raro hasta para ella.

Cierro la puerta y reconozco que tal vez, a lo mejor, estoy un poquito más entusiasmado de lo que debería, pero ¿qué más da? Ya le daré vueltas mañana, que es una cosa que se me da superbién.

De momento, todo lo que me importa es que Olivia está en casa y la noche es nuestra. Es una gran oportunidad para recuperar nuestra amistad siempre que consiga arreglármelas para no meter la pata.

28

Olivia

Apilo las cajas de cartón de la comida china que hemos pedido mientras miro a Noah de soslayo. Está pasando un trapo por la mesita de café, donde hemos comido sentados en el suelo. ¿Que por qué no nos hemos sentado en el sofá? Pues porque... porque... Mira, no sé, hay muchas cosas raras en toda esta situación que ni siquiera yo entiendo bien.

Aun así, aquí estoy, recogiendo para sentarme, esta vez en el sofá, a ver una peli con él, como si fuéramos amigos. Como si las cosas fuesen igual que antes.

La cena ha sido... interesante. Creo que no puedo catalogarla de otro modo. Era como estar con un extraño y, a la vez, estar con alguien a quien conozco casi tan bien como a mí misma.

—¿Qué te apetece ver? —pregunta Noah cuando hemos acabado de recoger y ya estamos sentados en el sofá, con la tele encendida.

Es un sofá cómodo, aunque eso no me parece extraño. En realidad, el apartamento entero, o lo que se ve de él, está pensado para ser práctico y cómodo. No es ostentoso, pero tampoco lo esperaba. Aunque su familia tenga un hotel que va bien, ni él ni sus abuelos, ni sus padres cuando vivían, son personas que disfruten alardeando de lo que tienen. Es algo que mi padre lleva toda la vida refiriendo de los Merry.

—En realidad, me da un poco igual —le digo.

—Ah, ¿sí? ¿Una comedia romántica?

—Dios, no —lo miro horrorizada y se ríe.

—Sigues siendo un poco siniestra para ver pelis, entonces.

—Que me gusten las pelis de terror no me hace siniestra.

—Un poquito sí. Podríamos ver algo navideño.

—Estás de broma, ¿no? —Él me mira tan serio que entrecierro los ojos—. ¿Quieres echarme y no sabes cómo?

No puede aguantarse la risa.

—No, pero no sé, creo que es interesante que, ya que nuestra tregua viene un poco dada por la Navidad…

—Sinceramente, Noah, creo que estoy saturada de Navidad. Creo que hasta tú estás saturado, pero no sabes cómo decírmelo o te encanta molestarme. —Él se ríe y yo entorno los ojos—. Bien pensado, creo que es una mezcla de las dos cosas.

—Ah, siempre has sido demasiado lista para tu propio bien.

—¿Eso pretendía ser un halago? Porque suena a halago, pero también a insulto.

—Eres una persona muy muy lista. Dime, ¿en qué mundo significa eso un insulto?

Lo miro dejando que vea la sospecha en mi cara, pero no se inmuta. En cambio, selecciona una plataforma de series y películas y elige una casi al azar. Al principio quiero quejarme, pero no tardo en darme cuenta de que es *Misery*. Una peli de terror psicológico que, aunque ya había visto, la disfruto.

A Noah no le apasionan las pelis de terror, o al menos solía ser así en el pasado, por eso creo que esta elección es solo un modo de contentarme. Eso hace que ciertas partes de mí se remuevan inquietas. Una en concreto, situada entre el ombligo y la zona baja del pecho, se mueve tanto que es como si tuviera un nido de lombrices.

La peli es entretenida y me gusta, aunque más de una vez miro de soslayo a ver qué hace él. Parece concentrado y se le marcan unas arrugas en la frente que le dan un aire muy pero que muy interesante. Nuestras miradas se encuentran no una, sino varias veces. Cuando acaba *Misery*, me incorporo en el sofá, miro mi reloj y me sorprende darme cuenta de que ha pasado el tiempo suficiente como para sentir el peso del cansancio. Bostezo y Noah, que se da cuenta, sonríe.

—¿Tienes ganas de disfrutar del día libre? —pregunta refiriéndose a mañana.

—Dios, sí. No me malinterpretes, me gusta trabajar en el hotel, pero todo esto es… agotador.

—¿Habéis hecho las guirnaldas?

El cambio de tema es tan abrupto que me doy cuenta de que, posiblemente, sus miradas hacia mí se deban a eso, mientras que las mías hacia él…

—Sí —respondo.

No digo más, no sé qué puedo decir que lo ayude a llevar el dolor que supone para él saber que hemos hecho algo que, en un principio, era una tradición en su familia y la idearon sus padres cuando Noah era pequeño. Tanto como para que no recuerde el inicio de esa tradición, aunque esté grabado en vídeo.

—Vale. ¿Y qué harás mañana?

No sé si está agradecido por mi sinceridad o ha decidido que, al final, no le interesa hablar de esto, pero el caso es que sigo haciendo lo mismo: respetar sus ritmos. Me adapto a la conversación y dejo que lleve el tono. Total, no voy a morirme por ser amable un día, ¿no?

Uno más, quiero decir.

—Descansar.

—¿Solo eso?

—Solo eso. Es posible me pase todo el día en la cama mirando series y levantándome para comer e ir al baño. ¿Y tú?

—Saldré a hacer algo de ejercicio y luego…, no sé. Descansar también, supongo.

—¿Sigues yendo a correr cada mañana?

—Lo intento, ¿tú?

—A veces.

Antes, cuando Noah y yo éramos amigos, salíamos a correr a menudo. Éramos muy jóvenes, pero a los dos nos servía para desahogarnos. Además, nos divertía competir mientras corríamos por cualquier ruta previamente trazada.

Desde que ya no somos amigos he intentado seguir haciéndolo a diario, pero no ha funcionado. Aunque sí que voy a veces, me avergüenza un poco reconocer que, después de nuestro distanciamiento, muchas cosas cambiaron a peor.

—Podríamos ir juntos un día —dice.

—¿Por? ¿Quieres tirarme de un empujón a una alcantarilla abierta?

Noah se ríe, como si mis ataques fueran supergraciosos de pronto.

—No, idiota, pero no sé. Podría ser divertido.

—Me acabas de llamar idiota.

—Era sin mala intención. Como un apodo cariñoso.

—¿Idiota es un apodo cariñoso?

—Sí, ¿por qué no? Hay gente por ahí dedicándose apodos que dan bastante más vergüenza.

Me río, porque en eso tiene razón.

—En fin, debería marcharme. —Noah no responde, pero me sigue cuando me dirijo hacia la puerta—. Gracias por la cena. Y por la peli. Y por…, ya sabes. Ser majo. Salvando el pequeño detalle de llamarme idiota.

—Repito: es un apodo cariñoso. Y de nada. Supongo que esto ha sido otra tregua.

—Dejémoslo en que ha sido una buena noche, sin más.

—Me parece bien —dice él con una sonrisa.

Me marcho de su casa y, cuando entro en el ascensor, me doy un golpe en el pecho porque mi corazón no deja de latir, el muy desgraciado.

—Al final vas a conseguir que nos dé algo aquí y, con nuestro historial con Noah, es posible que lo acusen de habernos causado la parada cardiorrespiratoria.

Mi corazón no contesta, claro, es lo que tienen los corazones: te mantienen con vida y laten como locos en los momentos menos esperados, pero si intentas mantener una conversación racional con ellos, se cierran en banda.

29

Noah

14 de diciembre

Me paro un momento para coger aire. Joder, el frío hoy no parecía tan intenso cuando he salido de casa. En teoría, ahora que he corrido diez kilómetros, debería sentirme acalorado, pero siento que cada bocanada de aire que cojo va directa a mis pulmones, congelándolos un poco más.

Reconozco que el pantalón corto no ha sido la mejor idea del mundo, pero, como diría Asher: «Ya soy un chico guapo y eso requiere cierto esfuerzo, no se me puede pedir también una gran inteligencia».

Cuando mi amigo tiene razón, pues la tiene y se acepta, sobre todo porque no es algo que pase a menudo.

Me incorporo para recorrer los pocos metros que me quedan para llegar a casa y empiezo a pensar en el café que me prepararé cuando salga de la ducha. El segundo del día, porque ya he tomado uno antes de ir a correr.

No es que haya dormido mal, sino que anoche me dieron las tantas, otra vez, viendo vídeos en internet. Pero eso en parte fue culpa de Olivia. Después de que se marchara, toda la casa olía a ella, y eso, por algún motivo extraño, no me dejaba conciliar el sueño.

Entro en casa y me voy derecho a la ducha. Solo cinco minutos después estoy en el sofá vestido con un pantalón de pijama largo y mi camiseta favorita de lejos: negra, descolorida, descosida por un lateral y con una mancha de lejía. Doy vueltas a mi teléfono de un modo un poco absurdo porque no dejo de pensar en lo bien que me lo pasé anoche. Fue como en los buenos tiempos, pero aún mejor, porque esta vez no somos solo mejores amigos. O sea, no somos… Bueno, no sé bien qué somos, pero me lo pasé genial.

¿Y si le escribo? ¿Cómo de mal estaría eso? O sea, no lo haría si supiera que tiene un plan megaimportante del que no puedo distraerla, pero ella misma me dijo que estaría en casa, ¿no? Además, tampoco es como si la obligara a responder. Puedo escribirle y ella puede hacer como que no me lee, que por algo tiene activada la opción en WhatsApp para que nadie pueda saber a qué hora se conecta o si ha leído los mensajes.

Noah

¿Cómo va eso de no hacer nada en tu día libre de trabajo y actividades navideñas?

Lo envío rápido, sin pensar.

Me arrepiento en cuanto lo hago. Una cosa es que hayamos tenido un par de buenos momentos estos días y otra… otra esto, pero de todas formas tomo aire y me incorporo para sentarme. Ya está hecho, así que solo me queda esperar. ¿Qué puede pasar? ¿Que no responda? Pues que le den, ya ves, ni que me importara tanto. Además…

Uy, ha respondido.

Olivia

> De momento, no dejo de maldecir.
>
> ¿Recuerdas mi piso perfecto?

Noah

> Sí.

Olivia

> Pues lo he perdido. Al parecer, la hija de la dueña se ha quedado embarazada. Segunda vez en lo que va de año que un embarazo me obliga a desalojar. Menos mal que este año tiene los días contados.

Me río. No debería, pero es que creo que está dejándose llevar un pelín por el dramatismo.

Noah

> Venga, anímate. No es como si Eva y tu padre te estuvieran echando del piso. Ya saldrá uno que sea mejor.

Olivia

Ya sé que no me están echando.
Pero, cuando el bebé nazca, seremos
demasiados en casa.

Noah

Estoy seguro de que tu padre no
piensa eso. Los primeros meses, el bebé
dormirá con ellos, así que en
principio no tienes problema.
No es urgente que
tengas que marcharte de ahí.

Olivia

No, no es urgente, pero necesito…
intimidad, ¿sabes? Mi espacio. No sé.

Noah

Lo entiendo. Bueno en ese caso te
toca seguir buscando. Y, si no
encuentras nada, siempre puede venirte
aquí.

Olivia

Jajajaja, sí, claro.

Noah

Lo digo en serio.

Olivia

Pero ¿qué dices?

Noah

¿Qué pasa?

Olivia

Nos llevamos fatal, Noah.

Noah

Bueno, en las últimas horas
eso ha mejorado. Y antes
éramos mejores amigos.

Olivia

Hace muchos años de ese «antes».
Ya no somos los mismos.

Noah

No, en eso tienes razón.
Pero, aun así…, ¿qué tiene de malo?
Soy un gran compañero de piso.
Pregúntale a Asher, aunque él solo
te dirá cosas buenas porque no
aporta una mierda. Si pagaras el
alquiler serías un plus novedoso,
la verdad.

Olivia

Tu piso, según vi ayer, no es enorme.

Noah

Tiene dos habitaciones.

Olivia

Exacto, la de Asher y la tuya.

Noah

Repito: no paga alquiler, así que puede dormir en el sofá.

Olivia

¿Cómo?

Noah

¡No paga alquiler!

Olivia

¿Y no le dejas dormir en la cama?

Noah

Sí, hasta ahora sí, porque no había nadie más que la usara, pero quizá así se anime a pagar o a buscar su propia casa.

Olivia

Si te molesta tu mejor amigo, imagínate yo…

Noah

A ti te conozco desde que no controlabas tus esfínteres.

Olivia

Eres un imbécil.

Noah

Jajaja. Tengo razón. Iría bien, estoy seguro.

Olivia

Nuestra convivencia no es la mejor.

Noah

Ya pasamos horas juntos en el hotel, solo tendríamos que vernos en la cocina de aquí y compartir el baño. Si tantas dudas tienes, vente hoy a casa y pasa el día aquí, ya verás como no soy tan mal compañero de piso.

Suelto el teléfono en la mesa y me peino el pelo con las manos. Más bien intento no arrancármelo de cuajo. ¿Qué cojones estoy haciendo? Ofrecerle a Olivia vivir en casa no es algo inteligente. Lo sabe ella, lo sé yo. ¡Lo sabe todo el mundo! Aun así, cuanto más pienso en lo que acaba de suceder, más me reafirmo en que podría estar bien. En que me apetece. Joder, puede ser la forma de abrir la puerta de manera definitiva para hacer las paces. Estoy cansado de estar mal con ella. Estoy harto de esta situación que se ha ido gestando. Sí, me porté mal, pero ahora soy consciente y, además, estaba atravesando un duelo. No es que sea excusa, pero no se puede olvidar, tampoco.

Es una locura. Es que ni siquiera puedo imaginar la cara que pondría su padre al saberlo. La de su madre sí, pero porque la madre de Olivia no tiene muchas expresiones faciales. Creo que se debe al bótox. Aunque, bueno, ella siempre ha sido una estirada, en todos los sentidos.

Y mis abuelos… Iba a decir que no sé qué dirían mis abuelos, pero lo cierto es que creo que se sentirían felices de vernos ser amigos de nuevo. Solo por eso tengo aún más ganas de insistir en esta locura.

Cuando la pantalla de mi teléfono se ilumina me pongo prácticamente a sudar.

Allá vamos…

30

Olivia

Me he vuelto completamente loca. Es la única explicación que encuentro a que esté vistiéndome para ir a pasar mi día libre con Noah después de que me haya pedido que me vaya a vivir con él.

No, pedido no. Ofrecido. Mucho mejor. Me ha ofrecido irme con él, pero porque es un buen chico.

Espera. Un momento. ¿Es un buen chico? ¿Desde cuándo? O sea, lo era antes, de niño, luego se convirtió en un capullo. Sinceramente, no entiendo en qué actualización de sistema mi cerebro ha decidido que vuelve a ser un buen chico.

Me pongo un pantalón vaquero un poco desgastado y un jersey viejo verde oscuro. Si lo viera Avery diría que es «verde árbol de Navidad». Por fortuna, no lo verá. No es mi mejor vestimenta, ni de lejos, pero no quiero que Noah piense que me arreglo más para ir a su casa. Por esa misma razón, ni siquiera me pongo la máscara de pestañas ni el brillo de labios, que es de lo poco que uso para trabajar. Voy a cara lavada y con la barbilla bien alta, lista para una pelea si se le ocurre insinuar algo, aunque nunca haya visto a Noah insinuar nada del físico de nadie. En ese sentido, sí que es buen chico. En el resto...

Llego a su bloque después de tener la grandiosa idea de coger el transporte público porque no soy rica, aunque algunos días me guste fingir que sí. Toco el portero, subo en el ascensor y, cuando lo veo en el marco de la puerta, cruzado de brazos y sonriendo, vuelvo a tomar conciencia de lo raro que está siendo esto.

—Tengo una sorpresa para ti.

Frunzo el ceño mientras entro en su casa y me quito el abrigo largo y acolchado con el que salí de casa. Él lo sostiene y lo cuelga en el perchero por mí de un modo tan natural que me quedo un poco cohibida. ¿Va a ser así todo el día? ¿Voy a estar pensando en las cosas que hacemos que parecen cotidianas porque lo hicimos en el pasado, pero ya no?

Bueno, Noah nunca colgó mi abrigo en ningún sitio (aunque una vez lo pintó con rotulador y mi padre armó un escándalo tremendo porque era nuevo), pero ya me entiendes.

—¿Una sorpresa?

Por toda respuesta, señala el salón. No necesito mucho para darme cuenta de que la videoconsola está encendida y hay dos mandos sobre la mesita.

—¿Vamos a jugar?

—Antes te encantaba.

Es extraño, pero tiene razón. De niños me encantaba que me dejara jugar a su consola. Yo no tenía porque mi padre está en contra de ellas. Nunca nos ha dado una razón como tal, simplemente está en contra, así que yo aprovechaba para colarme en casa de Noah cuando mi padre o Eva me llevaban al hotel y jugábamos todo lo que podíamos. En aquel entonces, nos encantaba el *Call of Duty*. Él era mucho mejor que yo, pero no me importaba. A mí lo que me gustaba era el hecho de jugar con él, más que ganar.

—¿A qué vamos a jugar?

—*Call of Duty.*

Es curioso que haya elegido el mismo juego. Mi estúpido corazón está haciendo otra vez eso tan molesto. Ya sabes, lo de latir más rápido de lo que debería. Como se aficione a hacerlo, cualquier día me detectarán una enfermedad cardiovascular y todo será por culpa de Noah. A lo mejor es su venganza contra mí por todas las travesurillas que le he hecho: la jugarreta que le da la victoria definitiva. Es sádico y quizá poco factible, pero nunca hay que descartar ninguna opción.

—¿Vas a ponerte a gritarle a la tele como hacías antes? —pregunto para que no note que estoy más alterada de lo que debería.

—Eso dependerá de lo nervioso que me pongas tú o el juego en sí.

—Entonces sí, vas a volver a gritar.

Se ríe y, cuando me doy cuenta, estoy riendo con él. Me obligo a parar de inmediato. Estoy siendo una vergüenza para mí misma por no ser capaz de mantener mi animadversión hacia él.

Nos sentamos en el sofá y me alegra haberme puesto cómoda, porque él está de una guisa peor que la mía.

—Esa camiseta debería estar en la basura —le digo—. Creo que ya la tenías cuando éramos amigos.

—Sí, la tenía. Y no, no va a ir a la basura. Esta camiseta se enterrará conmigo cuando me toque largarme de este mundo.

—Pues como el otro mundo tenga código de vestimenta, te vas a joder pero bien.

Su risa vuelve y, esta vez, no me obligo a cohibirme. Mira, estoy aquí, he venido porque he querido y, si voy a jugar a la Play y actuar como si fuéramos amigos, lo haré con todas las consecuencias.

Total, ¿qué podría pasar? ¿Que me eche de su vida en cuanto las cosas se pongan feas? Eso ya pasó una vez, es suficiente con que sea muy consciente de que, aunque parezcamos amigos, él no se quedará para siempre. Es lo que suele pasar con Noah. Siempre y cuando tenga eso claro, todo irá bien.

Nos ponemos a jugar y no me doy cuenta de lo bien que me lo estoy pasando hasta que llega la hora de comer y Noah sugiere pedir algo. Accedo, porque en realidad estoy muy a gusto, y al final pedimos pizza.

Comemos charlando de todo un poco y rememorando viejos tiempos. Es curioso, pero ninguno habla del día en que todo se fue a la mierda. Tampoco nombramos a sus padres. De algún modo, nos las apañamos para charlar solo de los momentos buenos y eso es algo que no habíamos hecho antes nunca.

Después de comer, vemos una peli, por eso de descansar de la consola, pero al final le pido que vuelva a ponerla porque estoy un poco enganchada. Creo que tantos años de no jugar han hecho que ahora sienta un mono increíble.

—Te he hecho adicta, ¿eh? —dice Noah.

Me río y le doy un empujón por el costado que pretende ser inofensivo. Al menos lo es hasta que Noah me arrebata el mando y lo alza sobre su cabeza, sonriéndome con altanería.

—¿Qué pasaría si te lo quitara ahora? Seguro que sufrirías el mono y suplicarías por él.

—No digas tonterías —murmuro sonriendo mientras me estiro para cogérselo.

Surgen dos problemas. El primero es que su brazo es más largo que el mío. Eso nos lleva al segundo: para intentar alcanzar el mando, me tengo que pegar mucho a él. Muchísimo. Sin darme cuenta, acabo prácticamente rozando nuestros torsos mientras me estiro.

—Te está costando, ¿eh? —pregunta riéndose.

Le pellizco el pecho y, en un acto reflejo, él me pellizca a mí en el costado, lo que hace que los dos nos retorzamos riéndonos y acabemos cerca. Muy cerca. Peligrosamente cerca, en realidad. Lo miro a los ojos y me doy cuenta de que nunca los he visto a tan pocos centímetros de distancia. Me doy cuenta de eso y de que sus pupilas se han dilatado. La rapidez con la que me pregunto si se debe a mí y a nuestra cercanía es lo que me hace carraspear, alejarme y sentarme en el otro extremo del sofá con la mano estirada.

—¿Me lo prestas o es que quieres que me vaya?

Noah sonríe, pero sus mejillas están sonrosadas y hay algo raro en el modo en que me da el mando sin protestar.

Para cuando miro a la tele, tengo que librar dos batallas: la del videojuego y la de intentar calmar a mi estúpido corazón. Otra vez.

Por fortuna, el resto del tiempo pasa tan rápido que, cuando quiero darme cuenta, la puerta se abre y aparece Asher, un poco borracho y con una sonrisa de idiota en la cara. Es tarde, más tarde de lo que parece. Me he pasado prácticamente el día entero con Noah y no hemos discutido ni una vez. Bueno, mentira, ahora mismo estamos discutiendo, pero esta vez todo es distinto, porque lo hacemos por el juego, no por cosas de nuestra relación.

Bueno, a ver, discutimos porque nos gusta, pero lo que quiero decir es que esta vez no lo hacemos por odio real.

Aun así, la sonrisa de Asher se corta en seco.

—Oh, estoy teniendo *flashbacks* de nuestra adolescencia —murmura con mala cara.

—Asher, menos mal que estás aquí, tío. Olivia es un desastre jugando al *Call of Duty* y no quiere admitirlo.

—No soy un desastre. Te recuerdo que yo llevo años sin jugar. Sinceramente, para haber tenido la consola todo este tiempo, no se te ve muy suelto.

—¿Que no se me ve suelto? ¡Soy un experto en este juego! Si hasta veo directos de gente jugando en mi tiempo libre.

—Gracias por confirmar que eres un friki —digo riendo.

—Ver a gente jugar no es raro.

—Claaaro, y que Avery haga vídeos de todos nosotros en el hotel como si fuéramos carnaza de *reality* tampoco es raro. Es normal, todo el mundo lo hace.

—En realidad, todo el mundo lo hace —interviene Asher—, pero solo unos pocos consiguen lo que ella. Aunque eso en gran parte es mérito vuestro, ¿verdad? —dice con una risita que no me gusta nada.

—¿Mérito nuestro?

Noah parece a punto de decir algo, pero Asher se adelanta:

—¿Qué? ¿Vas a decirme que no has visto los vídeos donde la peña hace como que os liais? Sois estrellas porque la gente quiere que os enamoréis, aunque tú seas un poco siniestra y Noah sea…, bueno, Noah.

Me quedo mirando a Asher como si fuera incapaz de procesar lo que ha dicho. O sea, no soy estúpida, he entrado en internet alguna vez para ver vídeos de Avery, pero nunca me ha dado por ir más allá. Todo lo que he visto es a mí misma trabajando o más bien discutiendo con Noah. Intento no mirar mucho los comentarios porque… Bueno, creo que influiría de alguna forma en mi vida y no me gusta esa idea.

—No digas idioteces. —Noah suelta una risita que conozco bien.

Han pasado años, pero esa risita no ha dejado de estar presente en mi vida, en reuniones de trabajo, cuando yo le gastaba alguna broma más pesada de la cuenta o cuando, simplemente, quiere evadir cualquier tema. Conozco tan bien esa risa que, en vez de calmarme, me altero más.

—¿Qué vídeos son esos? —pregunto.

Asher abre la boca para hablar, pero Noah lo interrumpe:

—Es una tontería. Algunas personas están un poco obsesionadas con la idea de que podríamos estar enamorados y montan vídeos en los que parece que…, bueno, que estamos juntos. —Mi cara debe de ser tan clara que no necesito responder, porque él se apresura para seguir hablando—: Es una tontería, ¿vale? No tienes que preocuparte de nada.

Miro a Asher, horrorizada. En algún momento, ha conseguido una bolsa de patatas y la está abriendo tan tranquilo.

—¿Es en serio? —pregunto.

Él se mete una patata en la boca y asiente.

—En efecto, querida. Hay apuestas y todo. Y no me refiero solo a las redes sociales.

—¿Qué quieres decir?

—Bueno, se rumorea que en el hotel algunas personas desalmadas hacen dinero apostando cuánto tardaréis en pasar del odio al amor.

—Asher —dice Noah—, una de esas personas no serás tú, ¿verdad?

—¿Por quién me tomas?

A juzgar por el tono de voz y el gallo que le sale, a los dos nos queda claro que sí es una de esas personas. De hecho, creo que es bastante probable que él lo haya iniciado todo. Carraspeo, nerviosa, y suelto el mando de la consola encima de la mesita antes de ponerme de pie.

—Bueno, yo debería irme a casa. —Soy consciente de que estoy aturrullada y mi tono de voz deja claro que estoy nerviosa—. Ha sido un día increíble, pero todo esto es... es mucho. Demasiado. Sí, eso: demasiado.

—Eh, vamos, quédate. Podemos ver otra peli o...

—No, en serio, Noah. Es que estoy muy cansada.

Él me mira serio, pero no dice nada. Hemos pasado horas viendo pelis, charlando de cualquier cosa y jugando a la consola, pero ahora mismo necesito estar en casa, con mi padre, con Eva y con mis hermanas. Necesito sentir que todo es... normal. Y seguro. Como antes de que toda esta locura navideña empezara.

Me marcho sin dar opción a nada más. En el trayecto a casa, recibo un correo electrónico de Nora y Nicholas.

Buenas tardes, queridos:

Os escribimos para contaros cuál será nuestra actividad de mañana. Esta vez participarán un gran número de trabajadores, pero solo porque nos parece una actividad maravillosa.

¿Estáis listos?

Tenéis que venir vestidos de algún personaje de película navideña. ¡No importa cuál! Sentíos libres de echarle imaginación a esta tarea en concreto.

Sabemos que pensaréis que es precipitado pedirlo con tan poco tiempo, pero todo tiene un motivo. No queremos que compréis nada. Tenéis que conseguir imitar a algún personaje con lo que tenéis en casa. ¡Así será más divertido!

Os mandamos un abrazo enorme. Estamos deseando ver con qué nos sorprendéis mañana.

Con cariño,

Nicholas y Nora Merry

Tiene que ser una puta broma. Cierro los ojos y me froto las sienes porque un dolor de cabeza intenso y devastador está empezando a tomar forma. Lo último que necesito ahora mismo es ponerme a buscar un jodido disfraz de un jodido personaje de una jodida peli navideña. ¡Yo no veo pelis navideñas! ¿Cómo se supone que voy a saber cómo van los personajes?

Llego a casa y mi intención de pasar tiempo con mi familia se esfuma en cuanto me doy cuenta de lo emocionados que están mi padre y Eva con la nueva actividad. Me doy una ducha, me pongo el pijama y me encierro en mi habitación.

Busco en el teléfono pelis navideñas famosas para ver si me viene alguna idea, pero, sin saber muy bien cómo, acabo en Tik-Tok. Más concretamente en la cuenta de Avery y, para ser más precisa, entro en una de las muchas etiquetas que existen para lo que sea que la gente piensa que hay entre Noah y yo.

Es como una droga. Me paso horas viendo todo lo que hacen. No veo solo una etiqueta, sino todas. Cuando acabo, porque veo todos los vídeos (en serio, TODOS), tengo los ojos enrojecidos, el corazón acelerado (otra vez) y la idea de matar a Avery más asentada que nunca.

¿Sabes qué es lo único que no tengo? Un maldito traje de un personaje de película navideña.

31

Noah

15 de diciembre

Me ajusto el gorro de lana mientras Avery me mira un poco confusa.

—¿De quién se supone que vas?

—De Kevin, de *Solo en casa* —le confirmo.

—Ah. —Revisa mi jersey de lana rojo y mi gorro—. Ah.

—Kevin va así en la peli —le digo un poco ofendido.

—Sí, no es eso. Es que…, bueno, pensé que te vestirías de adulto funcional y no de niño.

—Había que vestirse de personaje inspirado en alguna peli y aquí está. —Me señalo a mí mismo y, esta vez, sueno más tenso—. No me toques las narices, Avery. Además, ¿tú de quién vas?

Ella se retira un mechón de pelo rubio de la cara antes de sonreír orgullosa.

—De todas las protagonistas de todas las películas a la vez, por supuesto. —Señala su vestido rojo y ceñido y su sonrisa se amplía aún más, como si cada vez se reafirmara más en lo bien que lo ha hecho—. En toda película navideña que se precie, hay un momento en el que la protagonista se viste de rojo.

Tiene razón. Maldita, cómo la odio. Está guapísima con un vestido rojo elegante y de adulta, mientras yo voy de niño. ¿Esto demuestra algún tipo de tara? ¿Un trauma, quizá? Todo puede ser.

Quiero responderle, decirle algo que la haga morder el polvo, pero la puerta del hotel se abre y da paso a Olivia. Cuando se quita el abrigo, nos deja ver que está vestida de negro de la cabeza a los pies.

No esperaba menos de ella, a decir verdad, pero siento bastante curiosidad por saber cómo piensa explicar esto. Lleva un traje de chaqueta y, aunque de la Catrina estaba espectacular, debo decir que ese traje tiene algo… algo. Vamos a dejarlo en que tiene algo. Seguramente sea porque debajo no lleva camisa. La chaqueta abrochada hace las veces de escote y es… fresquito, sobre todo para la época del año en la que estamos. Fresquito y sexy. Pero no porque sea Olivia, ese traje sería sexy en cualquier otra persona, ¿no?

Carraspeo, porque estoy a punto de entrar en un bucle extraño, y agradezco muchísimo que Avery hable para distraerme.

—¿Qué se supone que eres tú y de qué película? —Está ofendida al máximo, pero eso no le impide desbloquear su móvil y ponerlo a retransmitir de inmediato.

Olivia enarca una ceja con tanta prepotencia que mi vena sádica quiere molestarla, solo para que lo haga más, pero recuerdo que ayer pasamos un gran día. Bueno, al menos hasta que llegó Asher y la cagó. Tengo que comprobar los daños que ocasionó la noticia de que tenemos una legión de fans deseando que nos enamoremos, pero espero que no sea tan desastroso como parece.

Cuando Olivia se acerca a Avery, lo hace de un modo un tanto siniestro, la verdad.

Y sexy.

Pero, vaya, hemos quedado en que es por el traje, que quedaría sexy incluso a una piedra. No es que yo esté fijándome más de lo necesario ni nada por el estilo.

—¿No es evidente? Soy el cielo de noche de todas las películas que se te puedan pasar por la cabeza.

Avery abre la boca, patidifusa, y eso que ella misma va de, supuestamente, todas las protas de todas las pelis navideñas del mundo.

Yo me guardo mi opinión. Y también me guardo una sonrisa que, no sé por qué, se empeña en querer esbozarse en mi cara.

—Eres… Eres… —Avery parece a punto de estallar—. Arg, Dios, Olivia, eres lo peor.

Bueno, como insulto deja mucho que desear, pero es que Avery no sabe insultar. Sabe manejar las redes y exponer la vida de cualquiera, pero insultar, no. Cada uno tiene sus dones.

Olivia sonríe y, por toda respuesta, se coloca tras la recepción para empezar su turno de trabajo. Eso hace que recuerde que tengo un montón de tareas pendientes, así que me despido de ellas y me marcho, no sin antes darle un pequeño repaso al traje de Olivia.

Es que, a ver, es bonito. Se nota que es de buena calidad y…, eh… Bueno, pues eso.

El turno se me hace eterno. Y tedioso. No es que me queje, no te preocupes, no voy a ser ese tipo de prota que de pronto empieza a quejarse del futuro que le ha sido impuesto. Tengo las ideas muy claras y llevar el hotel es, además de un honor, algo que me gusta. Sin embargo, dentro de todo lo que conlleva dirigirlo, hay tareas que me gustan más y otras menos y hoy tengo pendientes una gran cantidad de estas últimas. Es todo bastante aburrido. Al menos hasta que Olivia sube al despacho para pedirme que le firme una documentación de recepción.

—¿Y mis abuelos? —pregunto mientras le pido que pase y tome asiento.

—He llamado al apartamento, pero me han dicho que estaban descansando y que preferían que los firmaras tú.

Tomo nota mental para preguntarles si es que se encuentran mal. Cuando los veo, parecen estar bien y ellos suelen asegurar que así es, pero me preocupan. Tienen una edad y, aunque yo no quiera pensar en ello, el tiempo pasa. Sé que creen que no me doy cuenta de que van dejando sobre mis hombros hasta las tareas más básicas. Me gustaría decir que es porque por fin han decidido disfrutar de su jubilación, pero no es solo eso. Están cansados. Lo disfrazan de ilusión navideña, pero lo veo en sus ojos cada vez que se sientan en el sofá y miran las fotos sobre la repisa de la chimenea. Las de mis padres, abrazándome a mí o besándose entre ellos, las mías desde que era niño hasta ahora. Las de ellos, en las que se les ve mucho más jóvenes y vitales. El tiempo está haciendo de las suyas, me roba los días con ellos y a veces... a veces siento que podría volverme loco solo con imaginar el final.

—Noah, ¿me lo firmas?

Vuelvo a Olivia y me siento culpable de inmediato por haberme distraído tanto, sobre todo en su presencia.

—Sí, perdona. —Firmo los documentos que me pide y, antes de que se levante, sigo hablando—. ¿Has pensado en mi oferta?

La posibilidad de vivir juntos es una locura, lo sé, pero aun así… no puedo dejar de ponerla sobre la mesa. O más bien, no puedo dejar de ofrecérselo.

—Lo he pensado y, aunque te lo agradezco mucho, no creo que sea buena idea.

—¿Por qué?

—Noah… —Enarca una ceja y eso, unido a su maldito traje, hace que me distraiga por un instante.

—¿Qué?

—Hace menos de una semana que conseguimos llevarnos medianamente bien.

—Ayer nos llevamos mejor que medianamente bien.

—Sí, pero aun así…

—Lo entiendo. —Sonrío, porque de verdad lo entiendo, por eso he guardado un as bajo la manga—. Y ya intuía la respuesta, así que me enorgullece informarte de que hay otra posibilidad.

—Ah, ¿sí?

Su tono es receloso, incluso sarcástico, así que no me ando por las ramas.

—En mi bloque hay un pequeño estudio en alquiler. Lo he sabido de casualidad, pero he ido a verlo esta misma mañana, antes de venir al trabajo. Aunque es bastante más pequeño que el mío, creo que puede estar bien para ti.

—¿Hablas en serio?

—Sí, a ver, te repito que es bastante más pequeño que el mío. Tiene solo una habitación, y cuando digo eso me refiero a que la cama, el sofá y la minicocina están en la misma estancia. Lo único con tabiques es el baño, pero aun así está en buen estado. No huele a cloaca, no hay ratas, está en buena zona, tiene un armario decente y, aunque el alquiler no es demasiado barato, te lo puedes permitir.

Olivia me mira estupefacta.

—¿Has ido a verlo sin mí?

No quiero contarle que, en realidad, ha sido Asher quien se ha enterado y me lo ha comentado esta mañana para él mismo. Hemos ido a verlo y, tal como salimos, le he dicho a Asher que, si Olivia no quería vivir conmigo, podía quedarse él y no le reprocharía su estancia en casa siempre que se lo dejara alquilar a ella. Mi amigo me ha dedicado una mirada que venía a decir que está un poco harto de los tejemanejes que me traigo, pero de momento no me ha presionado para que hable. Seguramente lo haga porque sabe que viviendo conmigo el alquiler es gratis y yéndose al estudio no, por bien que esté de precio.

—Quería asegurarme de que valía la pena antes de hacerte perder el tiempo —murmuro.

—Oh, yo… —Se queda en shock y de pronto me pongo nervioso.

En realidad, no sé por qué demonios me importa tanto que esté cerca de mí. O sea, no cerca de mí, sino en una buena zona y en un buen apartamento. Si de verdad quiere independizarse, no quiero que se mude a un sitio en el que su familia tenga que estar preocupada por su seguridad.

O en el que yo mismo tenga que estar preocupado por su seguridad.

—Si no te apetece verlo, no pasa nada, simplemente pensé que...

—Sí, sí que me apetece.

Intento soltar el aire poco a poco, que no se note que me he alegrado demasiado. No es como si Olivia fuera a vivir conmigo, pero estará justo enfrente... Aunque ese detalle es mejor guardármelo de momento.

—Genial, iremos a verlo mañana, si te apetece.

Ella sonríe, vuelve al trabajo y yo me quedo mirando la puerta y sonriendo como un pasmarote porque, al parecer, la idea de tener a mi peor enemiga de vecina me alegra mucho.

Muchísimo.

32

Olivia

Se supone que debería estar concentrada en lo que estoy haciendo, pero no lo estoy. Avery lleva toda la jornada sacando adelante bastante más trabajo que yo. De momento, no me ha dicho nada, pero se va a dar cuenta, y cuando eso pase...

—¿Se puede saber qué demonios te sucede?

Ah, mira, pues se ve que mi padre tiene razón y algunas veces atraemos las situaciones con los pensamientos. Ya es mala suerte que yo solo atraiga este tipo de cosas.

—¿Eh?

—Estás descentrada. Esos datos no van ahí —dice señalando la pantalla de mi ordenador—. Tienes que ponerlo en la carpeta de clientes.

Por una vez, su teléfono está apagado, creo que hasta ella se ha saturado un poco viendo las dimensiones que ha alcanzado todo lo que ha creado en TikTok. No sé si es por eso, o porque en el fondo Avery es lo más parecido que tengo a una amiga ahora mismo, pero el caso es que me sincero, al menos en parte.

—Noah me ha encontrado un piso en alquiler.

—¿Noah?

—Ajá. Está en su mismo bloque.

—¿En serio?

—Sí.

—Pero ¿crees que es buena idea?

Me mordisqueo el labio y me encojo de hombros.

—Bueno, llevamos unos días mejor. De hecho… —Me quedo en silencio, sopesando hasta qué punto es buena idea desahogarme del todo. Avery me mira en silencio, sin insistir, como hace siempre. Es curioso que, pese a lo mucho que le gustan las redes sociales, a la hora de la verdad suele ser muy cauta en cuanto a meterse donde no la llaman—. Ayer pasamos el día juntos.

Sus ojos se abren con cierta sorpresa, pero de pronto se relaja, como si se obligara a sí misma a no actuar de un modo desmesurado.

—Es curioso que pases tu día libre con la persona que más odias del mundo.

—A ver, tanto como odio…

—Sí, odio. Lo has dicho tú muchas veces. No una ni dos. Muchas. Muchos días. No uno ni dos. Muchos. Y muchos años. No uno ni dos. Muchos. Y…

—Vale, vale, lo pillo.

—¿Qué ha pasado para que de pronto hayáis acercado posiciones?

—No lo sé —admito—. Supongo que toda esta locura de las olimpiadas navideñas está surtiendo efecto.

—¿Tú crees?

—Sí. No. —Ella enarca una ceja—. No lo sé —confieso, hecha un lío.

Avery me observa en silencio unos instantes antes de sonreír y darme unas palmaditas en el hombro.

—Quizá lo mejor que puedes hacer es no darle vueltas a lo mismo una y otra vez. A lo mejor este es el momento de dejarte llevar y ver qué pasa, sin pretensiones ni grandes metas.

—Ese es un gran consejo —admito.

—¿Verdad? Debería abrir una consulta de consejos.

—¿Consulta de consejos?

—Sí, funcionaría igual que cualquier otro negocio. Yo me siento, aconsejo a la gente y cobro.

—Avery, tienes formas muy raras de hacer dinero —digo refiriéndome no solo a esto, sino al tema de TikTok.

—Podrás juzgar mis métodos, pero nunca mis resultados. —Frunzo el ceño y ella me imita—. En mi cabeza sonaba mejor.

Suelto una carcajada y la abrazo porque… No sé, supongo que hace mucho que no abrazo a nadie. Ella se sorprende, pero me corresponde enseguida y, cuando empieza a sollozar, me aparto de inmediato.

—Eh.

—Perdón, perdón. Es que es tan bonito que tengas sentimientos, aunque sea ahí, en el fondo.

—Vamos, Avery… —me quejo—. Ni que fuera un ogro.

—No, un ogro no, pero algunas veces dudo que seamos amigas.

—Lo somos.

—Dijiste que yo soy la persona que peor te cae.

Me siento mal de inmediato. En realidad, nunca llegué a pedirle perdón a Avery por hacerle creer eso en la actividad de decir algo bonito a la persona que peor nos cayera. Por eso creo que, ya que me he lanzado a ser una persona un poco más amable, al menos hoy, debería hacerlo hasta el final.

—No eres la persona que peor me cae, ni de lejos. Aunque me pone de los nervios que quieras retransmitirlo todo, eso sí. La persona que peor me cae es Noah.

—Ya lo sé, pero lo dijiste y me sentó fatal.

—Lo sé y te pido perdón. Si te sirve de consuelo, al final del día fui capaz de decirle algo bonito. Más o menos. —Ella me mira sorprendida, pero también de un modo que no comprendo—. ¿Qué?

—Nada. Me estoy dando cuenta de que, por mucho que yo piense que grabo los mejores contenidos, se me han estado escapando cosas muy muy importantes.

Me río y me levanto, lista para dar el turno por terminado.

—Y se te seguirán escapando si de mí depende.

Ella me mira enfurruñada, pero no me importa. Ha sido un buen día en términos generales. Aunque ahora tenemos que subir al apartamento de los señores Merry para averiguar la actividad de mañana, creo que nada puede arruinármelo.

Lo confirmo cuando entramos y, después de hacer la parafernalia de siempre y abrir la casita para sacar la correspondiente nota, leemos que mañana la actividad consistirá en ver una peli en el salón de reuniones.

—¿Podemos elegir nosotros la peli? —pregunta Asher.

Por primera vez, tengo interés en la respuesta a algo de lo que este chico diga, pero Nicholas y Nora son clarísimos en la respuesta.

—No, será una película navideña elegida por nosotros.

La mayoría me mira, como esperando que proteste. Incluso Noah lo hace. Yo, en cambio, frunzo el ceño y me cruzo de brazos. No digo ni una palabra, ni buena ni mala, y eso hace que mi padre sonría de un modo que me hace sentir... bien. Supongo que no he sido consciente hasta ahora de lo mucho que agradece pasar una jornada sin que yo dé la nota.

Me levanto para marcharme, pero Nicholas me para.

—Hay algo más. Vamos a desvelar la actividad de pasado mañana porque creemos que es necesario que lo sepáis con tiempo. —Saca la cajita y, después de romperla, me entrega el papel—. Léelo, querida.

—«Amigo invisible. Tenéis que regalar algo de un máximo de diez dólares a la persona que os toque en el sorteo».

Las reacciones son variadas, pero la mayoría son de alegría. Eso hace que Nora y Nicholas se pongan muy contentos, así que decido seguir en mi línea y guardarme el pensamiento de que esto es una soberana chorrada. Sonrío con incomodidad y escribo mi nombre en un papelito cuando me lo piden.

Todos hacemos lo mismo. Lo metemos dentro de una bolsa de tela roja y Nora lo remueve muy bien antes de pedirnos uno a uno que saquemos un papelito y no le digamos a nadie quién nos ha tocado.

Abro el mío con cierto nerviosismo. Por un instante, estoy segura de que va a tocarme Noah, pero no. Es Asher y tuerzo el gesto de inmediato, porque habría preferido Noah. ¿Qué puedo comprarle a Asher por un máximo de diez dólares?

—Si alguien tiene mi nombre y es una chica, tened en cuenta que puedo salir muy barato. Un tanga vuestro, un sujetador...

—¡Asher! —exclama Nora horrorizada.

—Perdón, era broma.

No lo era, todo el mundo lo sabe, porque está desatado y, por un instante, solo deseo que un día una chica le haga morder el polvo tanto como para que estas salidas de tiesto se vuelvan un dulce recuerdo.

—¿Quién te ha tocado? —le pregunto a Avery mientras salimos.

—Secreto, querida. Esas cosas no se dicen.

—Oh, venga ya... Te he abrazado.

Avery suelta una risotada y me pasa el brazo por los hombros.

—Cierto, me has abrazado, pero ni siquiera así vas a sacarme información privilegiada.

Frunzo el ceño, pero porque pensaba que me lo diría sin pensar. Me planteo preguntarle a Noah quién le ha tocado, pero, después de la respuesta de Avery, empiezo a intuir la suya. Así que me limito a pensar qué demonios comprarle a Asher porque, desde luego, no voy a regalarle ropa interior mía. Yo eso no lo haría jamás.

No con Asher, al menos.

33

Noah

—Deja de retocarte, joder. Pareces un niño la mañana de Navidad.

Miro mal a Asher que, desde la cocina, engulle un tazón de cereales mientras se ríe de mí.

—¿Has pagado por esos cereales? —La risa se le corta en seco—. Ah, ya decía yo que estabas muy hablador.

—Oye, que últimamente lleno la despensa cada vez que cobro —me contesta con cierta indignación.

Tiene razón, eso no se lo puedo negar. Antes no aportaba nada a la casa y, desde hace unas semanas, ha empezado a llenar la despensa. Desconozco la razón, pero no he dicho nada porque no quería estropear la racha de buena suerte.

—¿No crees que tarda?

—Has quedado con ella a las diez. Son las diez menos cuarto —me dice—. Estará esperando al agente, o el agente a ella, o vendrán de camino o no sé, tío. No tengo ni puta idea, pero, en cualquier caso, si has quedado a las diez, no llega tarde aún.

Frunzo el ceño. Tiene razón, estoy comportándome como un histérico y esa no es mi forma de ser. Me siento en el sofá y saco el móvil para distraerme con lo que sea que tengan para ofrecerme las redes sociales hoy.

Por desgracia, lo primero que tienen a bien ofrecerme es un vídeo de Olivia sonriendo en un edit en el que parece que, cada vez que lo hace (o más bien las pocas veces que lo hace) es por mí. No puedo quejarme en voz alta, porque entonces Asher dirá que la culpa es mía por haber visto tantos vídeos nuestros y ahora la red entiende que eso es lo que quiero. El puto algoritmo y esas cosas.

Salgo de ahí, enciendo la tele y elijo un canal al azar mientras espero. Tampoco es como si hubiera mucho a estas horas de la mañana. El bombardeo de malas noticias en los informativos es tal que, cuando el timbre suena, hasta Asher suelta una exclamación de alegría.

Lo miro mal mientras me levanto, pero él coloca rápido el tazón en el fregadero y llega a la puerta antes que yo. El muy imbécil va a hacérmelo pasar mal.

—Oye, tu chica va a quedarse con el piso que era para mí. Lo menos que puedo hacer es evaluar si se lo merece.

—¿Quieres pagar un alquiler, Asher? ¿Es eso?

—No te pongas chulo, los dos sabemos que ahora mismo te conviene tenerme aquí casi más que a mí mismo.

Lo ignoro. No tiene sentido discutir con él cuando se pone en plan insoportable.

Las puertas del ascensor se abren y aparece Olivia con el gestor inmobiliario que conocí ayer mismo, cuando me enseñó el estudio.

—Buenos días.

Él sonríe, consciente de que le he hecho parte del trabajo al buscar una inquilina con sueldo fijo y antigüedad suficiente como para cumplir con todos los requisitos que piden para el alquiler.

—Buenos días —contesto mirando directamente a Olivia—. ¿Qué tal?

—Nerviosa —confiesa sonriendo un poco—. A ver qué tal. ¿Vamos?

—Vamos.

—Eso, vamos —dice Asher.

Lo miro mal, Olivia lo mira mal, pero sé que no puedo librarme de él así como así. Vendrá y luego usará cada palabra que yo diga para atormentarme. Lo sé porque es lo que yo haría, así que cruzamos el pequeñísimo rellano, porque este edificio es más bien estrecho, y esperamos a que el agente abra la puerta.

A ver, en realidad no hay mucho que ver. El estudio es enano. Nada más entrar, hay una puerta de frente que es el diminuto baño, en el que caben una taza, un lavabo y una bañera donde solo cabría tumbado un recién nacido. ¿Por qué hacen bañeras así? No tiene sentido, debería ser un plato de ducha, pero Olivia no pone pegas. En realidad, ella sentada sí cabría, porque es más bien pequeña. A mí me colgarían las piernas por… Bueno, por ningún lado porque la bañera está encajada en un hueco de obra, así que supongo que me quedaría en una postura parecida a la de las cucarachas cuando caen boca arriba. Aun así, me quedo callado porque todas estas reflexiones ya las tuve cuando lo vi y creo que, para estar en la zona en la que está y siendo esto Nueva York, el precio no es desorbitado.

Nos asomamos de uno en uno, primero el agente para hablarle a Olivia de todas las virtudes de tener un baño sin apenas luz ni ventana y con una bañera ideal si eres una cucaracha. Después metemos la cabeza Olivia, yo detrás y Asher el último. Cuando salimos, por decir algo (como digo, bastaba con asomarse), nos encaramos hacia el espacio abierto, diáfano y rectangular que compone el resto de la vivienda.

No hay cama ni mesa ni sillas, pero hay una cocina compuesta por una encimera con fregadero, lavavajillas, hornillo, microondas y frigorífico que se nota que son relativamente nuevos. El suelo también es nuevo, o al menos no hace mucho que se restauró, y el parqué es claro, en tonos grisáceos y bastante bonito. Todo lo demás es blanco, lo que ayuda a que el piso adquiera una luz que en realidad no tiene, pues la única ventana está junto al frigorífico y, de hecho, este cubre más o menos un cuarto.

Como digo, no es un apartamento de lujo, pero está reformado, no huele mal, no hay una moqueta asquerosa y los vecinos, o sea, yo, son decentes. Bueno, Asher no, pero Olivia ya lo conoce y puede con él. El precio no es excesivo y…, bueno, creo que podría ser un buen primer hogar para Olivia. Sin embargo, su cara no deja ver nada, ni bueno ni malo.

—¿Y bien? —pregunta el agente inmobiliario.

Yo agradezco su deje de impaciencia, porque estoy deseando saber qué opina y, sobre todo, qué piensa hacer.

—Pues… lo veo genial, ¿no? —Me mira y hago todo lo posible por no soltar una risita demasiado estúpida.

Sonrío, eso sí, pero conteniéndome.

—Creo que puede ser un buen lugar para vivir —le digo.

—Sí, creo que a papá le gustará cuando se lo diga. ¿Cuándo podría mudarme? —pregunta al agente.

—Bueno, si todo está en orden, supongo que no hay ningún problema para entrar en enero.

—Oh, genial.

—¿No hay forma de que pueda tener la llave antes? Teniendo en cuenta que necesita comprar una cama, una mesa, sillas… —apunto.

—Estamos en plena Navidad…

—Lo sé, pero todavía queda medio mes para enero.

—¿Qué sugieres? —pregunta el agente elevando una ceja.

Encojo los hombros y me apoyo contra una de las paredes.

—Solo digo que, si consiguiera demostrar todos los requisitos en, digamos, cuarenta y ocho horas, podría firmar el contrato y pagar desde esa fecha cada mes. No sería tan raro.

—O pagar medio mes —añade Asher colaborando con la causa por primera vez en su vida.

¿Qué causa? No lo sé, de pronto me urge tenerla de vecina. Olivia en realidad no dice nada, yo creo que está alucinando con nuestro comportamiento y ahora mismo no se le ocurre nada, pero se le ocurrirá. Oh, no tengo ninguna duda de eso.

—¿Qué te parecería a ti? —le pregunta el agente entonces.

—Oh, yo… Sí, claro, me gustaría mudarme pronto.

—Bueno, en ese caso, a ver qué puedo hacer. No sé si podré acelerar tanto las cosas, pero…

—Si necesita cualquier documentación, no dude en pedirla. Soy su jefe. Le haré llegar nóminas, referencias o antigüedad del contrato a la mayor brevedad posible.

En realidad, esto le corresponde a Olivia. O sea, Oliva tendría que solicitarlo en el hotel y entonces yo lo haría, pero ¿a quién le importa un pasito más o menos?

Terminamos de hablarlo todo y, antes de darnos cuenta, volvemos a estar en el rellano y el agente se ha ido, dejando a Olivia sola, un poco descolocada y con cara de estar alucinando.

—¿Qué acaba de pasar?

—Pues acabas de dar el primer paso para independizarte —dice Asher—. ¿No estás contenta? Es un gran día en la vida de cualquier mujer.

—Sí, pero… no sé. Es que mi padre y Eva no lo han visto.

—¡Les encantará! —Asher le pasa un brazo por los hombros y sonríe—. Diles que vengan a cenar cualquier día a casa de Noah y así lo ven. En cuanto se den cuenta de lo bien que vamos a cuidarte, despejarán todas sus dudas.

Olivia sigue un poco dudosa, pero cuando le pregunto si quiere que llamemos al agente y aplacemos todo esto un poco, dice que no, que solo necesita hacerse a la idea. Entonces le doy una patada disimulada a Asher, para que entienda que es hora de quitarse del medio. Para mi desgracia, no lo entiende y pasamos la siguiente hora y media hablando con él acerca de la mala suerte que ha tenido en la vida y de lo incomprendido que supuestamente es. Para cuando por fin se va, lo hace porque ha quedado justo antes de entrar a trabajar.

—¿Quieres comer algo de camino al trabajo? —le pregunto a Olivia—. No sé si te da tiempo de volver a casa, comer e ir hasta el hotel.

—No, claro. Es mejor que vayamos juntos y comamos algo…

Decidimos coger el metro para movernos hasta Greenwich Village, donde está el hotel y donde yo crecí. Tanto Olivia como yo conocemos estas calles a la perfección, así que, en cuanto salimos del metro, vamos derechos a la zona donde están los sitios para comer que más nos gustan. Nos decidimos por un italiano donde suelo pedir un *risotto* espectacular. Ya sentados, ella me cuenta que le ha tocado Asher en el amigo invisible.

—Sé que es secreto, pero no tengo ni idea de qué comprarle. ¿Puedes ayudarme?

—Sí, claro. Podemos dar un paseo cuando comamos, tenemos tiempo hasta que entremos en nuestro turno. De hecho, hay una tienda por aquí que le gusta mucho. Seguro que encontramos algo.

—Eso sería genial. —Sonríe con tanta sinceridad que le devuelvo el gesto—. ¿Quién te ha tocado a ti?

—Faith —miento con tanta soltura que me sorprendo a mí mismo.

En realidad, y para ser fiel a la verdad, Faith ha tenido un papel importante en mi amigo invisible. A mí me había tocado Avery, pero después de la actividad, pillé a Faith quejándose de que le había tocado Olivia y era un rollo porque no sabía qué regalarle sin que ella le dedicara una de esas miradas que daban miedo. Así que esperé a que se quedara sola, me acerqué como un gran amigo y le dije que yo me ocupaba del regalo de Olivia si ella se ocupaba del de Avery y guardaba el secreto. La pobre prácticamente saltó de alegría y yo..., bueno, digamos que yo también me puse alegre.

—¿Qué vas a comprarle?

—No tengo ni idea —vuelvo a mentir.

Tengo mi regalo más que pensado. Mi regalo para Olivia, quiero decir, pero eso, por supuesto, no voy a decírselo.

Comemos, como viene siendo costumbre en las últimas horas, en un ambiente bastante agradable que solo se altera cuando ella protesta porque le robo un poco de postre pese a no haber pedido nada para mí.

—Sigues haciendo esa mierda —se enfada—. Si no pides postre porque no te apetece, luego no toques el mío, joder. Si quieres, aunque sea un poquito, pídete uno y, si te sobra, yo me lo como. ¡Pero mi postre déjalo en paz!

Ignoro su perorata y, de hecho, le robo un poco más. Cuando salimos, está enfurruñada, pero no es en serio. Es más bien… un juego. No hay amenazas ni frases dolorosas dichas a conciencia ni malas miradas. Solo una pequeña risa compartida y una complicidad a la que intentamos acostumbrarnos a pasos agigantados.

La llevo a una tienda de ropa y elijo con ella unos calcetines feísimos para Asher que seguro que van a encantarle, porque mi amigo tiene una especie de amor por los calcetines raros y feos. Sobre todo, feos. Olivia no parece muy satisfecha, pero la convenzo rápido en cuanto le recuerdo que entra dentro del presupuesto y necesita algo para mañana mismo. Teniendo en cuenta que vamos a trabajar toda la tarde y luego tenemos la peli navideña…

Salimos de la tienda y, ya de camino al hotel, ella me sorprende poniéndose repentinamente seria.

—¿De verdad no te molesta la idea de tenerme como vecina?

Frunzo el ceño y la miro con una pequeña sonrisa sarcástica.

—No, claro que no.

—¿Ni siquiera un poco?

Me subo un poco más el cuello del abrigo porque el frío es intenso.

—No, ni siquiera un poco. ¿Por qué preguntas eso?

—Bueno… No sé. Con nuestro historial… es raro.

—O no.

—Lo es.

—O no.

—Noah…

—Soy tu jefe, te vigilo en el trabajo y ahora podré vigilarte también fuera. Tal como yo lo veo, todo son ventajas.

—Eso ha sonado supersiniestro, lo sabes, ¿verdad?

Me río y Olivia me empuja por el costado. Es un gesto cariñoso, uno que solía hacer antes, hace muchos años, cuando sabía que intentaba tomarle el pelo. De pronto la nostalgia me atraviesa la garganta y no lo entiendo, porque se supone que estamos recuperando parte de esa amistad.

Supongo que, en el fondo, soy consciente de que hemos perdido muchos años y, por más que queramos, ya no volverá a ser lo mismo. Ella ha crecido, se ha convertido en una mujer adulta distinta de la adolescente que fue. Y yo… yo también he cambiado, no sé si a mejor.

—¿Estás bien? Te has quedado muy serio de pronto —pregunta.

—Sí, es solo que… me gusta esto. Me gusta volver a sentir que somos algo así como amigos —confieso—, aunque tú todavía me odies.

—Oh, venga…

—Lo entiendo, de verdad. No me porté bien.

—No, no lo hiciste, pero tampoco es como si yo hubiera sido una santa desde entonces.

—Bueno, estabas herida, supongo que es normal.

—Hay cosas que no se justifican solo por eso. Y, en todo caso, si mi actitud se justifica con el hecho de estar dolida, supongo que la tuya también, ¿no? Tenías más razón que nadie para estar triste y dolido.

Nos paramos en mitad de la calle para mirarnos. Esta vez no nieva y casi lo prefiero, porque no hay nada que me impida ver sus ojos por primera vez libres de acusación, odio o enfado. Somos solo ella y yo intentando recuperar algo de lo que tuvimos.

O a lo mejor somos Olivia y yo intentando construir algo nuevo. Algo tan fuerte como lo que tuvimos, pero de un modo distinto, más maduro y… mejor.

—Me encanta estar así contigo.

Las palabras salen de mi boca mucho antes de poder retenerlas. Ella sonríe y, si se sorprende, no lo demuestra.

—Me alegro, porque empiezo a acostumbrarme de nuevo a tenerte en mi vida y, para ser sincera, voy a necesitar a alguien que me ayude a montar muebles en solo unos días.

Suelto una risotada y reemprendo con ella la marcha hacia el trabajo.

El mes pasado, cuando mis abuelos me aseguraron que con un calendario de actividades las cosas mejorarían en el hotel, incluyendo la relación de Olivia y mía, me reí.

Ahora, viéndola pasear a mi lado, sonriendo y hablando de recuperar nuestra amistad, creo que, en realidad, mis abuelos son las personas más inteligentes de toda esta historia.

Posiblemente Nora y Nicholas Merry sean las personas más inteligentes de todo el maldito mundo.

34

Olivia

—Dios, por fin.

Avery sale de detrás del mostrador cuando acaba nuestro turno. No puedo culparla por sentirse aliviada. Ha sido una jornada agotadora. Se nota muchísimo que estamos en pleno apogeo navideño y los huéspedes este año son mucho más intensos que otras veces. Claro que eso quizá se deba a la decoración y las actividades constantes que ven por todas partes. No me ha dado por entrar en las reseñas del Hotel Merry últimamente, pero estoy segura de que debe de haber más de una que haga alusión a los trabajadores vistiendo raro cada dos por tres, para bien o para mal.

Este turno en particular ha sido complicado porque algunos clientes se han puesto difíciles. De hecho, para ser fiel a la verdad, una de las veces un cliente no se ha propasado de maleducado porque Gunnar, el sueco, ha hecho su aparición estelar un poco borracho y con un gorro de Santa Claus y ha calmado el ambiente de la recepción. Todo porque el cliente en cuestión se negaba a asumir el costo de algunos productos del minibar consumidos en su habitación.

En cualquier caso, al final todo se ha resuelto de manera más o menos pacífica, pero eso no quita que Avery hoy apenas haya retransmitido y esté cansada, malhumorada y bastante antipática para ser ella. Y digo «para ser ella» porque su actitud es muy yo cualquier día bueno, imagina cómo soy en los malos.

No es que me enorgullezca, pero me gusta admitir la verdad.

—¿Te apetece ver la peli al menos? —le pregunto mientras nos dirigimos a la sala de reuniones y conferencias.

—Sí, eso sí —admite—. Tengo mucha curiosidad por saber qué peli han escogido.

—Ojalá fuera *Pesadilla antes de Navidad*.

—Qué va, elegirán algo dulce y romántico.

—¿Qué te hace pensar que nuestros jefes elegirían algo dulce y romántico? Somos compañeros de trabajo, Avery. Aquí no hay nadie enamorado.

—O sí. Tu padre, por ejemplo.

—Bueno, pero no entre nosotros, ya me entiendes.

—Te entiendo —comenta con una risita que no me gusta nada.

—Oh, por favor, dime que no vas a sumarte a toda esa pantomima que has generado en redes sociales acerca de Noah y de mí.

—Perdona, yo me limito a mostrar la vida del hotel. Si se ha generado algún tipo de pantomima ha sido porque vosotros habéis dado el material.

—Mira…

—Además —me interrumpe—, yo no he dicho ni una palabra de Noah o de ti. Tú solita te has metido en la boca del lobo.

Voy a protestar, pero me doy cuenta con cierto horror de que tiene razón.

Entro en la sala y tomo asiento sin decir ni una palabra más. Sobre todo porque lo primero que me ha salido por impulso ha sido insultar a Noah, que es lo que hubiese hecho antes. Ya sabes, algo como «Por favor, deja de insinuar que siento algo por ese imbécil».

Bien, pues no quiero hacerlo. No quiero insultar a Noah. No después de cómo están cambiando las cosas y que esté ayudándome en ciertos aspectos de mi vida importantes para mí, como el tema del piso.

Todavía estoy intentando gestionar que vaya a mudarme en solo unos días. Bueno, mi padre y Eva no lo saben y estoy segura de que la noticia caerá como un jarro de agua fría, porque aunque les he dicho que iba a buscar piso, cuentan con que tarde bastante más en encontrarlo. Sin embargo, creo que las cosas a veces suceden por una razón. El estudio me ha encantado, me lo puedo permitir y seré vecina de Noah y Asher, lo que supone que habrá alguien conocido cerca y no me sentiré sola o insegura en un edificio nuevo. Es un gran paso, pero creo que estoy haciendo lo correcto.

Nora y Nicholas Merry entran en la sala cuando Noah aún no ha llegado. Por un instante, me pregunto si vendrá, pero aparece segundos después con el portátil, listo para reproducir la película. Que el simple hecho de verlo aparecer me dé tranquilidad me cabrea.

—¿Vais a desvelar ya qué vamos a ver? —pregunto.

—Todo a su tiempo, querida. De momento, traemos palomitas y golosinas para todos.

Colocan sobre la mesa las bolsas de papel que traen en las manos y en las que no había reparado hasta ahora.

En realidad, en la sala estamos Asher, Avery, Faith, Noah, un par de chicas de las que trabajan con Hattie y yo. Ni rastro de mi padre o Eva, lo que significa que se han ido a casa y tendré que contarles todo esto de la mudanza al llegar o, si ya están dormidos, mañana sin falta.

Me agencio un par de bolsas de palomitas antes de que Asher arrase con todo, porque ese chico come como si llevara siglos sin hacerlo, y me retrepo en mi sillón. No pienso admitir ni en broma que, cuando Noah se sienta justo a mi lado, sonrío como una estúpida.

—¿Has cogido palomitas para mí? —pregunta en tono bajo mientras sus abuelos se pelean con el portátil para conectarlo al proyector.

—Pues sí, porque soy una gran persona.

—Lo eres —dice sonriendo de medio lado y generando ciertas reacciones que me encantaría no tener.

—Noah, querido, no conseguimos hacerlo —dice Nora.

Él se levanta de inmediato y los ayuda. Por un instante, soy consciente de que Nora y Nicholas ya son dos ancianos. Sé que los veo prácticamente cada día, pero quizá por eso no había caído en el leve temblor de manos de Nicholas o en el cansancio cada vez más acusado de Nora. Durante un instante, me pregunto cómo será para Noah darse cuenta de estas cosas, y por desgracia no tengo que pensar mucho la respuesta. Lo llevará mal, estoy segura, porque ellos... ellos son todo lo que él tiene. Y no sé si es porque esa certeza me pilla de imprevisto, o porque nunca me había parado a pensarlo, pero el caso es que de pronto tengo muchas ganas de abrazar a Noah y prometerle que todo estará bien. Que yo estaré aquí, igual que Asher.

No lo hago, por supuesto, pero lo que sí hago es dejar que la dosis de realidad me empape. Tomo conciencia por primera vez en mucho tiempo de que Noah ha tenido razones muy poderosas para hacer ciertas cosas, aunque esas cosas me hicieran daño. Durante un instante me pregunto si, cuando alguno de los dos falte, él me echará de nuevo de su vida, pero me doy cuenta de que estoy yendo demasiado lejos. No debería pensar en eso. Que Nora y Nicholas estén mayores no implica que vayan a morir ya ni mucho menos. De todos modos, Noah y yo empezamos a recuperar nuestra amistad. ¿De verdad merece la pena ponerme a pensar en posibles situaciones en las que él vaya a cerrarme la puerta de nuevo?

—¡Ay! ¡Me encanta! —exclama Avery cuando se da cuenta de que vamos a ver *Solo en casa*.

A ver, es un clásico entre clásicos y he de decir que seguía con las esperanzas puestas en *Pesadilla antes de Navidad*, pero entre una peli romántica y esto… sin duda me quedo con esto.

Al final el tiempo pasa bastante rápido. Como palomitas y golosinas, me río por lo bajo de los comentarios de Noah y, aunque me cueste admitirlo, de muchos comentarios de Asher. También me río de las puyas de Faith hacia Asher y me pregunto si Noah y yo éramos así de entretenidos cuando nos llevábamos mal. Claro que entre ellos ha habido algo más que una amistad. Sí, solo una noche de sexo, pero eso ya implica un grado de intimidad que Noah y yo no hemos tenido nunca.

La peli se acaba y Nora y Nicholas nos felicitan por habernos portado tan bien. Se ve que ellos no han oído ni un solo comentario malintencionado de todos los que han circulado entre susurros.

Cojo el abrigo y, cuando estoy lista para salir, siento que alguien me sujeta del brazo. Me giro y veo a Noah sonriéndome.

—¿Qué te parecería dar un paseo?

—¿Ahora?

—Sí, ¿por qué no? No estoy cansado. ¿Tú sí?

—No, en realidad, un paseo estaría bien —sonrío.

Estoy segura de que no debería comprobarlo, pero aun así me giro con disimulo para ver si alguien está pendiente de nosotros. Me encuentro de frente con el móvil de Avery y doy por hecho que lo ha retransmitido todo. No sé si se nos ha oído, pero en cualquier caso miro mal a mi amiga y salgo del hotel dando zancadas y sin esperar a Noah. Cuando él sale, lo hace mirando hacia los lados, buscándome, como si no estuviera muy seguro de que al final me hubiese quedado.

—Es insoportable —le digo en cuanto me ve.

—¿El qué?

—Avery. ¿No has visto que se pasa la vida grabándonos a escondidas?

—A ver, a escondidas… —Sonríe y se pone a mi lado para empezar a caminar—. En realidad, es bastante obvia.

—Sí, bueno, pero tiene cierto interés en grabarnos a ti y a mí cuando estamos siendo… amables.

—Oh.

—¿De verdad no te has dado cuenta?

—No, bueno, o sea, no se me puede culpar. Hace tanto tiempo que tú y yo no somos… amables, que concentro toda mi atención en eso cuando pasa.

—Pero sí que sabes todo el revuelo que hay alrededor de la cuenta de TikTok con la gente que supone que tú... que yo... Bueno, que tú y que yo...

—Sí, eso sí —me corta carraspeando, algo incómodo—. Ha estado bien lo de la peli, ¿no?

Agradezco el cambio de tema y, en el fondo, algo me dice que lo ha hecho solo para pisar terreno seguro.

—Ha estado muy bien. Sobre todo porque Avery tenía la esperanza de ver algo romántico y, por un momento, casi he contemplado la posibilidad de que fuera una peli moñas. Con horror, pero la he contemplado.

Noah se ríe y se mete las manos en los bolsillos.

—¿Tan malo habría sido?

—¿Ver una peli donde dos personas se enamoran casi por arte de magia solo porque es Navidad? Dios, sí. ¿Acaso a ti no te parecen absurdas? —Su silencio me hace enarcar las cejas—. ¿Noah?

—Algunas son bonitas —me dice sonriendo con cierto aire de culpabilidad.

Tiene el pelo revuelto, los ojos más amables que de costumbre y de un azul mucho más brillante, pese a la oscuridad que nos rodea. Me doy cuenta de que en su rostro hay lunares nuevos que de adolescente no tenía. Lo sé bien, conté los lunares de su cara y cuello muchas veces en aquellos tiempos.

—O sea, que Noah Merry cree en el tipo de amor que surge de la nada. Interesante.

—No, de la nada, no. Pero creo en otros amores.

—Ah, ¿sí? ¿En cuáles?

—En los que nacen sin que ninguno de los protagonistas se dé cuenta, por ejemplo.

—¿Cómo es eso?

—Ya sabes. Nacen, lo van sintiendo y no se dan cuenta porque están distraídos pensando que es otra cosa.

—¿Otra cosa?

—Sí, rencor, odio, enemistad...

Me muerdo el labio, nerviosa. No creo que esté hablando de nosotros. Eso sería absurdo, pero, aun así, carraspeo y miro para otro lado. Que justo haya un señor vestido de Santa Claus tirado en el suelo y bebiendo de una botella a morro me lo pone muy fácil para cambiar de tema.

—Eso es algo que los niños no deberían ver —murmuro.

—Ya, es una pena que algunas personas se aprovechen así del espíritu de la Navidad. Me imagino lo que pensaría un niño al ver a Papá Noel así.

—Bueno, también te digo que los niños hoy día están habituados a ver un Santa en cada calle, al menos en esta ciudad. No sé cómo no se dan cuenta de lo falso que es todo.

—Creo que es porque aprenden que todo esto sí es una pantomima, pero el Santa de verdad los visitará cuando duerman. No quieren perder la magia de la noche de Navidad y es comprensible. Es demasiado importante cuando eres niño como para renunciar a ella, por mucho que la lógica te dicte otra cosa.

—Sí, eso es cierto. En realidad, lo veo en mis hermanas y es bonito.

—Tú solías ponerte pletórica con Santa y la Navidad antes, cuando no la odiabas.

Sonrío con cierta tristeza. En realidad, sí que era muy amante de la Navidad, pero luego Noah y yo nos distanciamos. Desde la Navidad que me echó de su vida y lo perdí como amigo, guardé cierto rencor a las fiestas. Como si me hubiesen quitado algo vital y nada pudiera sustituirlo.

Ni los regalos ni la magia de los niños, ni siquiera las luces constantes y parpadeantes de la ciudad más bonita del mundo en Navidad.

Perdí a Noah y, con él, la ilusión. Quizá por eso sienta tanto miedo ante la idea de recuperarlo todo y volver a perderlo en algún momento.

35

Noah

17 de diciembre

Entro en el hotel animado. Hoy es el amigo invisible y, después del día de ayer con Olivia, no puedo esperar para darle el regalo. En realidad, si me paro a pensarlo, me siento un poco imbécil. Quiero decir, es tan obvio que me alegra tenerla de vuelta en mi vida que a veces me pregunto si no me estaré arrastrando de más, pero entonces recuerdo los paseos, las comidas y las risas que hemos compartido estos días y me digo a mí mismo que no, no estoy arrastrándome. Estoy recuperando una amistad que me importaba y dejé ir por los motivos equivocados. Nada más. Olivia es una amiga y…, bueno, quiero sentirla como tal. Eso sí, en voz alta no lo digo porque, al parecer, Asher tiene otra opinión y está deseando que se le presente la oportunidad para compartirla conmigo.

El turno es tedioso. Apenas veo a Olivia ni a nadie. Hay que cerrar el año, el tiempo se agota y el papeleo es excesivo. Hay más trabajadores que se ocupan de ello, claro, pero algunos días solo quiero que pase la Navidad, al menos en este aspecto.

Luego recuerdo que gracias a estas fechas y el calendario de adviento de mis abuelos estoy recuperando a mi Olivia y…

No.

Olivia. A secas. Estoy recuperando a Olivia. Sin el «mi».

Así mucho mejor.

La puerta se abre y, aunque por un instante mantengo la ilusión de que sea ella, resultan ser mis abuelos. Que no es que me queje, de todos modos, no tiene ningún sentido que Olivia venga hoy al despacho.

—Hola, querido, ¿cómo estás? —pregunta mi abuela mientras toma asiento frente a mi escritorio.

—Muy bien, abuela, ¿qué tal tú? ¿Y tú, abuelo?

Ellos sonríen con la dulzura de siempre, pero hay algo… Tienen una mirada que conozco bien. Es la mirada que ponen cuando tienen que decirme algo que no saben si va a gustarme o no.

—Todo está genial. En realidad, venimos a hablar contigo de un mero trámite —dice mi abuelo.

—Tú dirás.

—Estos días hemos estado hablando con el bufete que lleva los temas del hotel y nuestros asuntos propios, ya sabes —empieza mi abuela.

—Ajá.

—Bueno, pues el caso es que…

—Hemos hecho testamento —dice mi abuelo de sopetón, dejándome con la boca abierta.

—¿Qué?

—Que hemos actualizado el testamento y hecho, según nosotros, la versión definitiva.

—Querido… —Mi abuela mira mal a mi abuelo, pero él no se detiene.

—No es nada malo, Nora. Hacer testamento es un hecho que indica que somos responsables y…

—Querido… —Mi abuela lo mira más seria, pero, en realidad, creo que intenta señalarle hacia mí.

Digo que lo intenta porque se me ha nublado la vista. No consigo ver con claridad, aunque me empeñe en enfocar, y un ruido ensordecedor y brutal me llena la cabeza. Como si una lavadora se hubiese puesto a centrifugar con todas sus fuerzas.

—Noah…

No sé bien quién de los dos me llama. Creo que los dos. Me gustaría decir que la respiración en mi pecho es acelerada, pero no es eso, o no la noto. De repente, el aire no entra en mi cuerpo a la velocidad que este necesita para poder gestionarlo. El mareo llega tan de pronto que agradezco estar sentado y, aun así, me aferro con las manos al escritorio por miedo a caerme. Noto unas manos en mi espalda, subiendo y bajando a un ritmo acompasado y constante y me esfuerzo por concentrarme en su voz. En sus voces, las de los dos.

—Todo está bien —susurra mi abuela—. Todo está bien, cariño.

—Estamos aquí —sigue mi abuelo—. Esfuérzate por respirar, chico, vamos. Sabes bien cómo se hace.

Lo sé. Por desgracia, vivimos muchas escenas de estas cuando mis padres murieron. Y ahora ellos han hecho testamento y… y…

—¿Os estáis muriendo?

No sé cómo consigo que las palabras salgan de mi cuerpo, pero sé que deben de sonar mucho más bajo de lo que yo creo, porque ni mi abuelo ni mi abuela hablan de inmediato.

—Nadie se está muriendo —me asegura mi abuela. Siento su mano en mi barbilla y me gira la cabeza con lentitud, consciente de que los mareos siguen. Me hace mirarla de frente y de cerca. De muy cerca. Incluso con la vista borrosa, soy capaz de distinguir sus rasgos—. Mírame, Noah Merry: nadie se está muriendo. Respira hondo, cielo. Puedes hacerlo.

Lo intento. Me concentro en el pensamiento de que no se está muriendo y parece muy sincera. No me lo diría si no fuera verdad. Ella no es de mentir. Intento respirar y, aunque al principio me cuesta, poco a poco y a base de respiraciones más o menos profundas, consigo calmar a mi mente lo suficiente como para centrarme en ellos.

—El testamento... —murmuro.

—Es un mero trámite —me asegura mi abuelo—. Nadie está enfermo, o al menos no con algo nuevo y de gravedad. Tenemos visitas con los médicos que nos controlan y todo está exactamente igual que ayer, pero el testamento es algo que hay que hacer, hijo.

—Pero...

—Es un formalismo para que no tengas ningún problema cuando faltemos uno de los dos. O los dos —añade mi abuela—. Sé que te cuesta hablar de esto, pero hay que estar preparado y ser cauto, cariño.

Asiento. Entiendo eso. O sea, mi parte objetiva lo entiende sin problemas. La parte emocional no deja de entrar en pánico cada vez que pienso que puede pasarles algo. Son mayores, van a morir en algún momento, pero yo, simplemente, no puedo concebir la idea. Ni pensarla. Ni gestionarla de ninguna de las maneras.

—Estoy bien —miento—. Estoy bien, perdón por el susto.

Ellos vuelven a sus asientos y me cuentan que solo han actualizado el testamento para incluir los últimos bienes que han adquirido. En realidad, no hay mucho que decir, todo pasará a ser mío algún día, pero aun así me explican los detalles mientras yo asiento e intento mantenerme profesional.

Después de preguntarme no una, sino varias veces si estoy bien y asegurarles todas y cada una de ellas que sí, que estoy perfecto, salen del despacho. Entonces me retrepo en el sillón y cierro los ojos, exhausto.

Mala idea. Los mareos vuelven, así que los abro y me concentro en respirar una vez más.

Quiero irme a casa, tomarme algo que me alivie el embotamiento y descansar, pero no es posible porque tenemos el amigo invisible, así que abro el cajón de mi escritorio, saco el regalo que tengo preparado para Olivia y trago saliva.

Todo irá bien. Con un poco de suerte, ella ni siquiera notará que ahora mismo estoy tan cansado a nivel emocional que apenas sirvo para mantener una conversación coherente.

Y si lo nota, siempre me quedará la mentira, porque confesarle a Olivia que una parte de mí convive con el terror que me producen mis propios pensamientos, desde luego, no es una opción.

36

Olivia

Pasa algo.

Lo noto solo unos minutos después de que todo esto del amigo invisible dé comienzo. Noah está de cuerpo presente, pero su mirada se queda fija en la pared en varios momentos, como si su mente estuviera en otra parte.

—¿Todo bien en el trabajo? —le pregunto en un momento dado.

Estamos en el saloncito del hotel. Me he sentado a su lado en el sofá mientras los demás campan a sus anchas. Bueno, Asher está contando frente a la cámara de Avery los motivos por los que este hotel es el mejor de Nueva York y lo hace con tanta soltura que, en un momento dado, incluso pienso que debería dejar el puesto de camarero y hacerse relaciones públicas o algo así. En cualquier caso, todo el mundo parece entretenido charlando, bebiendo un poco del ponche de huevo que han traído Nicholas y Nora y disfrutando de los días previos a la Navidad. Reina un ambiente bastante bueno, pero eso no me importa porque él parece... ido.

—¿Eh? —responde mirándome—. Sí, perdona. —Carraspea en un intento de centrarse—. Estoy un poco distraído.

Parece algo más que distraído. Por un instante, el corazón me late con fuerza al pensar que, en realidad, parece el Noah de hace diez años, cuando se evadía y no me dejaba entrar en ninguna parcela de su vida.

Trago saliva e intento decirme que son cosas mías. Simplemente estará saturado de trabajo.

—Se te nota distraído, sí.

—El cierre anual está acabando conmigo —me dice—. Tengo ganas de que pase de una vez.

—Yo también.

—¿Y en qué te afecta a ti el cierre anual?

—En nada, pero cuando pase, significará que la Navidad ha acabado.

—Oh, venga, Olivia —dice riéndose—. Ya no cuela mucho eso de que odias la Navidad.

—La odio.

—No es cierto.

—Lo es.

—Te aseguro que no.

—Y yo que sí —contesto riéndome—. No puedes saberlo mejor que yo.

—Vale, entonces digamos que espero que después de hoy la odies un poco menos.

—¿Y eso por qué?

—Amigo invisible, ¿recuerdas? Por eso estamos aquí.

Me río. En realidad, no tengo muchas esperanzas puestas en mi amigo invisible. Seguramente porque todavía me avergüenza haberle comprado unos calcetines tan feos a Asher. Me da vergüenza solo de pensar en dárselos y mantengo la esperanza de que Nora y Nicholas digan que podemos darnos los regalos todos a la vez. O mejor aún, que podemos dejar los regalos en la mesa y que cada uno coja el suyo sin saber de quién vienen, pero eso, por supuesto, no ocurre.

Lo que ocurre es que Nora y Nicholas nos ordenan sentarnos (bueno, a los que aún siguen de pie) y nos informan de que daremos los regalos públicamente y de uno en uno, para que nadie se pierda nada.

O sea, justo lo que me temía.

Por resumir, y para no hacerlo largo, porque esto nos lleva un buen rato, diré que los primeros diez minutos lo más reseñable es que Faith le regala a Avery una carcasa para el iPhone en la que se lee «Soy la reina de TikTok». A ver, como detalle es bonito y Avery se vuelve loca de ilusión.

—Se lo voy a poner en cuanto acabe el directo. ¿Qué me decís, chicos? ¿Acaso no es precioso?

No se refiere a nosotros, sino a su familia virtual, como ella llama a sus seguidores. Acto seguido, se pone a responder preguntas de la gente que la ve (y nos ve) y nos ignora, como de costumbre. Al menos hasta que llega su turno de dar el regalo.

—Oh, sí, perdón. Faith, ¿me puedes sostener el móvil?

Ella lo hace sin problemas y la enfoca mientras le da su regalo a Noah. Este lo recibe con una sonrisa y lo abre con tanta lentitud que me pongo de los nervios.

—¡Pero rasga el papel! —le grito.

—Eres una impaciente —me contesta riendo—. Es mi regalo, Olivia, déjame disfrutarlo.

Resoplo. En realidad, siempre ha sido así. Es de esas personas que disfrutan intentando que el papel de regalo no se rasgue ni un poquito. Yo soy de las que rasgan justo por la mitad. Parece que no, pero la forma de abrir un regalo de una persona dice mucho de cómo es.

Al final Noah descubre el regalo de Avery y pasan muchas cosas al mismo tiempo. Noah se ríe, yo me enfado, Avery le pide a Faith que nos enfoque sin perder ni un solo detalle y Nora y Nicholas Merry sueltan una risita que hace que, por primera vez en mucho tiempo, se me enciendan las mejillas.

Miro a mi padre y a Eva para ver qué les parece esto. Ella sonríe y él... Bueno, él está concentrado en el póster que Avery ha regalado a Noah, en el que hay impreso uno de los edit que la gente ha hecho sobre nosotros. Mirar ese *collage* sin ningún tipo de contexto es como mirar una historia de amor que, desde luego, no se está dando.

Desvío de inmediato los ojos de mi padre. Ya hemos tenido una discusión bastante fuerte esta mañana cuando le he contado que voy a mudarme enseguida, creo que esto es algo que no necesitaba, sobre todo al saber que voy a ser vecina de Noah.

En realidad, creo que está actuando de un modo un tanto desmedido, pero eso es porque yo soy más fría y racionalizo más mis sentimientos. Supongo que me parezco más a mi madre que, al saber que me independizo por mensaje (porque no tenía ánimos para llamarla), solo me ha respondido con un «Felicidades, hija». No sé si le ha parecido bien o mal, y tampoco me importa.

Pero lo que piense mi padre sí me importa. Y está triste, y algo enfadado, aunque yo no lo entienda.

—Olivia, te toca.

Miro a Nora, que espera que entregue mi regalo del amigo invisible con una sonrisa, y decido que ya tendré tiempo más adelante de preocuparme por mi padre. Me levanto y le doy a Asher el paquetito con los calcetines.

Él lo abre y, para mi sorpresa, su cara se ilumina de felicidad.

—¡Me encantan!

Literalmente son unos calcetines con estampados de emoticonos de WhatsApp donde, el que más se repite, es el de la caca con ojos. A mí me horrorizaría, pero ya hemos quedado en que Asher no es como yo ni de lejos.

Los regalos se siguen sucediendo, algunos con más éxito que otros, hasta que le toca a Noah entregarlo. Miro a Faith, porque él me dijo que le había tocado ella, pero en cambio a quien él mira es a mí.

—Olivia.

—¿Sí?

—¿Puedes coger esto? —Me entrega un paquetito que recojo con una sonrisa antes de pasárselo a Faith—. ¿Qué haces?

—Es para ella, ¿no?

—No, es para ti.

—Pero… tú dijiste…

—Mentí —confiesa con una sonrisilla que me pone de los nervios enseguida.

—Oh.

—Ay, qué bonito —oigo que dice Avery, aunque no la miro. No quiero. No puedo, porque mis ojos están fijos en la cara de Noah, que sonríe y parece entre incómodo y nervioso.

—¿No quieres abrirlo?

—Sí, es solo que… Sí, perdón —digo con torpeza—. Ahora mismo lo abro —murmuro, me siento algo estúpida por estar tan visiblemente nerviosa.

—¿Te ayudo?

—Pues no lo sé, ¿tengo que preocuparme? —pregunto intentando recuperar la compostura que tan vergonzosamente he perdido.

—Creo que no —dice riendo.

Parece nervioso y eso hace que yo me ponga aún más alterada. Abro una cajita pequeña y tiro de la tapa con cuidado. Bueno, en realidad lo hago de un tirón, pero, para como yo soy de ansiosa con los regalos, creo que lo hago con cuidado.

Soy consciente de que todo el mundo está pendiente de nosotros, incluidos mi padre, mi madrastra y, con toda probabilidad, más de mil personas a través de redes sociales. He intentado recordar esto todo el tiempo para no reaccionar de un modo desmedido que haga que hablen aún más, pero el caso es que dentro de la caja hay una guirnalda manual de fotografías. Sin ni siquiera desplegarla, ya hace que me emocione hasta el punto de tener que carraspear para ahuyentar a las estúpidas lágrimas que intentan salir de mis ojos.

Miro a Noah, pero él solo se mordisquea el labio inferior.

—¿No vas a abrirlo?

Lo hago. Saco la guirnalda y observo las fotos que hay, en su mayoría solo mías, o con Avery, o con mi padre, Eva, etc., pero nunca con él. No me lleva mucho tiempo darme cuenta de que ha puesto una foto por cada año desde que nos peleamos.

—¿Cómo…?

—Las he sacado de tus redes sociales, en su mayoría —reconoce—. Creo que te irá bien tener una guirnalda de recuerdos ahora que vas a tener tu propia casa.

Sonrío, agradecida, pero me doy cuenta de que él no sale en ninguna porque, obviamente, nos hemos llevado fatal todos estos años.

—Es muy bonita —contesto.

—En realidad, falta una foto —me dice—. Tenía la esperanza de que quisieras hacértela conmigo para completar la de este año.

Levanta un cojín que hay a su lado y me muestra una polaroid que hace que varias personas en la sala exclamen un «oooh». No puedo culparlas. El corazón me va a mil por hora y me parece un gesto tan bonito que soy incapaz de negarme.

Avery casi nos mete el teléfono en la cara y, cuando la miro mal, retrocede con una expresión de disculpa.

—¿Os hago la foto?

Para mi sorpresa, el que habla es mi padre. Me sonríe por primera vez en todo el día y es algo que me hace sentir increíblemente bien. Asiento de inmediato, Noah le da la polaroid, me pasa un brazo por los hombros y sonríe a la cámara. Mientras, yo intento asimilar todo lo que ha ocurrido en solo unos minutos. La foto se imprime, mi padre me la da y le devuelve a Noah la cámara.

—Gracias —murmuro.

—De nada, regalito. Me apena mucho que ya no quieras vivir con nosotros, pero creo que tus vecinos van a cuidarte muy bien. O eso espero. —Esto último lo dice mirándolos de tal forma que tanto Asher como Noah asienten de inmediato.

—No te preocupes, Roberto —dice Asher—. Vigilaré que no vuelva tarde a casa ni meta a nadie raro dentro. Y nada de hombres.

—Por Dios, Asher, cállate —le digo.

Noah se ríe, pero mi padre mira a Asher con seriedad antes de asentir.

—Gracias, chicos.

—Oh, por favor —me quejo—. ¡No puedes vigilar nada! Es mi casa y puedo meter a quien quiera.

—Claro que puedes, Olivia. Claaaaaro que puedes —me dice de un modo teatral antes de guiñarle un ojo a mi padre de un modo que él cree disimulado, pero no lo es en absoluto.

Noah, a mi lado, suelta una risa que se me contagia, aunque no quiera. Al final, damos el turno a los demás para que acaben con esto del amigo invisible y sostengo la caja en la que guardo todas mis fotos. No se me pasa por alto el detalle de que haya hecho una guirnalda para mí como la que yo hice para él justo el día en que todo se fue a la mierda. Supongo que es un modo más de pedir disculpas por lo sucedido y, por primera vez, al pensar en ello, no siento rencor. Entiendo al Noah adolescente que no supo gestionar lo que sentía. Lo perdono y, no solo eso, sino que al mirar al Noah adulto que tengo sentado a mi lado, solo puedo sentir cariño.

Y eso, después de diez años, es una novedad increíble.

Después de los regalos llega la hora de irse a casa, pero Asher insiste en que deberíamos ir a tomar algo.

En principio no entraba en mis planes, pero al final y tras mucho insistir, me apunto. Avery y Noah también lo hacen. Se lo decimos a Faith, pero al parecer tiene una cita, así que declina la oferta.

—¿Cómo te hace sentir que Faith tenga una cita? —le pregunta Avery a Asher con intención de molestarlo, sobre todo porque lo enfoca con el móvil de las narices.

Diría que estoy deseando que se quede sin batería, pero Avery compró hace días una externa que le da para cargarlo hasta cuatro veces, según nos ha contado. Es un verdadero infierno.

—¿Bien? —pregunta Asher antes de reírse—. No sé, no me hace sentir de ninguna forma, en realidad.

—Oh, venga, todos sabemos que Faith y tú…

—Nos liamos una noche —admite Asher— y cometí el error de no dejarle claro que yo no repito nunca. Con nadie. Me odió un poco, pero siempre supe que lo superaría.

Avery hace un mohín, casi como si lamentara que Asher no le dé más salseo para sus redes sociales. Yo me río y miro a Noah, que a mi lado aún parece un poco ido.

—¿Seguro que estás bien?

—Sí, sí, es que… ha sido un día largo, eso es todo.

Asiento, pero lo cierto es que, cuando entramos en un pub a tomar algo, la cosa no mejora. Está callado, pensativo y demasiado ausente. Tanto que, en un momento dado, cuando Avery propone tomar unos chupitos, acepto solo para ver si así se anima.

—No querrás llegar a casa borracha, ¿verdad? —pregunta cuando, al parecer, eso le hace reaccionar.

—Eso no es tu problema —le digo riendo.

—Lo es, porque tu padre sabe que has salido conmigo y luego me mira fatal.

—Oh, ¿tienes miedo de Roberto Rivera?

—¿Cuándo se trata de hacer algo que afecta en lo más mínimo a su «regalito»? Por supuesto que sí. Sería idiota si no lo tuviera.

—Ni se te ocurra llamarme así. No puedes. Nadie puede. ¡Ni siquiera él!

—No vas a conseguir que deje de hacerlo y lo sabes —me dice riendo. Parece que este tira y afloja lo ha puesto un poco de mejor humor.

Intento responderle, pero Noah tira de mi mano y, antes de darme cuenta, me veo arrastrada hacia una pista de baile pequeña, pero rebosante de gente.

—¿Qué haces? —pregunto mientras me rodea la cintura con las manos.

—Bailar. Me encanta esta canción.

Me concentro en la música. Suena «Christmas Lights» de Coldplay. Es una canción navideña, pero podría ser peor. Mucho peor, en realidad, dado que Noah está haciendo algo muy parecido a abrazarme y me siento… bien.

Muy bien, de hecho.

Quizá demasiado bien.

—¿Estás bien?

Sus manos han dejado de estar en mi cintura para rodearme y abrazarme contra su cuerpo. No tengo quejas. No, no tengo ni una sola queja, pero algo en él sigue siendo raro hoy y necesito asegurarme de que no se trata de nada relacionado con nosotros.

—Mis abuelos han hecho testamento —me dice de pronto.

La voz de Chris Martin sigue sonando en los altavoces, la gente baila a nuestro alrededor, pero ni de cerca igual que lo hacemos nosotros, como si se tratara de una balada hecha para bailar lento y pegados. Aun así, en lo único en que puedo concentrarme es en él.

—¿Están bien? —pregunto preocupada.

—Ellos dicen que sí. Es un mero formalismo, eso lo entiendo. Es mucho mejor tenerlo todo en orden, pero ha sido un día duro.

Me quedo un poco consternada. Es normal. Hace muchísimo tiempo que conozco a Noah y nunca se ha mostrado así de vulnerable. Siempre ha sido reservado para hablar de ciertas cosas, sobre todo relacionadas con sus sentimientos. De hecho, eso fue lo que, al final, nos llevó a acabar mal. Que esté asumiendo frente a mí que ha sido un día duro me parece algo que debería tener muy en cuenta.

Y valorar mucho.

—Ellos estarán bien, Noah.

—Son mayores. Se marcharán en algún momento.

—Todos nos marcharemos en algún momento, pero a ellos aún les queda. —Él me aprieta con más fuerza. Siento su pecho rozar el mío, así que soy consciente del modo en que su respiración se agita. Le acaricio la nuca por inercia, en un intento de calmarlo—. Todo va a estar bien.

Durante un instante, Noah se queda en silencio, mirándome a los ojos y sin decir nada. Estamos cerca. Muy cerca. No he sido consciente hasta ahora de lo cerquísima que estamos. De pronto, mi corazón también late más deprisa de lo normal, pero por razones distintas, porque no dejo de hacerme preguntas que no debería hacerme. Entonces, él pega su frente a la mía y cierra los ojos con un suspiro que hace que mi corazón pase de latir rápido a pararse en seco.

—Cuánta falta me hacías, joder. Qué bueno es tenerte de vuelta.

Su nariz roza la mía solo un instante antes de que Noah gire la cara y la entierre en el hueco que hay entre mi cuello y mi hombro. Nos quedamos quietos, abrazados en medio de una pista de baile, oyendo una canción un poco triste, pero sin bailar y sintiendo, al menos yo, que esto que acaba de pasar va a cambiarlo todo de un modo radical.

Aun así, no hay ningún otro sitio en el que quisiera estar más que en este.

Más que con él.

37

Noah

18 de diciembre

Entro directamente en la cocina para pedirle a Eva un café de esos suyos que te quitan el sueño cuatro días. Es ese café que no les pone a los huéspedes por miedo a que se infarten, pero, si la pillas en un día bueno, te lo hace con una sonrisa. Después de días en el turno de tarde, entrar tan temprano a trabajar está acabando conmigo, sobre todo porque anoche al final nos acostamos tarde. Claro que tampoco es como si tuviera quejas, sino todo lo contrario.

Aunque estuvimos Avery, Asher, Olivia y yo, no podría decir qué hicieron los dos primeros, porque me pasé todo el tiempo con esta última. Bailamos. No sé cuánto tiempo, solo sé que empezamos a bailar por una canción que me encanta. Estuvimos en esa pista el tiempo suficiente para que mi corazón pudiera acelerarse y calmarse, al darse cuenta de que se trataba de ella y estaba a salvo.

Lo único que me molestó fue dejar de abrazarla. Desenlazar mis manos de su cuerpo y volver a una realidad que no me apetecía lo más mínimo. De hecho, es muy probable que la culpable de mi cansancio sea ella. Y mis abuelos. Me he pasado la mitad de la noche pensando en ellos y la otra mitad pensando en esa pista de baile y lo que ocurrió en ella.

O más bien lo que no ocurrió, pero deseé que ocurriera.

—Buenos días, Noah, ¿necesitas algo?

Me sobresalto un poco al oír a Eva. Joder, me he evadido tanto que he olvidado que estaba en la cocina. La madrastra de Olivia tiene profundas ojeras y se sostiene sobre la encimera en una postura nada habitual en ella.

—Creo que eso tengo que preguntarlo yo —le digo preocupado.

—Oh, no es nada. —Se endereza y apoya las manos en la encimera—. Este embarazo estoy teniendo unas náuseas tremendas.

No soy mujer, así que no sé bien los motivos que podrían llevar a una a querer pasar por un cambio físico tan tremendo como el que supone un embarazo. Poner tu propio cuerpo a merced de un pequeño ser humano que lo usa para crecer hasta que no cabe más y tiene que salir por la fuerza, prácticamente. Un escalofrío me recorre la espalda y me doy cuenta de que, si yo fuera mujer y tuviera el poder de parir, es muy posible que pasara del asunto. No soy tan valiente.

—¿Puedo hacer algo por ti? —le pregunto.

Su sonrisa es tan genuina que no me queda más remedio que corresponderle.

—Puedes sentarte y acompañarme con unos minutos de charla —me ofrece.

—Genial, porque además venía a rogar por un poco de ese café tuyo.

—Ah, chico listo. Justo he preparado un poco para cuando llegue Olivia, pero creo que no le importará compartirlo contigo. Después de todo, parece que habéis dejado de ser enemigos.

Es sutil. Mucho más que Roberto, desde luego, y agradezco que sea ella la que saque el tema y no el padre de Olivia porque... Bueno, de nuevo: no soy tan valiente.

—Sí, parece que en general estamos dejando atrás el mal ambiente del hotel. Eso es bueno, mis abuelos están muy felices.

—Noah.

—¿Sí?

—No voy a darte café hasta que no me des algo jugoso a cambio.

Enarco una ceja mirándola.

—¿Qué insinúas?

—Oh, vamos, estoy segura de que puedes ofrecer algo mejor que una respuesta tan tibia como la que me acabas de dar.

—¿Tú crees?

—Repito: estoy segura. —Alza la jarra y la mueve frente a mí, como si yo fuese un perro y su café, un juguete irresistible. Me avergüenza reconocer que le funciona a la perfección—. ¿Y bien?

—Ha dejado de odiarme, o eso creo.

—Oh, nunca te ha odiado.

—Eva, ¿dónde has estado todos estos años? —pregunto riéndome.

—Aquí mismo, cocinando y viendo cómo avanzabais a través del dolor hacia una relación insana y un poco tóxica, pero no de odio. —Guardo silencio, porque no sé qué decir—. Olivia nunca podría odiarte y creo que tú a ella tampoco.

293

—No, yo a ella no, pero…

—¿Habéis vuelto a ser mejores amigos, entonces? —pregunta obviando la respuesta que iba a darle.

—Bueno, algo así, sí.

—¿Algo así? Creo que no me sirve.

—Joder, Eva. Me muero de sueño, me duele la cabeza y me espera una mañana infernal de números y papeleo. ¿No puedes ser una increíble mujer de alma piadosa y darme el café?

—¿Te gusta?

—¿El café? Me encanta.

—Noah…

—Buenos días.

Me sobresalto al oír la voz de Olivia y, por un instante, el pánico me invade al pensar que nos ha oído, pero parece tan dormida como lo estaba yo al entrar aquí, antes de verme sometido al interrogatorio de Eva.

—Buenos días, cariño. ¿Café? —Le sirve una taza frente a mí de un modo muy sádico. Me sonríe y, al final, me sirve otra a mí.

—Dios, gracias —murmuro.

—¿Una noche larga? —pregunta Olivia.

Me fijo en ella. Tiene ojeras, pero eso no es raro. Olivia suele tener ojeras muchos días y me consta que siempre ha tenido un sueño irregular y ligero. Por un instante, quiero preguntarle si ha pensado en mí al menos una mínima parte de lo que yo he pensado en ella, pero entonces reparo en la mirada ansiosa de Eva y carraspeo mientras me alejo de la encimera ahora que tengo mi preciado café.

—Sí, estaba inquieto, pero esto va a arreglarlo en solo unos minutos. Que vaya bien la mañana, chicas.

Huyo como el cobarde que soy sin dar opción a más réplica.

Me encierro en mi despacho y, aunque lo intento, durante toda la mañana resuena en mi cabeza la pregunta de Eva.

¿Me gusta? ¿Me gusta? ¿Me gusta?

Podría decir que no. Jurar que es una cuestión de amistad. Que Olivia y yo solo estamos recuperando parte de lo que fuimos, pero estaría mintiendo y hasta yo sé cuándo debo parar.

No es solo amistad. Es algo más. Es… Es… Es distinto. Lo sé, lo siento cada vez que la miro. Lo sentí anoche mientras la abrazaba y sentía que todo volvía a ponerse en su sitio, pero de un modo distinto. Mejor. Como si el puzle que fuimos de adolescentes estuviera incompleto y este, el de adultos, ansiara encajarse por sí mismo.

El turno acaba, subo al apartamento para descubrir la actividad de hoy y, cuando mis abuelos rompen la casita correspondiente y leen la nota, sonrío como un idiota, porque el mundo acaba de convertirse en una bola llena de posibilidades.

«Patinar al anochecer en la pista de hielo de Rockefeller Center».

—Yo no sé patinar —dice Avery con un deje de ansiedad—. Lo mejor será que os grabe desde fuera.

—Oh, ni hablar —dice Asher mientras rasca la barriga de Snow, que le ha dado el privilegio de dejarse tocar por él—. Vas a patinar, rubia, y vas a hacerlo mientras grabas, o grabo yo, que ya es hora de que la cámara te enfoque, para variar.

Muchos están de acuerdo con mi amigo y, en medio de todo el revuelo que supone la actividad, me fijo en que Olivia está tranquila, por sorprendente que parezca. Cuando se da cuenta de que la estoy mirando, sonríe y yo trago saliva porque, joder, qué preciosa está, aunque vaya vestida con el uniforme del hotel. No es eso, no es la ropa, ni siquiera su cuerpo o su cara. Es... es ella. Es simplemente ella. Podría intentar explicarlo de más formas, pero no me entenderías, porque no la estás viendo del modo en que yo la veo. No puedes deleitarte en la forma en que sus pupilas se dilatan cuando se preocupa por alguien, o se enfada, o simplemente ríe de verdad, sin fingir ni medias tintas.

Tú no tienes la suerte de tenerla en tu vida, pero yo... yo sí, y esta vez no pienso desaprovechar un regalo tan increíble como ese.

38

Olivia

La pista de hielo del Rockefeller Center es, sin duda, una de las atracciones que más gustan a los turistas que visitan Nueva York en Navidad. Está en el centro de la plaza Rockefeller, rodeada por la icónica estatua dorada de Prometeo y los impresionantes edificios de la zona, además del árbol que ponen cada año frente a la pista, presidiendo el espacio. Es enorme, pero es curioso que, conforme he ido creciendo, ha dejado de parecerme tan grande. Supongo que de niña, cuando mi padre me traía, todo estaba mucho más magnificado. Ahora miro a los niños que se agarran a las manos de sus padres y sonrío, porque sé perfectamente cómo se sienten. Yo lo sentí en el pasado. Eso y la burbujeante ilusión de la Navidad. La nostalgia aparece, intentando hacerse la protagonista, pero la espanto con un movimiento de la cabeza. Hoy no hay hueco para ella.

Nos acercamos a la barandilla de hierro forjado que rodea la pista. Las luces y los adornos navideños que la decoran generan una atmosfera mágica y la música que suena durante todo el día ayuda a crear un ambiente festivo y emocionante.

—No estoy segura de querer hacer esto —dice Avery.

Su cara refleja un miedo que no había visto en ella hasta ahora. Aunque esté feo decir que me alegro, la verdad es que es así. No porque tenga miedo, sino porque por primera vez veo a mi amiga algo vulnerable e insegura. Ni siquiera ha sacado el móvil de su abrigo y pienso, ingenua de mí, que no lo hará.

Por desgracia, Asher aparece en acción, mete la mano en el bolsillo de Avery y saca el teléfono.

—Yo me haré cargo de esto y de ti hasta que se te pase el miedo.

Yo preferiría darme un tiro antes que confiar mi seguridad en Asher, pero al parecer Avery no lo ve tan mal, porque sonríe agradecida y se adentra poco a poco en la pista.

—Está llenísima —murmura Noah a mi lado.

Tiene razón. Se nota que la Navidad está a la vuelta de la esquina y la gente necesita hacer actividades que los transporten a ese estado mágico cuanto antes.

Me fijo en una pareja que ríe a carcajadas mientras patina más mal que bien. Él lleva un abrigo y un gorro de lana y ella lleva una bufanda inmensa y roja, a juego con su gorro. Es casi como ver a una de esas parejas que protagonizan cualquiera de los millones de películas que salen en esta temporada del año.

Me gustaría tomarme la escena con un poco de sarcasmo, sobre todo cuando ella está a punto de caerse y él la sujeta de un modo un tanto teatrero, a mi parecer, pero lo cierto es que, cuando se abrazan y se encuentran frente a frente, se hace evidente la química que tienen, incluso desde aquí y sin conocerlos. Me pregunto si será su primera cita. O quizá es un matrimonio intentando recuperar un poco de la magia perdida. Tal vez se han conocido aquí y se han enamorado a primera vista y...

—¿Los conoces?

De nuevo es Noah quien interrumpe mis pensamientos, claro que lo agradezco, porque me doy cuenta de que me he quedado embobada mirando a un par de personas que no conozco de nada.

Hoy lleva el gorro de lana que le hizo Eva. Está guapo, pero Noah siempre lo está.

—No, no los conozco de nada.

Intento ignorar mis pensamientos porque hoy están siendo de lo más raros. Debe de ser por haber dormido poco mirando vídeos que no debería mirar y pensando cosas que, desde luego, no debería pensar.

—¿Vamos?

Sonríe de un modo tan cálido que no puedo negarme, sobre todo cuando tiende una mano enguantada hacia mí. Recuerdo lo mucho que Noah odia tener las manos frías. Le doy mi mano y nos dirigimos hacia la pista con más ilusión que talento para patinar.

Los primeros minutos son un completo caos y agradezco muchísimo que Avery sea un desastre patinando, porque así la mayoría de los ojos están puestos en ella. Se ha caído dos veces y, en una de ellas, se ha enganchado a los pantalones de Asher, que era lo que tenía más cerca, y no lo ha dejado en ropa interior porque él ha estado rápido para sujetarse justo a tiempo. Ha sido gracioso, al menos hasta que yo misma me he caído de culo.

—¿Crees que es posible partirse algún hueso del culo? —le pregunto a Noah en un momento dado.

Hay más trabajadores del hotel, pero están desperdigados por ahí y, de algún modo, he acabado a solas con él, que se ríe a carcajadas mientras me levanta del suelo. Otra vez.

—Estoy seguro de que no vas a partirte nada por caerte un par de veces.

Justo en ese instante, Avery pasa a nuestro lado a una gran velocidad. Va demasiado rápida teniendo en cuenta lo nefasta que ha resultado ser para el patinaje. Un segundo después, Asher pasa a la misma velocidad intentando grabarla y alcanzarla al mismo tiempo. Están montando tal circo que, en realidad, por una vez puedo estar segura de que la «familia virtual» ni siquiera piensa en nosotros.

—No me gustaría recibir las llaves de mi primer hogar como persona adulta e independiente con el culo roto —le digo a Noah.

Este vuelve a reírse, pero se quita los guantes para sujetarme con más fuerza y que deje de caerme. Es un detalle, la verdad.

—¿Cuándo te dan las llaves?

—Por la tarde. Con tanto cambio de turno en el hotel, me es imposible estar libre por la mañana.

—Sí, reconozco que ha sido un reto cuadrar los turnos con las actividades, pero de momento mis abuelos lo han hecho bien, ¿no crees?

—Sí, creo que sí —reconozco con una sonrisa—. Y eso que yo no confiaba en este calendario de adviento.

—Oh, no me digas.

—Cállate —murmuro haciéndolo reír.

—¿Necesitas ayuda mañana para algo relacionado con la mudanza?

—No. En realidad me he dado cuenta de que solo comprar el colchón y que me lo traigan a casa me llevará días, teniendo en cuenta estas fechas. Estoy valorando mudarme con mi saco de dormir, pero cuando lo he dicho en casa, mi padre se ha puesto en modo melodramático a decir que tengo tanta prisa por perderlo de vista que hasta un saco en el suelo me sirve.

Noah sonríe, pero no se ríe de mí.

—¿Te está estresando mucho con el tema?

—Bueno…, no lo lleva bien, pero supongo que es normal. ¿Tus abuelos cómo llevaron que te mudaras fuera del hotel? Recuerdo que te fuiste, pero como entonces éramos enemigos…

Noah no hace alusión a nuestra etapa negra, apodada así porque…, bueno, es evidente por qué.

—Fueron muy comprensivos —confirma—. Tal vez demasiado.

—¿Cómo es eso?

—Bueno, desde que murieron mis padres, ellos se han dedicado a intentar hacer que me sintiera bien, así que cedieron a cada cosa que hice, estuviera bien o mal, para no intentar empeorar mi ánimo.

Su gesto es sombrío y le aprieto la mano, entrelazando nuestros dedos.

—Eres un gran nieto, Noah Merry. Lo sabes, ¿no?

—A veces se me olvida. —Sonríe con tristeza y me doy cuenta de que ese «a veces» en realidad implica muchas muchas veces.

—Bueno, pues estoy aquí para recordártelo. Te tocó vivir algo muy duro y, aunque es cierto que tus abuelos son maravillosos y los tuviste, creo que se te olvida que ellos te tuvieron a ti.

—Eso no es del todo cierto. Yo… no solo te eché a ti de mi vida hace unos años. También lo intenté con ellos, ¿sabes? No dejé de verlos, pero sí me alejé a nivel emocional de ellos. De todo el mundo.

—A veces es necesario.

—No me ayudó a sanar.

—No, pero fue parte de tu duelo y eso también es respetable. —Suspiro y lo miro a los ojos, porque creo que esto es algo que debo decir sin dejarle ningún tipo de dudas—. Juzgué el modo en que atravesaste la pérdida de tus padres cuando soy una privilegiada por tener a mi padre y a Eva. Incluso a mi madre, aun siendo ella como es. No fui justa contigo y lo siento mucho.

—Te hice daño, Olivia. Tenías todo el derecho del mundo a odiarme.

—Me sentó peor que me cambiaras por Asher, en realidad.

Noah parece sorprendido por mis palabras.

—No te cambié por él —dice con sumo cuidado—. Es solo que Asher… entiende lo que es estar solo en el mundo. Estaba de acuerdo con no hablar de nada que implicara sentir dolor. Me enseñó a disfrutar de las cosas básicas de la vida. Recrearme en lo que sí podía tener y no pensar en nada más. No digo que haya funcionado a largo plazo, pero le estoy muy agradecido por lo que hizo por mí en su día.

—¿Por eso le dejas vivir gratis en tu casa?

—Entre otras cosas. —Esta vez su sonrisa es más real, dulce y… preciosa—. Y ahora, ¿lista para volver a intentarlo? —Asiento y él me hace avanzar por la pista de nuevo.

Para mi sorpresa, no me caigo más. Una parte de mí está convencida de que es porque Noah no ha soltado mi mano en ningún momento y nuestros dedos siguen entrelazados con fuerza. No sé dónde está Avery, ni si ella o Asher están grabándonos. No me importa lo que piense la gente que nos ve.

Por primera vez desde que empezamos a llevarnos mejor, me dedico a disfrutar sin presiones. Sin estar pendiente de los demás. Solo de mí misma y de lo que yo quiero. Y quiero estar aquí, con Noah.

Quiero… Dios, quiero tantas cosas que me asusta pararme a pensarlo, por eso decido sentir sin pensar. Ya habrá tiempo para arrepentimientos.

Al parecer, Noah piensa lo mismo porque, después de unos minutos, se para en seco. Lo hace justo cuando suena un villancico que en otro momento habría aborrecido y ahora me parece que vuelve el ambiente aún más íntimo, y me abraza del mismo modo en que lo hizo en la pista de baile.

—Ayer me quedé con ganas de hacer algo y hoy… hoy no, Olivia.

Sus labios encuentran los míos tan rápido que me quedo en shock y, sin embargo, no es brusco ni invasivo, pese a que pueda parecerlo. Es suave y dulce.

Noah Merry me está besando y esto es… es…

Ni siquiera tengo palabras para describirlo.

39

Noah

No se mueve.

Joder, no se mueve. ¿Por qué no se mueve? Sé que solo hace un segundo que la besé, pero, si ella no reacciona, voy a hacer el ridículo más grande del mundo. Y todo por seguir a mis estúpidos sentimientos.

La culpa es de la Navidad. Esta mañana estaba intentando asimilar el hecho de que Olivia para mí es algo más que una amiga y solo unas horas después me he visto aquí, en una de las pistas de patinaje más icónicas del mundo en Navidad y pensando que el ambiente era mágico y… y ella estaba preciosa. Y quizá, después de todo, merecía la pena arriesgarse.

Pero ahora estoy besándola y ella…

Se ha movido. Vale, se ha movido y no ha sido para alejarse. De hecho, su mano ha abandonado la mía, pero solo un segundo después ha enlazado los brazos tras mi nuca y, joder, qué bueno. Estoy a punto de romper el beso para soltar una carcajada, o hacer un baile feliz, pero entonces ella me corresponde el gesto y el mundo deja de existir. Ni siquiera recordaría mi nombre si me lo preguntaran ahora, porque sus labios son dulces, mullidos y jodidamente perfectos, sobre todo cuando están contra los míos.

Le abrazo la cintura justo en el mismo instante en que comienza a nevar. Sonrío en la boca de Olivia. Es muy probable que si se lo digo me odie, pero vivir esto con ella es como entrar en una de esas pelis navideñas que tanto odia. Solo que es mejor, porque somos ella y yo, y eso es todo lo que necesito para que la noche se vuelva mágica.

No sé durante cuánto tiempo nos besamos, pero sé que el resto del mundo desaparece. No es una cursilada de esas que dicen en pelis y libros, no. Siento que alguien podría caerse a nuestro lado, partirse la crisma y, aun así, yo no me enteraría porque lo único que puedo sentir es a ella, al menos hasta que rompe el beso con suavidad. Abro los ojos a tiempo de verla hacer lo mismo y, cuando su mirada se clava en la mía, sonríe. Es increíble.

—Yo...

—Si vas a decir algo que lo estropee, por favor, no lo hagas —susurra.

Me río y apoyo mi frente en la suya, acariciando su nariz con la mía.

—Iba a decir que yo llevo demasiado tiempo soñando con esto, aunque no lo sabía. ¿Suena raro?

—No. Creo que he soñado con esto sin saberlo mucho mucho tiempo también.

Sonrío, satisfecho de que entienda lo que quiero decir, porque esto puede parecer un amor repentino, algo que se ha dado de pronto, casi sin previo aviso, pero después de besarla he entendido, por fin, que no es eso. Que simplemente hemos etiquetado mal todos y cada uno de los sentimientos que teníamos.

Y que lo que parecía odio ha resultado ser… Bueno, algo mejor, aunque no esté listo aún para una etiqueta nueva y más oportuna.

—¿Y ahora? ¿Qué se supone que viene? —pregunta Olivia.

Me doy cuenta de que está un poco ruborizada y acaricio una de sus mejillas sin poder contenerme.

—Creo que ahora lo que viene es nuestra historia —susurro.

Ella sonríe y yo me siento invencible.

—Suena bien.

—Sí, ¿verdad?

—¡Oooh, menuda mierda!

Nos sobresaltamos al oír a Avery cerca, muy cerca de nosotros. Nos giramos hacia nuestra derecha y la vemos sujeta por Asher, literalmente como si fuera una niña pequeña a la que su padre no puede soltar. Lleva el teléfono en las manos, pero enfoca hacia el suelo y parece tan cansada y frustrada que me da pena, al menos hasta que sigue hablando.

—¿No podíais dar el primer paso en un ambiente más seguro, controlado y frente a la maldita cámara? ¿Tenéis idea de la audiencia que vamos a perder? ¡Sois un par de desagradecidos!

Su indignación pasa desapercibida cuando vuelve a resbalar. Si no se cae es porque Asher la sujeta, otra vez. Mi amigo resopla, dejando ver que ya está cansado de esta actividad, y señala la salida.

—Avery, tú has acabado de patinar por hoy y, si de mí depende, para siempre. Joder, tengo los riñones hechos mierda. Vamos a salir, vas a ponerte zapatos y vas a invitarme a un chocolate caliente.

—Pero, Asher, ellos...

—Sí, lo sé, son unos cabrones y te han jodido la primicia.

—Eso —dice ella haciendo morros.

—La vida es una mierda, ¿verdad? Pues vamos a ver si podemos endulzarla con algo. Venga, despacio, despacio...

Olivia y yo nos reímos mientras se alejan hacia la entrada y, cuando volvemos a mirarnos, reparo en que seguimos abrazados. Ella sigue con sus manos sobre mis hombros y yo sigo acariciando su mejilla, aun sin darme cuenta.

—¿Cómo te suena eso de tomar un chocolate caliente? —pregunto.

—¿Y quedarnos bajo el escrutinio y mal humor de Avery? No, gracias. Sin embargo, no diría que no a una cena...

No tiene que decirlo dos veces. Asiento y, antes de largarnos de la pista, bajo la cabeza y acaricio sus labios con los míos con suavidad. No es un beso. Es más bien un gesto tentativo. Algo que busca la confirmación de que ella también lo desea. Cuando se acerca más, ejerce presión y convierte esto en nuestro segundo beso, no me resisto a sonreír en su boca.

Y así es como, desde hoy mismo, esta pista de hielo se ha convertido en mi lugar favorito del mundo.

40

Olivia

19 de diciembre

—¿De verdad no vas a contarme nada más?

Miro a Avery mientras acaricio a Snow, que está acomodado en mi regazo aprovechando que ahora mismo no hay huéspedes que nos reclamen. Me encanta que haga esto, que busque mis caricias, porque sé bien lo arisco que es con prácticamente todo el mundo. Vuelvo a Avery cuando suspira frustrada. Está haciendo pucheros mientras me observa como si fuera la peor persona del mundo.

Podría contarle que anoche, después de salir de la pista de patinaje, Noah y yo fuimos a comer pizza y nos pasamos toda la cena mirándonos como idiotas y sonriendo sin ningún motivo especial. La conversación fue fluida, como siempre, y eso me alegró, porque mientras íbamos a comer, me daba miedo que de pronto las cosas se tornaran raras entre nosotros. No fue así. Por supuesto, me pasé la noche con un revoltijo de nervios en el estómago, pero eso no era por incomodidad. Era porque todo esto es… bonito. Y sorprendente, desde luego.

Después de cenar me marché a casa, porque era tarde y hoy los dos madrugábamos, pero Noah se quedó conmigo mientras venía el Uber que había pedido y, justo antes de subir, volvió a besarme de ese modo que...

Dios, ¿por qué nunca me había dado por pensar cómo besaría Noah? Es suave, pero decidido y firme. Ejerce la presión justa en mis labios y sus manos consiguen erizarme la piel solo con acariciarme los hombros por encima de la ropa. O él es muy bueno o yo estoy enferma.

Si me paro a pensarlo, es muy posible que sea una mezcla de las dos cosas.

—¡Olivia! —Me sobresalto con la voz de Avery.

—¿Sí?

—Venga —suplica—. Pasé una noche horrible y hoy tengo moratones en lugares sorprendentes. Tienes que contarme algo más.

—Lo haré si dejas de retransmitir todo lo que digo —contesto mirando a su móvil, que tiene apoyado en el escritorio enfocado hacia mí—. ¿Te crees que soy tonta?

Mi amiga pone los ojos en blanco, rescata su teléfono y se enfoca a sí misma.

—¿Veis por lo que tengo que pasar? Os dije que no sería fácil, pero, no os preocupéis, estaré atenta a cualquier movimiento de los tortolitos para daros, en cualquier momento, ese beso que tanto queréis ver.

Esta vez quien pone los ojos en blanco soy yo. Si Avery se olvidase de las malditas redes un solo momento, quizá le contaría que estoy sintiendo cosas que no dejan de sorprenderme a cada minuto que pasa. Me encantaría poder hablar con mi amiga sin un montón de testigos desconocidos ansiosos de cotilleos, pero no tengo el humor de hablar con ella de esto ahora, sobre todo porque sé que voy a cabrearme y no quiero. No hoy, así que me limito a hacer mi trabajo hasta que oigo una voz que consigue erizarme el vello de la nuca.

—Buenos días, chicas, ¿podéis firmar esto?

—Mirad a quién tenemos aquí… —Avery sonríe con malicia y enfoca a Noah de inmediato.

Él sonríe incómodo, pero solo un segundo antes de fijarse en mí y guiñarme un ojo.

—¿Cómo has dormido?

—Para mi sorpresa, muy bien —contesto.

—¿Esperabas dormir mal? —pregunta enarcando una ceja.

—No. Bueno, es que estaba… nerviosa.

Su sonrisa es lenta, empieza en la esquina izquierda de su boca y se va extendiendo poco a poco.

—Sí, yo también estaba… nervioso.

—Oh, Dios, sois tan monos que podría vomitar purpurina ahora mismo.

Esa ha sido Avery que, cómo no, está enfocándonos con la cámara.

Carraspeo, señalo los papeles que Noah ha bajado, le pregunto qué es y, cuando todo el trámite laboral está hecho, me quedo mirándolo solo para constatar que él tampoco tiene más que hacer aquí, pero no se va.

—Mis abuelos van a anunciar la actividad justo antes de salir del turno. ¿Te veo en el apartamento?

—Claro.

—Bien. Pues… hasta luego.

Se aleja caminando hacia atrás, con esa sonrisa pícara que el mes pasado hubiese catalogado como «sonrisa de capullo» y ahora catalogaría como «sonrisa creada solo para derretirme». Cuando llega a las puertas del ascensor, se gira y entra, sin mirarme más.

Me enfrento a una Avery que vuelve a pedirme detalles, a una audiencia que, al parecer, está como loca, y a un montón de trabajo pendiente antes de que acabe el turno, pero nada de eso me importa porque, joder, el día está siendo maravilloso.

—Dime una cosa. —Avery corta el directo de pronto, lo que me sorprende, pero me mira con tanta seriedad que la atiendo de inmediato.

—Tú dirás.

—¿Estás siendo tan feliz como pareces, aunque sea en tu estilo taciturno y un poco siniestro?

Me río. Abrazo a Avery porque, pese a lo mucho que odio sus redes sociales y la invasión que suponen en mi vida, valoro más a la persona que hay detrás. A mi amiga.

—Estoy siendo feliz. Perdón por no ser capaz de mostrárselo a tu audiencia.

—Bueno, ya llegaremos a eso. De momento, me basta con poder verlo yo. Y con que dejes de odiar con tantas ganas la Navidad.

De hecho, hasta podría decir que la Navidad hoy no me parece odiosa, sino bonita, pero no lo haré porque tampoco quiero darle tantas alas a Avery.

Aun así, asumo que el modo en que me siento es un indicativo de que las cosas han cambiado de un modo radical.

41

Noah

Entro en el apartamento intentando darme prisa. Llevo todo el maldito turno esperando que llegara este momento y, justo a la hora de salir, por fin, ha surgido un problema que me ha hecho retrasarme casi quince minutos de la hora prevista.

Al abrir la puerta del apartamento de mis abuelos, me extraña no encontrarme con nadie. Bueno, miento, sí hay alguien. La persona a la que más quiero ver, de hecho: Olivia me sonríe desde el sofá. Tiene una taza con una infusión entre las manos y su mirada es tan cálida que me quedo parado un instante. Hemos estado tanto tiempo mirándonos mal que darme cuenta de algo tan simple como es que me mire con cariño se me antoja extraordinario.

—¿Dónde están los demás? —pregunto mirándola.

—Hoy no viene nadie más. —No contesta ella, sino mi abuela, que está a su lado y me sonríe de un modo un poco raro.

Eso hace que centre mi atención en ella. Mi abuelo, sentado en el sillón junto al sofá, también sonríe.

—¿Y eso?

—Tu abuela y yo hemos pensado que vosotros dos sois los que menos habéis avanzado en la finalidad del calendario.

Enarco una ceja y miro a Olivia.

—Ah, ¿sí? ¿Somos los que menos hemos avanzado?

Ella reprime una risa que me apetece besar de inmediato. Joder, tengo que centrarme. Miro a mis abuelos, que por fortuna parecen ajenos al hecho de que hoy estoy más distraído de lo normal.

—Lo sois —corrobora mi abuela—. Así que la actividad de hoy os incumbe solo a vosotros dos.

—Oh.

Sí, lo sé, ha sido un «oh» que ha sonado muy poco a queja y mucho a «joder, sí».

—De hecho, creo que es hora de que permitamos a Olivia abrir una casita —dice mi abuelo—. ¿Estás lista para romper solo la puerta y no parecer agresiva?

—Lo estoy —dice con una sonrisa mi... Eh... Bueno..., ya sabes, Olivia.

Mi abuelo le da la casita que mantenía entre las manos. Ella rompe la puerta y extrae la nota, tal y como se ha hecho con el resto de las actividades. Sigo pensando que es una pena tener que romper las puertas, pero estoy bastante seguro de que, de no ser así, habríamos hecho más de una jugarreta.

Olivia abre la nota, la lee y sonríe.

—¿En serio?

—¿Qué es? —pregunto acercándome y sentándome a su lado.

—¡Vamos a ver a las Rockettes!

Sonrío mirando a mis abuelos. Ellos me devuelven la sonrisa con una calidez que me reconforta como pocas cosas en la vida.

—Vaya, eso puede estar bien. ¿Qué me dices, Olivia? ¿Tienes ganas de ver un espectáculo navideño conmigo?

—Supongo que no es lo peor que hemos hecho —finge. O espero que esté fingiendo, porque me muero por ir a ese espectáculo con ella y convertir todo esto en una cita.

Por supuesto, de cara a mis abuelos me muestro un tanto indiferente. Eso sí, les agradezco muchísimo las entradas.

—De nada, cielo —me responden—. Las sacamos hace un tiempo, cuando se nos ocurrió toda esta locura.

Me río, pero una parte de mí se está preguntando cómo es que mis abuelos intuyeron que el 19 de diciembre Olivia y yo seguiríamos tan enfrentados como para tener que idear una actividad solo para nosotros.

Desde luego, si algún día puedo enorgullecerme de ser inteligente, es porque lo he heredado de ellos.

Mis abuelos nos explican lo que ya sabemos, que el Radio City Christmas Spectacular es un espectáculo bastante antiguo que, con el tiempo, se ha convertido en el espectáculo navideño por excelencia en Nueva York.

Tiene lugar en el mítico teatro Radio City Music Hall, que forma parte del complejo del Rockefeller Center. Las protagonistas son las Rockettes, una compañía de bailarinas de precisión que, no solo es prestigiosa, sino de una calidad deslumbrante.

Es un gran plan, incluso para Olivia. Lo puedo ver en el modo en que mueve la pierna, nerviosa.

—Tenéis que prometer que intentaréis disfrutarlo sin pelear ni discutir —dice entonces mi abuela sacándome de mis pensamientos.

—Lo intentaremos —señala Olivia—. Prometo poner todo de mi parte. Ojalá Noah no quiera ser un capullo.

Me reprimo la risa. Que intente hacer ver frente a mis abuelos que todavía nos odiamos es incluso divertido. No es que vaya a durar mucho, porque si esto sigue adelante, sea lo que sea, no voy a querer esconderme de nadie, pero reconozco que ahora mismo tiene su gracia.

—¿Podemos marcharnos ya, entonces? Quiero darme una ducha y ponerme guapo para Olivia.

—Noah, no seas provocador —me riñe mi abuelo.

—Eso, Noah, no seas provocador —repite Olivia en un tono que pretende ser de burla, pero no lo es.

Salimos del apartamento poco después y, aunque me hubiese gustado estar unos minutos a solas con Olivia, Eva la reclama, así que yo aprovecho y me marcho a casa, donde me encuentro con Asher pasando la aspiradora por el salón.

—¿A qué debemos el honor? —pregunto enarcando las cejas.

—Quiero que veas lo buen compañero de piso que soy. ¿Qué te parece? Esto solo lo mejoraría poniéndome un picardías para esperarte.

Me río. Aunque no me guste darle alas, tengo que reconocer que Asher, a veces, tiene su punto.

Lo ayudo a recoger y a limpiar un poco el apartamento, solo porque no quiero perder la oportunidad de hacerlo ahora que parece que se ha animado a colaborar. Al final nos lleva poco tiempo entre los dos, claro que mi casa es más bien pequeña.

—Al final hoy le dan las llaves a Olivia, ¿no?

—Sí, eso parece. ¿Cómo lo sabes?

—Avery me lo contó.

—¿Qué tal sus moratones? Hoy quería preguntarle, pero se puso impertinente con el tema del TikTok y el móvil y pasé de ella.

—Sobrevivirá, aunque, tío, es nefasta patinando. Nefasta de verdad. Tanto como para no parecerme gracioso ni siquiera meterme con ella. Es prácticamente una desgracia.

Me río y le informo de que me voy a la ducha porque esta tarde tengo una cita con Olivia.

—¿Y eso?

—Bueno, en realidad es la actividad, pero voy a tomarlo como una cita. —Asher se queda mirándome un tanto pensativo—. ¿Qué?

—Nada.

—Vamos, suéltalo.

—Bueno, solo que… es guay verte así, pero ten cuidado.

—Asher, no empieces.

—Solamente digo que estás abriéndote un montón con todo esto de Olivia y no quiero que te acabe afectando o jodiendo cuando se acabe.

Miro a mi amigo muy serio. Frunzo el ceño, pero entiendo que tengo que ser cuidadoso con las palabras que elijo.

—No todo lo bueno acaba en algún momento, Asher. A veces dura.

Mi amigo bufa y se ríe con ironía.

—Bueno, tú hazme caso y ten cuidado.

Su poca fe en las cosas buenas en general es deprimente, pero sé entenderlo mejor que nadie, así que no le reprocho el consejo. Me meto a ducharme y, al salir, sonrío al darme cuenta de que tengo un mensaje de Olivia.

Olivia

> He quedado un poco antes con el
> agente. Cuando te vea, seré
> propietaria oficial de un estudio.
> ¿No es genial?

Noah

> Lo es, sobre todo porque serás
> vecina mía =)

Ella no contesta de inmediato y yo estoy a punto de preguntarle si quiere que la acompañe mientras firma el contrato y recoge las llaves, pero me doy cuenta de que puede resultar invasivo. Además, tampoco quiero parecer desesperado, aunque, por supuesto, esté desesperado.

Llego al Radio City Music Hall minutos antes de la hora prevista. No se me puede culpar, ya he dicho que estoy desesperado, pero no debo de ser el único. Solo unos minutos después, Olivia se acerca a mí envuelta en su abrigo largo, con el cabello peinado en hondas y una sonrisa que hace que la imite de inmediato.

Es un encuentro raro. Por un instante, solo sonreímos como idiotas y, cuando por fin doy un paso adelante, los dos avanzamos con nuestras cabezas en direcciones contrarias, así que hay un momento en el que no sé si voy a besarla en la mejilla o en los labios. Lo soluciono enmarcando sus mejillas y dirigiendo su boca a la mía. Mejor. Mucho mejor. Y cuando ella da un paso en

318

mi dirección y me abraza por la cintura, sé que he tomado la decisión correcta.

—Estás preciosa —susurro contra sus labios.

—Llevo el abrigo de cada día —dice riendo.

—Da igual, estás preciosa.

Se ruboriza un poco, lo que eleva mi autoestima hasta el puto cielo, y entramos para ver el espectáculo.

Es increíble. No puedo decir mucho más. El modo en que se coordinan las bailarinas, la música, las luces, el ambiente… Todo hace que me quede embobado. Recuerdo que la última vez que vi este espectáculo vine con mis padres, así que era pequeño. Verlo de adulto, desde luego, ha mejorado la experiencia, porque ahora soy capaz de entender lo difícil que es hacer un espectáculo tan cuidado, complicado y elaborado y que el público lo vea como algo sencillo y divertido.

Miro a Olivia, que está igual de embobada que yo, sobre todo cuando, al final, el ángel baja del techo y recrean el pesebre. Sonrío al verla tan concentrada y, cuando centro mi atención en el escenario, veo que justo delante de nosotros hay un chaval de unos trece o catorce años retrepado en el asiento, junto a sus padres, que sí están pendientes del espectáculo.

Es como un tiro en medio del pecho. Recuerdo, no de la mejor manera, que yo fui así en mi infancia. De pronto, me entran unas ganas tremendas de ir, darle un toque en el hombro y pedirle que aproveche el tiempo con ellos, porque uno nunca sabe cuándo se puede acabar.

No lo hago, claro, pero por un instante la angustia es tal que busco la mano de Olivia por inercia. Ella me mira sonriendo, pero creo que se da cuenta de inmediato de que esto no es tanto un gesto romántico como la necesidad de encontrar un punto de apoyo. Me aprieta los dedos con fuerza y, mientras las Rockettes terminan el espectáculo, se deja caer sobre mi costado y me hace volver al presente una y otra vez.

Cuando la función acaba, aplaudimos como lunáticos. Tanto como para que el chico que hay delante se gire y nos mire con el ceño fruncido, como si fuéramos dos idiotas. No me importa. Lo único que me importa es que estoy aquí, vivo, con la que fue mi mejor amiga de vuelta en mi vida y convertida en algo más, sea lo que sea. Algo mejor.

Salimos con la adrenalina por las nubes, al menos yo, que la abrazo en cuanto estamos de nuevo en la calle para besarla. Sin embargo, ella me interrumpe echando la cabeza hacia atrás.

—¿Me estás haciendo la cobra?

Su risa hace burbujear todo mi sistema nervioso.

—Te invito a cenar en mi nuevo hogar. —Sonrío y ella se ruboriza—. Quería decirlo antes de nada, pero ahora puedes besarme, si quieres.

Me río y obedezco, beso sus labios y los mordisqueo un poco antes de aceptar su propuesta. Estaría loco si no lo hiciera.

Cogemos un Uber, nos vamos a su apartamento y, cuando llegamos al rellano, me doy cuenta de lo raro y genial que será tenerla de vecina.

Cenamos comida china sentados en el suelo, directamente de las cajas de cartón. Ponemos música en mi teléfono, que es el que tiene más batería, y hablamos del espectáculo, del trabajo y de cada pequeño tema que nos haga sentir seguros y en nuestra zona de confort hasta que ella me quita la caja de las manos y se acerca a mí.

Me pongo nervioso de inmediato, sobre todo cuando sonríe con esa seguridad que tanto me gusta.

—Estoy harta de esta cena, Noah Merry. Quiero el postre.

Si fuera otro tipo de persona, ahora mismo me arrodillaría y daría gracias al cielo por tener a Olivia pronunciando una frase como esa. Para bien o para mal, no soy otro tipo de persona, así que lo que hago es arrastrarla hasta mi regazo, subirla sobre mí sin miramientos y besarla con las ganas que he ido reservando mucho mucho tiempo, aunque ni siquiera yo fuera consciente.

Entreabro sus labios y acaricio su lengua con la mía, buscando profundizar más nuestro contacto. Ella me abraza, apretándose contra mi cuerpo, así que la giro para que nos tumbemos en el suelo. Está duro y estoy bastante seguro de que va a dolernos la espalda, pero no pienso parar por nada del mundo.

La respiración de Olivia es agitada y, aunque en un principio no era mi intención, me pregunto si iremos más allá de esto. Joder, ¿vamos a hacerlo?

¿Vamos a…?

—¡Noaaah!

El grito me sobresalta, porque no viene de Olivia, sino de fuera. Del rellano, más concretamente.

—¡Noah, abre la puerta, joder!

—No puede ser —murmuro al tiempo que me despego de Olivia.

Ella pestañea varias veces, como si hubiera perdido el norte de lo que ocurre. Aunque eso me encanta, me levanto para abrir la puerta, porque me ha parecido oír a Avery y eso es imposib…

No, no es imposible. Avery está en el rellano con Asher enganchado a su costado. Bueno, más bien está con la mitad de Asher enganchado en su costado. La otra mitad la sujeta Faith, nada más y nada menos.

—Este idiota no sabe beber —me dice esta última—. Hazte cargo de él, Noah, yo ya he hecho más que suficiente. Oh, hola, Olivia —dice enarcando las cejas—. Vaya, guau, es evidente que me estoy perdiendo muchas cosas.

—Tienes que entrar más en mi canal —murmura Avery justo antes de gruñir, porque el peso de Asher casi la está aplastando contra la pared del rellano.

Me adelanto de inmediato y sujeto a mi amigo para liberar a las chicas.

—¿Se puede saber qué ha pasado? —pregunta Olivia con los ojos como platos.

—Oh, bueno, pues resulta que aquí, tu amigo, no sabe aceptar consejos —dice Faith.

—Fuimos a tomar una copa después del trabajo —añade Avery—. Supe que era mala idea en el momento en que se fueron Hattie y las chicas y me quedé con estos dos idiotas. Faith le dijo a Asher que tuviera cuidado con los chupitos, a ver si se atragantaba. Asher se ofendió, no se sabe bien por qué, y le dijo que ninguna chica de Montana iba a decirle cómo beber. Faith dijo que cualquier chica de Montana bebe mejor que él. Asher se ofendió muchísimo más y el resto, como ves, es historia.

—Gané yo —dice Faith que, aunque se nota que va achispada, está en una condición infinitamente mejor que la de Asher.

—Es un pozo sin fondo, tío, no sé qué ha pasado —murmura mi amigo justo antes de tener una arcada.

—Vale, bien, hora de ir a casa y darse una ducha fría. —Miro a Olivia, que intenta aguantarse la risa. Le pido disculpas con la mirada, o espero que lo entienda, pero hace un gesto con la mano para que vaya con él.

—Me voy a casa, mi padre estará esperándome para ponerse intenso con eso de que esté abandonándolo para vivir sola.

—Te acompañamos hasta abajo —dice Avery antes de bostezar—. Dios, me muero de sueño y Asher pesa muchísimo.

—¡Me lo debes! —grita Asher en un idioma prácticamente ininteligible—. Te salvé la vida en la pista de patinaje.

—Adiós, gran bebedor —dice Faith solo para cabrearlo.

—Eres una… una… ¡una bruja! ¡Bruja! ¡Mala!

Bien, vale, definitivamente es hora de entrar en casa y obligarlo a darse una ducha fría.

Me despido de las chicas, entro en casa y arrastro a mi amigo hasta la ducha, donde tengo que ayudarlo a quitarse la ropa.

—Tío, en serio, ¿cuántas veces tengo que decirte que no es bueno que te piques por tonterías? Y mucho menos si hay alcohol de por medio.

—¿Cómo puede tener ese cuerpo tan menudo y beber de esa forma? —se lamenta mi amigo—. Ha sido bochornoso. Qué vergüenza me doy. ¡Qué vergüenza!

Se levanta en pelotas, resbala y se cae entre la taza y el lavabo. Eso sí que es una vergüenza, pero no se lo digo porque parece afectado de verdad, así que me aguanto la risa, lo ayudo a meterse en la ducha y vigilo que no se mate mientras el agua fría hace su trabajo y vuelve un poco en sí.

Durante todo el tiempo que tarda en hacer efecto, aunque en apariencia me comporte como un buen amigo, solo puedo pensar en Olivia, en su cuerpo apretado contra el mío en la tarima de su estudio y en lo que hubiese pasado si no nos hubieran interrumpido.

42

Olivia

Entro en casa sin ser consciente de que sonrío demasiado hasta que oigo la voz de mi padre.

—Sonríes demasiado.

No solo tomo conciencia, sino que levanto la vista sorprendida. Me lo encuentro con el ceño fruncido y los brazos cruzados, sentado en el sofá, como si me hubiese estado esperando. Muy probable, porque así es.

—¿Perdón?

—Últimamente sonríes demasiado. No sé qué pasa, ¿es porque te mudas? ¿Irte de casa te hace tan feliz como para que sonrías a todas horas aunque estés sola y no tengas un motivo aparente?

Suspiro. Me recuerdo a mí misma que mi padre no solo es intenso, sino que tiene una tendencia tremenda al melodrama que solo empeorará si me ofendo por sus palabras. Además, sé bien que no las dice de mala fe. Y sobre todo, sé que todo eso nace de la preocupación y el amor que siente hacia mí. Podría desear que fuera un poco más frío, pero es que resulta que mi madre ya es un poco (mucho) más fría y, créeme, eso es peor.

—No soy feliz porque vaya a marcharme de casa. —Intento reprimir la sonrisa cuando mi padre hace un puchero. Me acerco y me siento a su lado, luego le tiró de los brazos hasta que consigo que me dé una mano—. Sonrío porque están pasando cosas buenas, papá.

—Cosas buenas que van a alejarte de mí.

—No, cosas buenas que me harán crecer como persona. De ti no voy a alejarme nunca. Estaremos en los mismos turnos en el hotel y, además, vendré por casa un montón de veces. Casi no notarás que me he marchado.

—¡Claro que lo notaré, regalito! ¿Quién va a reñirme por poner música alta si tú no estás aquí? ¿Y quién va a controlar a tus hermanas? ¿Y quién revisará que el muñeco gigante de nieve de la escalera de incendio no acabe soltándose y matando a alguien?

—Te reñirá Eva. Si no, le enseñaré a alguna de las renacuajas a hacerlo. Aprenderás a controlar a tus hijas pequeñas muy bien tú solito, porque siempre lo has hecho y, respecto al muñeco de nieve gigante… A ver, es que no debería estar ahí.

—Está seguro. Noah me ayudó.

—¿Ves? No me necesitas, papá.

—¡Claro que te necesito! ¡Eres mi pequeña!

—Voy a cumplir veinticinco años en solo unos días.

—¿Y? —Sonrío y él, al final, afloja un poco su actitud—. Perdona, estoy siendo un egoísta, ¿verdad?

—No es eso, es que…

—Sí, sí que lo es. Eva me lo ha dicho muchas veces, que estoy siendo egoísta y que debería controlarme para no hacerte sentir mal por hacer tu vida, pero, hija, es que te quiero mucho.

Mi sonrisa se amplía y, aunque no lo diga, agradezco una vez más tener a Eva en mi vida. De verdad, pienso que es un regalo que ella esté en casa y en la vida de mi padre. Aunque a veces me haya asaltado la duda de no ser parte al cien por cien de esta familia, porque ella no me parió, jamás me ha hecho sentir de más, sino todo lo contrario. Sé que tengo todo mi apoyo para marcharme de esta casa igual de bien que sé que, si en un futuro volviera, me recibiría con los brazos abiertos.

—Solo eres un padre preocupado y te entiendo, pero voy a estar bien. Y tengo a Noah y Asher de vecinos, no lo olvides.

—Sí, eso me tranquiliza un poco —admite—. Debo tener una charla con Noah para avisarlo de que debe cuidarte muy bien.

—Papá…

—Tranquila, regalito. Entre hombres nos entendemos.

Pongo los ojos en blanco. No voy a explicarle que no necesito que vaya avisando a nadie de que me proteja porque eso lo hago yo solita, pero entiendo que esa actitud nace de la necesidad de sentir que hace algo más por mí, así que lo dejo estar y me planteo por un instante si debería contarle que Noah y yo… Bueno, que ya no somos enemigos. Ni tampoco amigos. Somos algo, pero no sé el qué.

Al final resuelvo que, precisamente porque no sé qué somos, es mejor dejarlo así por el momento. Charlo un poquito más con él, pero el sueño me vence y se nota que también está cansado, así que al final se va con Eva a la cama y yo me doy una ducha antes de disponerme a dormir.

Cojo el teléfono para programar la alarma y me encuentro con un mensaje de Noah. Lo abro alterada, con los nervios bailándome en la boca del estómago. Dios, es muy raro sentirme así cuando hace tanto tiempo que nos conocemos.

Veo una foto de Asher en la cama con la boca abierta, el pelo mojado y tapado hasta el cuello.

Noah

> No es que haga frío, es que solo
> he conseguido que se ponga el bóxer
> y hasta para eso he tenido que
> ayudarlo. Mañana va a querer morirse.

Me río, pero lo cierto es que tiene mala cara y estoy segura de que mañana sí va a querer morirse, al menos a ratitos.

Olivia

> Bueno, se lo merece por interrumpirnos,
> ¿no?

Lo envío nerviosa, pero en cuanto llega la respuesta de Noah, me muerdo el labio. La adrenalina me bulle en la cabeza y el cuerpo.

Noah

> Joder, sí.
> Pero, tranquila, voy a encargarme
> de hacerle pagar por esto.

Olivia

> ¿Qué vas a hacer?

Noah

Un mago nunca desvela sus trucos.

Olivia

Cuando te pones misterioso,

eres lo peor.

Noah

Y aun así te tengo loquita.

Olivia

Por favor, no seas tan egocéntrico,

¿quieres? Besas bien, sí, pero no

eres el único chico del mundo

que besa bien.

Noah

Soy el que te besa en estos

momentos, así que ya me sirve.

Olivia

No sabes si hay más.

Noah

¿Los hay?

Podría soltarle una trola, decirle que sí, que hay más, para ver cómo reacciona a la noticia, pero lo cierto es que no quiero mentir. En lo referente a Noah, creo que ya he hecho las suficientes jugarretas como para haberme hartado y querer ser sincera, aun sabiendo que hay posibilidades de que esa sinceridad me haga salir herida por exponerme demasiado.

Olivia

No, solo quiero que estés tú.

Noah

Bien, porque solo quiero estar yo, y que tú seas la única para mí.
Buenas noches, regalito.

Olivia

Sabía que ibas a fastidiarlo en algún momento, pero reconozco que te has superado.
En fin, fue bonito mientras duró.

Recibo un *sticker* muy específico de un señor sin dientes riéndose y, aunque no quiero, acabo soltando una carcajada. Eso sí, no se lo digo.

En cambio, lo que hago es dejar el teléfono sin mirar las redes sociales, más específicamente TikTok. No quiero saber qué dice la gente de nosotros. Ya no. Ahora lo que quiero es pensar en lo que estamos haciendo.

O más bien en lo que hemos estado a punto de hacer, porque esta noche, si Asher no llega a interrumpirnos con su borrachera, no sé qué habría pasado.

Bueno, mentira, sí que lo sé, porque además era lo que quería que pasara.

Es una locura. Por un instante me planteo si Noah no hubiese pensado mal de mí si hubiésemos llegado hasta el final, pero me lleva solo unos segundos rectificar. Él jamás ha criticado a una chica por lo que hace o deja de hacer con su cuerpo y libertad. No pensaría nada malo de mí y, de todos modos, no es como si no nos conociéramos. Quiero decir, la gente tiene primeras citas para conocerse, saber si pueden obtener la confianza suficiente como para ir más allá, pero yo con Noah ya tengo todo eso.

Sí, hemos sido enemigos mucho tiempo, pero, aun así, yo he sido muy consciente de cómo es él, su familia y el entorno en el que se mueve. No tengo que aprenderlo, porque lo llevo viendo toda mi vida, así que supongo que es normal que me puedan las ansias de ir más allá cuando estamos juntos. De explorar todo esto que estoy sintiendo en todos los niveles: el emocional y el físico.

Además, sería una completa mentirosa si no admitiera que ahora que tengo estudio propio y, además, está justo enfrente de su apartamento, no dejo de pensar en todo el tiempo que podré pasar con él, sobre todo de noche, cuando ninguno de los dos trabaja.

Y yo tengo muchos defectos, pero no soy una mentirosa.

43

Noah

20 de diciembre

Me despierto animado. En realidad, no me recordaba a mí mismo así de animado desde… Pues no sé, desde que era niño y me ilusionaba la mañana de Navidad, por ejemplo. Quizá sea el ambiente que se respira en el aire. No es que quiera ser un cursi de esos que van diciendo que hay algo en las calles de Nueva York que hace que se respire la Navidad, pero negar que la ciudad se lo trabaja mucho para que puedas hacer un ejercicio de inmersión sería de tontos y yo no soy tonto. O intento no serlo.

En cualquier caso, estoy animado, sobre todo porque mañana Olivia y yo tenemos día libre en el trabajo y he pensado proponerle que lo pasemos juntos. Tal vez podamos ir a mirar muebles para su estudio o, no sé, pasear sin más. Lo que ella prefiera, pero juntos.

Parece mentira que solo haya pasado una semana desde que tuvimos cierta tregua. Joder, es que los días han pasado demasiado rápido desde que nos propusieron el calendario y, al mismo tiempo, ha sido como si fueran eternos.

Entro en el hotel y lo primero que me encuentro es a Avery con gafas de sol. Lo sorprendente no es eso, pues me imagino que tiene algo de resaca por lo de anoche, aunque no será ni siquiera parecida a la que tiene Asher. No, lo curioso es que no hay ni rastro de su teléfono a la vista.

—Necesito un descanso de mínimo dos horas. No me juzgues —me dice antes de que yo pueda hablar.

—Buenos días.

—Lo serán para ti.

—Bien, alguien necesita café.

—Si no vas a traerlo, es mejor que no sigas hablando.

Me río y voy a la cocina. En realidad, a veces me pregunto si también será así cuando yo sea el jefe principal. Sé que ya llevo el negocio prácticamente solo, pero los empleados más antiguos, como Avery, Asher u Olivia sienten que les deben el máximo respeto a mis abuelos y que ellos son la autoridad más alta, porque así es. Me pregunto si eso cambiará cuando solo esté yo, no porque quiera que lo haga, sino todo lo contrario. Creo que, pese a todo, hemos conseguido hacer funcionar el hotel y, aunque tenemos problemas, como todo el mundo, hay una dinámica que funciona bien, incluso para admitir los vídeos de Avery o las locuras de mis abuelos. Es como si fuéramos una gran familia dispuesta a hacer funcionar esto y espero que siga siendo así cuando me toque tomar las riendas de forma definitiva, sobre todo porque intuyo que eso será cuando uno de mis abuelos o los dos falten y sé, de antemano, que no voy a ser una persona fácil de tratar.

Consigo café para Avery y para mí y, al volver, me encuentro con que Olivia ya está en su puesto, así que le cedo mi taza.

—Oh, necesitaba esto —murmura dando un sorbo—. Buenos días.

Sonrío por respuesta, o al menos lo hago hasta que oigo el bufido de Avery.

—Venga, gruñona, para ti también hay.

Ni siquiera me da las gracias. Tomo nota para decirle, cuando se le pase el mal humor, que si no sabe beber, no beba. Me mandará a la mierda, pero al menos no podrá excusarse luego en la resaca.

El turno es entretenido, sobre todo si te gusta amargarte la existencia con papeleo y burocracias que hay que dejar finalizadas antes de terminar el año sí o sí. Y no digo más, porque tengo la sensación de que se me pasan los días quejándome de un trabajo que me gusta, porque me gusta. Lo que no me gusta es acabar el año.

Subo al apartamento de mis abuelos y, esta vez, sí que hay bastante gente, incluidos Roberto y Eva. Busco a Olivia con la mirada, pero está entre Faith y Hattie hablando de algo que parece superinteresante, así que pillo sitio al lado de Asher, que está sentado en un sillón intentando disimular que le encantaría estar muerto antes que aquí o en cualquier otro sitio que no sea su cama.

—¿Qué tal el turno?

—Roberto me ha hecho servir cócteles todo el día. Que no te engañe su sonrisa y lo simpático que parece de primeras: le encanta torturar a la gente.

Miro a Roberto, que está acariciando el vientre de su esposa mientras le susurra algo al oído que la hace sonreír. No parece un torturador, pero entiendo que Asher esté un poco resentido.

Mis abuelos piden silencio y, cuando rompen la puerta de la casita, desvelan la actividad del día:

«Visitar Winter Village, el mercado navideño de Bryan Park. Os invitaremos a rollitos de canela siempre que vosotros nos compréis a nosotros un chocolate caliente».

A estas alturas, todo el mundo se emociona al saber que pasaremos la tarde paseando entre puestos navideños, chocolate caliente y rollitos de canela. Incluso Olivia, que se ha quejado en casi todas las actividades, sonríe y comenta con Faith lo mucho que le apetece. De un modo inevitable pienso en el pasado, cuando se emocionaba al máximo cada vez que llegaba la Navidad. Una parte de mí se siente culpable porque sé que, en parte, su odio a estas fiestas viene del momento en que yo la eché de mi vida cuando solo quería hacerme un regalo que para ella era importante.

Intento tragarme la culpabilidad, como hago siempre que me asaltan este tipo de pensamientos, porque sé que ella tampoco es que quiera hablar mucho más del tema. Ha dejado claro por activa y por pasiva que estoy perdonado, así que supongo que solo me queda acostumbrarme a que ese recuerdo vuelva de vez en cuando y aceptarlo de la mejor manera posible.

Una vez desvelada la actividad, el apartamento empieza a vaciarse poco a poco. Aunque me muero de ganas de preguntarle a Olivia qué tiene pensado hacer antes de ir a Bryan Park, prefiero quedarme en casa de mis abuelos un rato y pasar el tiempo con ellos. Sé que esta tarde estarán en el mercadillo, pero es muy probable que estén pendientes de todos los trabajadores y no podamos charlar con calma.

—¿Cómo va todo, cariño? —pregunta mi abuela sentándose a mi lado, en el sofá, y dándome unas palmaditas en la pierna—. ¿Estás disfrutando de la Navidad?

—Mucho —contesto con sinceridad—. Cada día que pasa me reafirmo más en lo bien que lo habéis hecho con esto del calendario.

Ellos sonríen, encantados, y aunque los noto algo raros, no dicen nada al respecto. Charlamos de trabajo, de lo que comeremos el día de Navidad y de lo rápido que está acabando el calendario.

—Creo que deberíamos hacer otro el año que viene —comenta mi abuelo.

Nos reímos, pero lo cierto es que no parece una mala tradición. Lleva tiempo y trabajo, sí, pero está claro que el de este año, al menos, ha sido un éxito.

Me retrepo en el sofá, los observo charlar entre sí de cosas nimias, el día a día, las rutinas y todo lo que en realidad importa. Después de perder a mis padres, soy consciente de que lo mejor de la familia no es la casa en la que se viva, los regalos, las notas o los logros profesionales. Lo mejor de la familia es estar con ella un día cualquiera, cuando no hay noticias, en apariencia, charlando por charlar, solo porque estás donde debes, sin importar nada más.

Por la tarde, ya con el cielo estrellado, cuando entramos en Bryan Park, sonrío como un tonto al descubrir que todo el mundo ha llegado ya. Y cuando digo todo el mundo, me refiero a que no ha faltado nadie y eso da una idea de lo queridos que son mis abuelos. Los rollitos de canela gratis son un buen incentivo, pero no me cabe duda de que en realidad la gente ha venido por ellos, para que estén contentos.

Comenzamos a pasear entre los puestos, lo que no es tarea fácil porque somos muchísimos. En menos de cinco minutos, todos nos hemos dispersado y hemos quedado en un punto común en una hora para comernos juntos los rollos de canela y el chocolate caliente. Olivia está a mi lado, por suerte, aunque de vez en cuando la pierdo en algún puesto navideño.

—Para no gustarte la Navidad, no te estás dejando ni un puesto atrás —le digo en un momento dado mientras rozo sus manos con las mías enguantadas.

Ella corresponde la caricia y me sonríe, arrugando la nariz y haciéndome burlas.

—Todavía me falta el regalo de Eva y pensé que, con suerte, encontraría algo.

—¿Piensas en algo concreto?

—No sé. Quiero algo que sea bonito y sentimental. Que le haga saber lo mucho que la quiero.

Al principio me quedo en silencio, pero, al final, decido dejar de reprimir mis pensamientos. Si vamos a hacer esto, si vamos a volver uno a la vida del otro del modo que sea, quiero poder hablar de cualquier tema sin miedo a que sea algo tabú.

—¿Y a tu madre? ¿Qué vas a regalarle?

El silencio se hace tan de repente que me arrepiento de haber hablado, aunque intento convencerme de que no he hecho nada malo. Al final, Olivia responde, aunque lo hace sin mirarme.

—Le he comprado un bolso de su marca favorita. Me ha costado casi todo el sueldo, así que supongo que le gustará.

—Sigue siendo igual, ¿eh?

—Sí.

—¿Qué opina de que te estés mudando ya?

—No lo sabe.

—¿No?

—No, le dije que ya tenía estudio y me contestó «ok». Así, sin nada más. Sin preguntas acerca de la zona, precio, vecinos. ¿Por qué debería decirle que ya me voy a mudar? Creo que es una información para la gente que me importa, nada más. Lo sabe Kevin, mi hermano, y me ha hecho prometer que algún día podrá quedarse conmigo. Lo saben mi padre, Eva, mis hermanitas, la gente del hotel y tú. ¿Para qué más?

Sigue sin mirarme, así que hago el esfuerzo de sujetarle la mano y parar nuestro paseo. El olor a dulces y bebidas calientes se mezcla con el frío, las luces parpadean en la noche y el escenario no podría ser más mágico, pero a mí solo me preocupa el hecho de que ella no sea capaz de mirarme mientras habla de algo que considero importante.

—Sabes que puedes contarme lo que sea y no voy a juzgarte, ¿verdad? —pregunto. Su falta de respuesta me hiela por dentro—. Olivia…

—Sé que odias que hable mal de mi madre porque tú… Bueno, por lo que pasó, así que creo que lo mejor es que lo evitemos.

Es como una pequeña puñalada. Me doy cuenta de lo injusto que he sido también con eso. Con tantas cosas que ahora mismo no puedo enumerar…, pero, sin duda, decirle en su día que debería dejar de quejarse porque al menos ella tiene madre fue una cagada tremenda.

—Quiero que me hables de tu madre y su egoísmo y frialdad siempre que lo necesites. Igual que está bien que hables de tu padre y su intensidad, o de Eva y lo mucho que la quieres. —Le aprieto una mano y le sujeto la otra, para que le sea imposible dejar de mirarme—. Quiero que me hables de todo lo que quieras, siempre que quieras, sin miedo de que vuelva a comportarme como un capullo.

Sus inmensos ojos marrones me miran tan fijamente que me remuevo, inquieto. Sus pupilas se dilatan, como si estuviese experimentando algo… importante. Al final, me abraza tan de repente que me desestabilizo un segundo, hasta que tomo conciencia y le devuelvo el gesto inspirando el aroma de su pelo y cerrando los ojos porque, joder, cómo me gusta tenerla abrazada a mí.

—Chicos, vamos a tomar ese chocolate caliente…

La voz que se oye es la de mi abuela, lo que hace que abra los ojos de inmediato. La miro sorprendido, pero ella solo sonríe como si no pasara nada. Como si vernos a Olivia y a mí abrazados fuera lo más normal del mundo.

Olivia se da cuenta, porque carraspea, suelta una excusa y se va en busca de su padre y Eva dejándome a solas con mi abuela.

Al principio es como si fuéramos dos desconocidos. Bueno, yo actúo así, ella solo sonríe y aguarda paciente a que yo diga algo.

—Bueno, parece que ya nos llevamos bien —murmuro.

Me siento estúpido. Joder, es evidente que nos llevamos mejor que bien y que una frase como esa no justifica años de malas palabras, actos y jugarretas, pero mi abuela solo sonríe, demostrando la persona tan increíble que es, y asiente palmeando mi brazo.

—Me alegro mucho, querido, ya iba siendo hora.

—Sí, gracias. —Carraspeo, pero un segundo después me doy cuenta de que estoy cerrándome en banda cuando, hace solo unas horas, reflexionaba acerca de lo bonito que es tener una familia que me apoye en todo, así que me esfuerzo por abrirme un poco más y hacerla partícipe de esto—. No sé hacia dónde vamos —susurro—. No somos solo amigos.

—Eso imaginaba.

Aunque me cueste reconocerlo, los segundos que pasan entre sus palabras y la sonrisa que esboza se me hacen eternos. Por un instante, valoro la posibilidad de que les parezca mal, por improbable que sea, porque adoran a Olivia, pero ahí está, la sonrisa cálida y abierta de siempre.

—Es raro, hace solo unas semanas la odiaba y...

—No la has odiado nunca —dice ella riendo entre dientes y echando a pasear en dirección contraria a la que se supone que tenemos que ir. Camino con ella a paso lento mientras la escucho—. Solo estabas dolorido. La verdad es que me hace muy feliz que hayas abierto los ojos, por fin, y estés listo para admitir lo que sientes por Olivia.

—¿Abierto los ojos? —Su sonrisa me hace fruncir el ceño—. ¿Vosotros...? ¿Cómo podíais saberlo? Ni siquiera yo lo sabía.

—Sí que lo sabías —dice ella—. Otra cosa es que te negaras a verlo por el trauma que te dejó la muerte de tus padres.

—No me dejó...

—Echar de tu vida a la persona que más querías parecía un buen plan. No había fisuras. Si ella no estaba en tu día a día, no había forma de que tuvieras que sufrir su pérdida, pero no te diste cuenta de que, de ese modo, también la sufriste. —Me paro y la miro sin entender—. Olivia no murió, de acuerdo, pero tú la perdiste de todas formas y yo fui consciente del dolor que eso sumó al que ya tenías. Has arrastrado una carga demasiado pesada por demasiado tiempo, cariño. Me alegra que por fin empieces a soltarla.

El impacto no me deja decir nada y mi abuela, que es consciente, me da unas palmaditas cariñosas en la mejilla y se va hacia donde están todos mis compañeros. Yo me quedo aquí unos instantes, asimilando sus palabras y pensando en ellas.

¿Tiene razón? ¿Es posible que solo haya necesitado tiempo (mucho tiempo) para sanar un poco antes de permitirme ser feliz? No es que parezca una locura, pero… no sé. Ahora mismo, si pienso en todo lo que ha pasado desde que mis padres murieron hace ya diez años, lo único que veo es oscuridad, ira, rabia. Una mezcla de emociones que hacen que el corazón me lata como loco.

—¿Estás bien?

Me sobresalto al oír a Olivia. Está frente a mí y me observa preocupada. Intuyo que ha venido a buscarme después de ver llegar sola a mi abuela y me pregunto cuánto tiempo llevo aquí.

—Sí, perdón, es que… es que…

Ella me abraza de pronto, dejándome aún más sorprendido, aunque reacciono de inmediato rodeándola con mis brazos.

—Oye, si quieres marcharte podemos…

No la dejo terminar. Beso sus labios con suavidad, intentando familiarizarme con esta sensación de sentir que el estómago se me pone del revés cada vez que consigo rozar sus labios.

—Sé que quieres decir algo y estaré encantado de oírlo, pero necesitaba demasiado besarte.

—No me verás quejarme —explica ella antes de reírse y devolverme el beso—. Solo iba a decirte que podemos pasar de los rollitos de canela, si no te apetece.

—Me apetece, siempre que sea contigo.

—Eso está hecho. —Se separa de mí, pero me sujeta la mano y tira de ella mientras camina hacia donde están todos—. Después podemos ir a mi apartamento, si quieres.

—Quiero. —Creo que he sido demasiado rápido contestando. Su risa lo demuestra, pero no me arrepiento.

Supongo que quiero asegurarme de que Olivia es consciente de que no me importa qué hagamos, dónde lo hagamos o con quién lo hagamos, siempre que ella esté a mi lado.

44

Olivia

Entramos en el estudio discutiendo acerca de qué peli ver. Noah quiere que sea algo navideño para no romper la tónica de los días que llevamos. Yo necesito desesperadamente romper esa tónica.

—En serio te lo digo, Noah, necesito ver algo donde los árboles sean solo verdes, sin adornos ni luces, y no haya alguien cantando un villancico aunque sea de fondo.

Se ríe y señala su portátil, que hemos recogido de su apartamento antes de venir aquí.

—Venga, Oli, con lo bien que ibas… —Me quedo mirándolo sorprendida—. ¿Qué?

—Me has llamado Oli.

—Ajá.

—No lo hacías desde… —Trago saliva y aparto la mirada, un poco nerviosa—. Bueno, desde antes.

Noah parece sorprenderse ahora, cuando se lo he hecho notar, pero es capaz de recuperarse mucho más rápido que yo, porque encoge los hombros y sonríe de medio lado.

—¿Te molesta?

—No, solo me ha sorprendido.

Es raro, pese a que estemos recuperando parte de la dinámica de lo que éramos antes, la mayoría de las cosas han cambiado. Nosotros hemos cambiado, eso es innegable, así que cuando llegan momentos como este, siempre me sorprendo. Noah me abraza sin previo aviso, cosa que me sobresalta un poco, y sonríe al darse cuenta.

—¿Todo bien?

—Ajá —asiento—. Sí, solo… pensaba un poco.

—No sé si me gusta que pienses.

—Mala suerte, porque es algo que hago a menudo. —Nos reímos y le doy unas palmaditas en el pecho—. Solo estaba rescatando algunos recuerdos.

—Oh, eso es algo que yo hago mucho.

—¿Y te gusta?

—La mayoría de las veces, sí.

—¿La mayoría de las veces?

Por toda respuesta, Noah me besa en los labios y se adentra más en el salón para sentarse al fondo, con la espalda apoyada en la pared. Me doy cuenta de que hace eso cuando ya no quiere hablar más de un tema, o no sabe cómo hacerlo. No me importa, lo conozco bien y me gusta respetar sus ritmos, así que me siento a su lado.

—Necesito un sofá con urgencia —murmuro.

Noah se muestra de acuerdo conmigo. En realidad, he conseguido traer mi saco de dormir, pero es de una sola persona y, además, sigue siendo incómodo. No sé si voy a pasar la noche aquí y así se lo he hecho saber a mi padre, pero solo tener la opción de poder hacerlo, aunque sea de un modo incómodo, me reconforta.

—Mañana podemos ir a mirarlo —me dice Noah—. Necesitas un sofá, una cama, una mesa con sillas y…

—Creo que, consiguiendo primero un colchón, las cosas se volverán más fáciles —lo interrumpo—. No tengo muchos ahorros y no sé cómo de caro puede ser todo eso.

Él se queda pensativo unos instantes.

—Creo recordar que en el almacén del hotel hay algunas mesas viejas que se guardaron hace años. Podríamos coger una y un par de sillas, aunque no sean iguales y desentonen con todo.

Sonrío con agradecimiento y asiento.

—Me gusta que las cosas desentonen.

Noah se ríe, abre el portátil y, sin pedir permiso ni perdón, empieza a reproducir *El diario de Noel*. Me quejo, lo amenazo e incluso le digo que no volveré a confiar en él nunca más, pero no me cree, por supuesto.

Al acabar la peli, admito a regañadientes que ha sido bonita. Tan bonita como para haberme puesto un poco sentimental. No es que sea la película de mi vida, ni mucho menos, pero supongo que verla abrazada a Noah ha añadido un plus a toda esta escena.

—¿Y bien? —pregunta con cierto retintín—. ¿Te ha gustado?

Aún estamos sentados con la espalda apoyada en la pared, o al menos él. Yo estoy apoyada en su costado, mientras me rodea con un brazo. Aunque es más cómodo que la pared, sigue doliéndome el culo por estar sentada en el suelo.

—Te odio, Noah Merry. —Es toda mi respuesta.

—No es verdad, yo creo que me quieres —contesta riendo.

Intento darle un manotazo, pero él me frena y tira con más intensidad de mi cuerpo, me tumba en el suelo y me besa en los labios—. Y si no me quieres, no pasa nada, ya lo harás.

—Eres un creído.

—Y tú estás preciosa cuando te enfadas, aunque no te lo haya dicho antes.

—Es genial que lo pienses, porque tienes un don para enfadarme.

—Pero no es en serio.

—Lo es.

—No —ríe—. No lo es.

—Te digo que lo... —Me interrumpo cuando siento sus labios en el cuello y, un segundo más tarde, en los labios.

Los entreabro por inercia y, cuando siento su lengua, me olvido de inmediato de todo lo que discutíamos hasta hace solo un segundo. Me olvido hasta de mi maldito nombre. Le acaricio el cuello mientras le paso la mano por detrás para rodearle la nuca y aferrarme a él para que sepa que esto, justo esto, es lo que quiero.

Noah se estira como un gato sobre mí para ponerse más cómodo, luego me abre las piernas y se coloca entre ellas. El modo en que siento su erección, pese a la ropa de ambos, me hace gemir, lo que a su vez hace que Noah se despegue de mí para mirarme.

Tiene los ojos más oscuros de lo normal, o será que sus pupilas se han dilatado para ofrecerme una mirada intensa y sensual.

—Joder, qué bonita eres.

Sus palabras levantan en mí más efecto que las caricias, y eso que estas ya me dejan temblando. Me arqueo contra él como respuesta, pidiéndole en silencio lo que quiero. Él lo entiende de inmediato, porque vuelve a besarme y, esta vez, ya no hay tanta delicadeza en el gesto.

Su lengua vuelve a colarse en mi boca imperativa, demandante, buscando la mía sin descanso. Mis manos vuelven a su nuca y mis piernas se aferran a sus caderas, haciendo que la presión entre nuestros cuerpos crezca. Noah baja una mano y me acaricia la curva de la cintura, el vientre y, más abajo, justo entre mis piernas. Aún tengo la ropa puesta, así que no debería haberlo sentido con tanta intensidad, pero ha sido tan increíble que no puedo evitar volver a gemir. Él sonríe, me mordisquea los labios y, un poco después, el cuello.

Trago saliva, porque sus movimientos son descendentes y sé hacia dónde se dirige. Lo sé en cuanto se arrodilla en el suelo, hace que me siente y me saca el jersey de un tirón, sin pensarlo y sin medias tintas. Me quedo frente a él en sujetador, con la piel un poco erizada, pese a la calefacción, y el anhelo pidiendo más brillando en mis ojos. Noah no se hace de rogar, me besa mientras me desabrocha el sujetador, lo que me hace pensar en todas las veces que habrá desabrochado otros sujetadores. Me obligo a centrarme en él, sin pasado, sin pensar en lo que ha vivido ni en lo que he vivido yo. Me quedo solo con el presente de lo que ahora tenemos.

Cuando mi parte superior queda desnuda, las manos de Noah abandonan cualquier otra parte de mí y me cubren los pechos, para masajearlos y acariciarme los pezones hasta erizarlos por completo. Vuelve a tumbarme en el suelo que, aunque es de madera, me hace reaccionar con frío, lo que a su vez hace que mis pezones se ericen más. Él, que se da cuenta, gime y me besa los labios enseguida, antes de bajar y enlazar su lengua en mis pechos, primero en uno y luego en otro, con tanta avidez y maestría que solo puedo arquearme.

Noah aprovecha ese momento para desabrocharme los pantalones, lo que me hace reír.

—No pierdes el tiempo, ¿eh?

—Es que no tenía ni idea de lo mucho que deseaba esto hasta que hemos empezado y, joder… joder.

—Yo también llevo días pensando en ello —confieso.

—Días —se ríe—. No… esto no es una cosa de días. Puede que no me haya dado cuenta hasta ahora, pero esto… Joder, esto lo he soñado muchas veces. Muchos años.

Sus palabras me dejan estupefacta, pero no tengo tiempo de reaccionar, porque él me tira de las braguitas, abre mis piernas y entierra la lengua entre ellas en tan poco tiempo que solo me sale gritar su nombre. ¡Y yo jamás he gritado el nombre de nadie! Noah no se detiene, sino todo lo contrario. Sus manos se aferran a mis caderas, su lengua explora cada rincón de mi intimidad y su cuerpo parece tan tenso como el acero.

Intento mantener los ojos abiertos, acariciarle la nuca y estar concentrada en lo que me hace, pero en cuestión de segundos, me convierto en una madeja de emociones a la deriva. Solo puedo arquearme y apretarlo más a mí, intentar sentirlo más a fondo.

El orgasmo se construye pronto. Demasiado pronto para tratarse de mí. Por lo general, incluso estando sola, necesito bastante tiempo antes de alcanzar el clímax. Aunque no sé cuántos minutos lleva Noah haciéndome todo eso con la lengua, sé que es poco. Muy poco. Es casi vergonzoso que mi cuerpo esté reaccionando de este modo, pero él no se detiene. Cuando cuela dos dedos en mi interior sin previo aviso, mi espalda se arquea y mi cuerpo estalla en un orgasmo que me deja temblorosa y con la respiración entrecortada.

—Oh, Dios —gimo.

—Deja a Dios tranquilo, esto lo he hecho yo, cielo.

Me río, pero enseguida siento el modo en que vuelve a echarse sobre mí. Busca mi boca y me besa con un hambre que me deja claro que él no está ni siquiera lejos de acabar.

Bajo una mano por su pecho y abarco su erección, aún sobre el pantalón. Él cierra los ojos y apoya su frente en la mía.

—Necesito… más. Mucho más.

—Deja que me ocupe —murmuro.

Lo empujo para que sea él quien se tumbe en el suelo y, esta vez, soy yo quien lo imita. Me despojo de su ropa con soltura porque él colabora, pero no me detengo a recrearme hasta que la última prenda ha caído. Solo entonces me arrodillo y observo su cuerpo desnudo y absolutamente perfecto. Él me mira, sin hacer ningún movimiento, como si temiera que lo más mínimo pudiera mandar al infierno todo este avance. Sonrío para intentar calmarlo, pero ni yo misma lo estoy, así que decido que es mucho mejor demostrarle con hechos, y no palabras, que estoy justo donde quiero estar.

Avanzo a cuatro patas por su cuerpo hasta llegar a su erección. Noah gime antes siquiera de que lo toque, así que, cuando pongo mi boca en él, no me extraña que eche la cabeza hacia atrás y emita un sonido a medias entre un jadeo y un gruñido. Hasta ahora estaba apoyado en los codos, pero, en el instante en que mi boca rodea su erección, se tumba en el suelo y se frota primero la cara solo para acariciarme luego la espalda.

—Joder… joder…

—Muy elocuente —murmuro acariciándolo.

Él se ríe entrecortadamente, pero sube la mano y me acaricia la nuca y el pelo, como instándome a darle más. Lo hago: beso, lamo, chupo y acaricio tanto como puedo antes de que Noah me frene y me haga tumbarme en el suelo.

—Si seguimos así, no llegaremos al final y necesito llegar. No hay nada que quiera más en el puto mundo.

—Te vuelves muy mal hablado en el sexo. No sé si me gusta.

—No seas mentirosa, te encanta.

—Creo que no.

—Solo dices eso porque he dicho que te encanta y, si algo te encanta más que verme hablar mal en el sexo, es llevarme la contraria.

—Pues resulta que…

No puedo decir más. Noah me gira y me tumba en el suelo con tanta rapidez que ahogo una exclamación. Su boca cae sobre la mía demandante y feroz.

—Me encanta pelearme contigo, de verdad, y no me niego a tener sexo mientras discutimos en otra ocasión, pero no hoy. No en nuestra primera vez juntos.

Me pinzo el labio, pues me doy cuenta de que me resulta demasiado sencillo, incluso cuando estoy excitada, llevarle la contraria. Acaricio su erección por toda respuesta.

—¿Tienes condones? —pregunto.

Él sonríe, se saca la cartera del pantalón y extrae un condón que se coloca tan rápido que mi excitación no se detiene, más bien lo contrario.

—Guíame tú, Oli.

Trago saliva, excitada y agradecida de que deje claro lo importante que le resulta mi bienestar en todo momento. Vuelvo a abarcarlo, abro las piernas y lo guío hacia mi entrada, rodeando sus caderas y abrazándolo por los hombros. Lo miro para dejarle claro que puede hacerlo cuando quiera, y él me penetra con tanta lentitud que no puedo evitar arquear el cuello.

Noah aprovecha para besarlo, pero enseguida busca mis labios. Llega al fondo de mi cuerpo al mismo tiempo que su lengua se enreda en la mía y, solo cuando muevo las caderas, buscando más, empieza a moverse entrando y saliendo de mí, primero con lentitud y solo un poco después de un modo mucho más impetuoso.

Es sexy, pasional, intenso, tierno y, al mismo tiempo, lo más caliente que he hecho nunca. No es solo por el sexo, es porque esto es sexo con Noah Merry y solo por eso todo es mucho más intenso y placentero de lo que lo ha sido nunca.

Gimo su nombre tantas veces que, en algún punto, creo que ni siquiera se me entiende, pero él atiende mis suplicas, besos y caricias todas y cada una de las veces. No sé cuánto tiempo hacemos el amor, pero sé que ninguno de los dos tiene intención de cambiar de postura y de dejar de mirarnos a los ojos. No esta primera vez. Quiero grabarme a fuego cada gesto que haga, cada palabra que diga y cada mirada que me dedique. Quiero asegurarme de que esto es tan increíble para él como lo es para mí. Cuando cierra los ojos y apoya su frente en la mía, ralentizando el ritmo, sé bien que lo he logrado.

—Necesito que te corras, Olivia.

—Ya me he corrido.

—Una vez más, cariño. Como mínimo una vez más.

Gimo, sobre todo cuando noto sus dedos colarse entre nuestros cuerpos. En cuanto empieza a estimular mi clítoris, soy consciente de que voy a dispararme como un maldito cohete. Me aferro a él, muevo las caderas y aprieto los músculos internos con el único propósito de arrastrarlo conmigo cuando alcance la cima.

Y lo consigo. Es como viajar en la mejor montaña rusa del mundo y que la caída libre sea brutal y vertiginosa. Noah gime y se entierra hasta el fondo de mi cuerpo justo al mismo tiempo que yo me deshago en gemidos y alcanzo un clímax que me deja agotada y temblando de placer.

Él se balancea un poco más, aún dentro de mí, y sonríe cuando consigo abrir los ojos y enfocar la vista.

—Esto ha sido... —murmuro—. Guau.

—Sí. Creo que «guau» es una gran palabra —susurra justo antes de sonreír y besarme de nuevo.

Nos mecemos un poco más al compás de una música que no suena. Cuando al final Noah sale de mí, lo hace solo para ir al baño, deshacerse del condón y volver.

—Sé que querías pasar la primera noche en tu estudio, pero solo tienes un saco de dormir. ¿Qué me dirías si te ofreciera mi cama, calentita, mullida y cómoda?

Sonrío y me desperezo en el suelo, provocando que él entrecierre los ojos y vuelva a mirarme con intensidad. Puede que su cuerpo esté cansado, pero esa forma de mirarme... Dios, me remueve demasiado.

—Me parece una gran idea. Solo deja que me vista.

—Ponte esto —dice tirándome mi jersey y colocándose el bóxer—. Vendremos a por el resto mañana.

—¿Y vamos a salir así?

—Solo es cruzar el rellano.

—Pero los vecinos…

—Será un segundo. Venga, Olivia, ¿desde cuándo eres una cobarde?

No necesita más para retarme. Me levanto después de ponerme su jersey sin ropa interior, aunque no la necesito porque me llega a medio muslo, y abro la puerta de mi estudio sin darle tiempo a prepararse más.

—Espero que tengas la llave a mano —digo mientras doy un paso atrás y entro en el rellano—. Imagina que Asher abre la puerta y me ve así.

Jamás he visto a Noah correr tanto por algo. Tanto como para hacerme reír. Cuando consigue la llave, sale, me abraza alzándome unos centímetros del suelo, abre su puerta y me lleva hasta el dormitorio sin dejarme poner los pies en el suelo.

—Puedo caminar, ¿sabes? —pregunto en tono irónico.

—No más rápido de lo que yo puedo moverte —dice él, cerrando la puerta de su dormitorio y echándome sobre la cama, con él encima. Esta vez la postura no es sexual, sino tierna. Sus dedos retiran algunos mechones de pelo de mi frente y su mirada es tan dulce que me estremezco—. Sé que ahora odias la Navidad, pero no imaginas lo increíble que está siendo para mí gracias a esto. Gracias a ti.

Trago saliva justo antes de que me bese con suavidad y me arrastre por el colchón para colocarme mejor. Me abraza, me tapa con la colcha, y me quedo así, sintiendo su pecho desnudo y agradecida por tener su jersey puesto, porque mi corazón late tan deprisa que, de estar desnuda, es posible que él se diera cuenta al verlo marcarse en mi pecho.

Cierro los ojos, agotada y feliz. Pienso que, si no odiara la Navidad, si recuperase por un instante a la Olivia del pasado, le pediría a Santa una sola cosa este año: que Noah Merry no vuelva a echarme de su vida nunca más.

45

Noah

21 de diciembre

Me despierto con el sonido de un teléfono que no es el mío. Al principio los ojos me tiemblan de cansancio y me cuesta un poco ubicarme, pero creo que tardo solo un segundo en recordar todo lo sucedido desde anoche. Miro a mi lado, a Olivia, que duerme desnuda y de espaldas a mí, y esbozo una sonrisa. Creo que despertar así ya es indicativo de que hoy va a ser un gran día. La abrazo, le beso la nuca y sonrío cuando se remueve.

—Tu teléfono está sonando —murmuro.

—¿Mmm?

El tono de llamada sube de volumen y me sorprende que Olivia siga sin moverse, porque empieza a ser insoportable. Me estiro sobre su cuerpo, hacia la mesita de noche, y miro la pantalla.

—Es tu padre, ¿quieres que lo coja yo?

Eso la despierta de inmediato, lo que me hace reír más. Se sienta en la cama despeinada, con los ojos hinchados y completamente desorientada, pero cuando me ve, sus labios esbozan una pequeña sonrisa y me quita el teléfono.

—Es mejor que lo coja yo.

Descuelga el teléfono y, aun sin tener el manos libres activado, oigo perfectamente a Roberto.

—¿Dónde estás?

Bueno, como saludo no es gran cosa, pero es que… es Roberto. Entiendo que esté de los nervios pensando que su niñita de casi veinticinco años no ha dormido en casa.

—Te dije que tal vez dormiría en el estudio. Buenos días, papá.

—Es el día del algodón de azúcar y los puzles. Tienes que venir.

—Oye, papá…

—Es una tradición.

—Solo lo hicimos el año pasado.

—Por eso, si lo hacemos hoy, será oficialmente una tradición.

—Papá…

—Tus hermanas te están esperando.

Que sea capaz de oír toda la conversación me da una idea del tono que está usando Roberto, o es que ese teléfono tiene el mejor altavoz del mundo. En cualquier caso, Olivia parece incómoda y su ceño se ha fruncido tanto que no puedo evitar sonreír. Sé bien que adora a su padre, pero odia recibir órdenes y eso, sin duda, lo incluye a él.

—Oye, papá…

—¿Qué tienes más importante que hacer? —pregunta él sin dejarla hablar, consciente de que está intentando negarse—. Entiendo que te estés independizando, pero te estoy pidiendo que convirtamos esto en tradición. Vamos, hija, ¿no puedes darnos el gusto? ¿A tus hermanitas que te adoran?

Olivia me mira con el ceño fruncido, creo que es porque se ha notado que intento aguantarme la risa. El chantaje emocional de Roberto puede ser muy obvio, pero, en el fondo, hay algo tierno en el modo en que intenta estar cerca de su hija, pese a que esta esté dejando el nido, o quizá precisamente por eso.

Decido ayudar a Olivia, aunque cuando le quito el teléfono su cara de espanto me hace pensar que igual ella no va a tomarlo como una ayuda, pero ya he empezado y no puedo detenerme.

—Hola, Roberto. ¿Yo también estoy invitado?

—¿Noah? —Su sorpresa es tal que no dice nada más.

—Sí, ahora soy el vecino de tu hija y justo he venido a invitarla a desayunar. Si la convenzo de ir a tu casa, ¿qué me das?

—Hijo, no juegues con fuego si no quieres quemarte —me advierte.

—Creo que merezco ciertos privilegios por llevártela.

—¡No soy un perro ni una niña pequeña! —se queja Olivia—. ¡No tienes que llevarme a ningún sitio!

Se cruza de brazos y, cuando se da cuenta de que se ha olvidado de la sábana y, por lo tanto, estoy viéndole sus preciosos pechos, me fulmina con la mirada y le da un tirón a la sábana para taparse. Me río, pero enseguida me centro en la voz de Roberto.

—Te concederé el honor de atar conmigo el muñeco de nieve el año que viene y así tendremos dos tradiciones, en vez de una.

—Eso es beneficioso para ti, no para mí.

—¿Cómo que no?

—¿Qué gano yo?

—Mi compañía, ¿te parece poco?

Hasta yo sé cuándo hay que dejar de jugar con Roberto. Este es el momento idóneo, así que me río por respuesta y acepto su oferta.

—De acuerdo, iremos para la hora de comer, ¿qué te parece?

—¡Fantástico! Me encanta cuando la familia se une por placer y nadie tiene que obligar a nadie.

Cuelga el teléfono y me alegro, porque la carcajada ha sido inevitable. Eso de no obligar…

—No sabes lo que has hecho —murmura Olivia—. Mi padre no va a tragarse que estés tan temprano en casa solo para desayunar. Te va a someter a un interrogatorio tremendo.

—Bueno, en algún momento tengo que enfrentarme a mi temido suegro.

—¿Suegro?

Su sorpresa es tal que me tenso. Mierda, ¿la he cagado? A ver, es cierto que no hemos hablado de esto en serio, pero se supone que lo que tenemos no es solo un rollo. O al menos no lo es para mí. Empiezo a ponerme nervioso. Tendríamos que haber hablado de ello antes de que yo la cagara y generara una situación incómoda. Y ella no deja de mirarme buscando una respuesta.

Mis opciones son claras. Uno: miento y hago como que era una broma, en cuyo caso solo voy a librarme de una mala situación si ella considera esto un rollo. Y si no es así y lo considera serio, voy a cagarla a lo grande.

Dos: admito que para mí es mucho más que un lío y, si ella no se siente igual, tendremos una charla incómoda y dolorosa, pero al menos seré sincero.

En definitiva, el dilema está entre tener una crisis por una verdad o por una mentira. Y, como no deja de mirarme, elijo la verdad.

—¿No lo es?

A ver, podría haberme abierto un poquito más, pero lo de dejar la pelota en su tejado no lo veo del todo mal como táctica. Esta vez es ella la que tiene pensamientos frenéticos y ansiosos, se lo puedo ver en la cara. No sé qué tipo de procesos mentales hace, pero, al final, carraspea y encoge los hombros.

—No lo sé. ¿Sí? O sea, supongo que sí, ¿no?

Sonrío como un imbécil, no me veo, pero estoy seguro y, aun así, no me importa. Tiro de su cuerpo hacia abajo, la tumbo en el colchón, me deshago de su sábana y cubro su cuerpo con el mío. Mejor. Mucho mejor.

—Sí, ya lo creo que sí…

46

Olivia

Yo sabía que esto era mala idea antes de aceptar, pero acepté porque…, no sé, porque desde anoche vivo en una nube, seguramente provocada por todas las endorfinas que mi cuerpo ha liberado gracias al buen sexo, y es muy evidente que no pienso con claridad y coherencia.

La comida tiene un pase, por un momento incluso creo que esto saldrá bien. Mi padre no está demasiado intenso con Noah y parece haber aceptado con excesiva facilidad que estuviéramos desayunando juntos tan temprano. Eva se va durmiendo por las esquinas por culpa del embarazo, las niñas se pelean por ver la tele mientras comen, aunque mi padre lo prohíba… Ese tipo de cosas que hacen que la situación sea normal y no se vuelva incómoda o violenta.

Por desgracia, en cuanto acabamos el postre y mi padre sugiere cumplir con la maldita tradición (de un año de duración, dos con este), todo empieza a complicarse.

Pillamos a mi hermana más pequeña, Zoe, intentando cortar con una tijeras una pieza del puzle porque, según ella, no entra.

—Si no encaja, tenemos que buscar otra que lo haga —le explica Eva—. No podemos cortar las piezas, mi vida, no funciona así.

—¡Pero va ahí!

—No, no va.

—¡Que sí!

Eva intenta ser paciente, pero la pequeña, que al parecer tiene un subidón de azúcar bastante importante, tiene un berrinche tremendo que hace que mi padre se enfade. Noah intenta fundirse con las paredes y yo pienso en todas las cosas que quería hacer hoy y no he hecho. Y ni siquiera hablo de ir a mirar muebles, que era el plan inicial. No, es que yo, ahora mismo, podría estar desnuda en la cama de Noah y...

—¡Pues ya no te voy a querer nunca más!

Salgo de mis pensamientos a punto de ver a mi hermana tirar un puñado de piezas al suelo y salir corriendo a su dormitorio.

—De verdad, no sé a quién ha salido tan intensa —dice mi padre, provocando que todos los adultos lo miremos con una ceja levantada—. ¿Qué?

No sé si el hecho de que no vea que Zoe es una caricatura suya es divertido o directamente frustrante. Al parecer, Eva opina lo segundo, porque lo fulmina con la mirada hasta que él se levanta y va en busca de mi hermana.

—Le gusta mucho montar un espectáculo —dice Angela poniendo los ojos en blanco.

Noah se ríe un poco, pero, cuando ve que mi hermana lo mira, intenta controlarse a tiempo. No le funciona. Después de todo, Angela ya tiene ocho años y está aprendiendo a quedarse con los detalles.

—¿Por qué estás aquí?

La pregunta hace que se me enrojezcan las mejillas.

—Angela, ese tipo de preguntas son maleducadas —le recuerda Eva.

—Jo, mamá, solo quiero saber por qué ha venido.

—Bueno, tu padre me ha invitado y me parecía que hacer puzles era un buen plan —contesta Noah, seguramente pensando que así dará el tema por zanjado.

—Ah. ¿Y qué tal? ¿Te lo parece o te has dado cuenta ya de que no lo es?

—¡Angela! —me enfado, aún más roja.

Noah no consigue guardarse la carcajada esta vez.

—Creo que es divertido.

—¿Esto te parece divertido?

—Sí, bueno, no tengo hermanos, así que para mí es divertido ver… todo esto.

—¿Por qué no tienes hermanos?

—Angela, vamos a por un poco de agua.

Noah ha pasado de sonreír a tener una cara neutra. No es enfado, ni siquiera molestia. Es solo que se ha quedado como… demasiado pensativo. Eva me pide perdón con la mirada, pero hago un gesto con la mano para dejarle claro que no pasa nada.

—¿Todo bien? —pregunto en cuanto nos quedamos solos.

—Sí, claro. —Sonríe, pero es una sonrisa un poco triste. Aun así, me pasa un brazo por el respaldo de mi silla y se acerca más a mí—. ¿Y tú? ¿Cómo lo llevas?

—Lo llevaría mejor si estuviéramos a solas.

—Estamos a solas.

—Si estuviéramos a solas y desnudos.

—Me temo que tu padre y Eva me matarían si me quito la ropa ahora, pero podemos intentarlo.

Me río y apoyo mi frente en la suya justo en el instante en que Zoe decide que ya es hora de salir de su habitación.

—¿Os ibais a dar un beso?

¿En qué jodido momento mis hermanas se han vuelto tan metomentodo? ¿Puede alguien explicarme cuándo han pasado de ser pequeños seres humanos adorables a cotillas intensas y provocadoras de desastres sentimentales?

—La verdad es que sí.

Miro a Noah estupefacta, sobre todo porque mi padre está con Zoe. Venía caminando y se ha quedado petrificado en el camino. Es como si estuviéramos jugando al pollito inglés.

—Ya estamos de vuelta. Hemos bebido agua y estamos mucho más calmadas —dice Eva entrando en el salón.

—Noah y Olivia iban a darse un beso —informa Zoe.

—¡Ja! Lo sabía. Ha sido el muérdago —dice Angela.

—¿Qué? ¿Qué muérdago?

—El que pusimos, ¿ya no te acuerdas de que mamá te dijo que no te diría dónde lo ponía para que no lo supieras? Lo esparcimos como polvo de hadas por toda la casa y ahora tenemos que darnos besos todos con todos como una gran familia.

Imagino que todo eso es algún tipo de juego que han hecho las niñas con Eva y me parecería tierno en otro momento, pero ahora solo se suma a la tensión y ansiedad que ya siento.

—Oye, papá…

—¿Sois novios? —pregunta Zoe.

—Claro, si se dan besos es porque son novios —contesta Angela.

En esta sala hay cuatro adultos, pero ninguno decimos una sola palabra. Mi padre sigue congelado, Eva está roja y no sabe dónde meterse y Noah... Noah parece tranquilo o desconectado de toda esta escena, no sé qué es peor.

—A lo mejor se dan besos, pero no son novios —insiste Zoe.

—¿Sois novios? —pregunta Angela entonces.

Me quiero morir. O sea, si hay un momento ideal en mi vida para que me dé un infarto fulminante, es este. En mi lápida pondrá: «Vivió casi veinticinco años y se murió de un ataque de vergüenza». Y ya está. No tendría ningún problema. Es una muerte digna, pero no, no sucede eso. Lo que sucede es que Noah, una vez más, me deja petrificada cuando suelta una risa y carraspea mientras pasa el brazo que tenía en el respaldo de mi silla a mis hombros.

—En realidad, sí.

—¿Cómo? ¿Cómo? O sea, ¿cómo?

La elocuencia de mi padre me deja ver cómo se siente. Eva toma asiento masajeando su vientre plano, así que supongo que es más un gesto instintivo, y mis hermanas aplauden y dan saltitos como si fuera la mejor noticia del mundo.

—¿No estás contenta, Olivia? —pregunta Angela—. ¡Por fin tienes novio!

—¡Oye! —exclamo ofendida.

—Es que en mi clase hay niñas que ya tienen. Estaba un poco preocupada por ti.

Alguien tiene que hablar con esta niña o llevarla a terapia para que le traten esa vena de señora que tiene a sus ocho años.

Me olvido de mi hermana para concentrarme en mi padre, que sigue en el mismo sitio.

—Bueno —digo—. Mmm, verás. Noah y yo... Pues, bueno. O sea...

—Somos novios —me corta él—. Hemos empezado a salir.

No puedo enfadarme por haberme interrumpido porque está claro que entre mi padre y yo no sumamos un ser humano coherente ahora mismo.

Yo me pongo roja, mi padre también un poco, Eva bosteza y las niñas siguen en su línea de ser niñas (un poquito cabronas, si se me permite decirlo). Al final, como ni mi padre ni yo reaccionamos, es Noah quien vuelve a hablar.

—Espero que no suponga un problema para ti, Roberto. No hemos dicho nada antes porque..., bueno, es reciente.

Y tanto que es reciente. ¡Hace solo unas semanas nos odiábamos!

Al final mi padre reacciona, se acerca a nosotros y me mira muy serio a los ojos.

—¿Tú eres feliz? —pregunta, cosa que me sorprende.

—Sí —musito—. Sí, mucho —digo en un tono más seguro al darme cuenta de que es verdad. Es la primera vez que llega Navidad y soy, simple y llanamente, feliz.

—¿Y tú eres feliz? —pregunta a Noah.

—Sí —dice él sonriendo.

—Pues ya está. Si vosotros estáis bien, contentos y felices, yo estaré bien, contento y feliz. Y ahora, coged las chaquetas: nos vamos a ver el espectáculo de luces de Saks.

—¿Qué? —pregunto—. Pero ¿y el puzle?

—He decidido que como tradición familiar es mucho mejor ir juntos a ver las luces.

Mis hermanas gritan y su felicidad envuelve el ambiente de tal modo que, cuando queremos darnos cuenta, estamos en la calle camino de los grandes almacenes Saks, que adornan su fachada de la Quinta Avenida cada año y hacen un espectáculo de luces que atrae a gente de todas partes para verlos. Se puede ver cada diez minutos por la tarde y en realidad no dura mucho, pero de algún modo nos pasamos más de media hora mirando como tontos las luces. Bueno, yo miro como una tonta. Mis hermanas disfrutan como las niñas que son, provocando las sonrisas de Eva y mi padre. Y Noah... Cuando miro a Noah, solo lo veo pensativo, pero supongo que no puedo pedirle mucho después del día que llevamos. Le aprieto la mano, eso sí, y él responde rodeándome la cintura con un brazo y besándome la frente.

Cuando nos separamos, me fijo en la mirada de mi padre. Aunque mi corazón late demasiado deprisa, no veo nada reprochable o malo en él, sino una pequeña sonrisa que me indica que en algún momento tendremos una conversación, pero las cosas no están mal. O eso quiero pensar.

El tiempo pasa demasiado deprisa, o eso siento cuando, al llegar la hora de volver a casa, Noah me dice que se va al apartamento.

—Vale. Yo hoy dormiré en casa, pero mañana seguramente siga llevando cosas al estudio.

—Perfecto —murmura antes de besarme en los labios con suavidad y rapidez—. Te veo mañana en el hotel.

Me guiña un ojo y se marcha para coger el metro mientras yo intento convencerme de que no es razonable que ya esté pensando que voy a echarlo de menos. Joder, no quiero ser ese tipo de chicas. ¡No debería serlo! Sobre todo porque las he criticado mucho y no quiero tener que enfrentarme a ello, pero aquí estoy.

Entramos en casa dos horas después, porque mi padre y Eva han sugerido cenar fuera, ya que habíamos salido, así que no es de extrañar que, nada más entrar, Eva se empeñe en que las niñas tomen una ducha y vayan a la cama. Las acompaña y sé, desde el instante en que desaparecen, que mi padre aprovechará para que tengamos «la charla».

—¿Quieres una infusión o algo calentito?

Punto para mí.

—Vale —acepto. No hacerlo implicará retrasar lo inevitable y, para ser sincera, no me apetece. Si tenemos que hacer esto, lo mejor es hacerlo rápido.

Nos sentamos alrededor de la mesa en la que aún está la caja del puzle, aunque las piezas estén dentro. Me concentro en la foto de la estatua de la Libertad y pienso en que deberíamos haber cogido uno un poquito más original.

—Bueno... —Mi padre me mira y sonríe. Yo rezo para que no se ponga melodramático—. Así que novios, ¿eh?

—Eso parece.

—Ya... ¿Y estás feliz?

—Sí. Ya me lo preguntaste antes —le recuerdo—. No es que tenga problemas con responder, pero...

—Sí, lo sé. Soy muy pesado, perdona.

—No eres pesado —sonrío—. Creo que es bonito que te preocupes por mí, pero soy una mujer adulta, papá. Entiendo que estos días estén siendo complicados para ti: el alquiler del estudio, la mudanza y ahora esto, además del estrés del trabajo por las fechas en las que estamos, pero estoy bien, de verdad.

—Te has hecho mayor en un pestañeo —murmura. Cuando intento hablar, hace un gesto con la mano para que lo deje acabar—. Sé que no es nada nuevo. No es que ahora seas mayor y antes no, pero, no sé, hija. Siento que esta vez el cambio es definitivo. Estás dando pasos firmes hacia la etapa adulta y es bonito, aunque nostálgico. Una parte de mí siempre va a querer que te quedes aquí, conmigo, como si todavía fueses mi niña y no una mujer adulta lista para tener sus propios polluelos.

—Estás corriendo mucho, pero muchísimo —le digo estupefacta.

Él se ríe y me sujeta la mano por encima de la mesa.

—Sé que temes que me ponga intenso, pero no lo haré. De hecho, estoy bastante contento. Una vez superada la sorpresa, debo admitir que hace años, cuando erais tan inseparables, pensé en más de una ocasión lo bonito que sería que os acabarais enamorando.

—¡Papá!

—Es un buen chico, hija. Conozco a su familia desde hace muchísimos años y sé que te cuidarán bien, igual que nosotros lo cuidaremos a él. Me apenó mucho que os distanciarais.

No contesto, porque él no sabe a ciencia cierta qué pasó y prefiero quedarme con lo que de verdad importa: ahora estamos juntos de nuevo y, esta vez, no vamos a separarnos. Noah parece increíblemente seguro de esto, incluso es él quien ha tomado la iniciativa a la hora de ponerle una etiqueta a lo nuestro, así que, aunque intente no emocionarme, al final me resulta imposible.

Me levanto, abrazo a mi padre y lo beso en la mejilla.

—Te quiero muchísimo, que lo sepas, pero ahora me voy a dormir porque estoy agotada.

Él sonríe, me da las buenas noches y me observa mientras camino hacia mi dormitorio.

Una vez sola, ya con el pijama y metida en mi cama, no puedo evitar pensar en lo rápido que se ha desarrollado todo esto. Claro que… ¿acaso la Navidad no es la época ideal para hacer este tipo de locuras? Al final es lo que ocurre en todos esos libros y en todas esas pelis que de tan mal humor me ponen. Aunque admito que, una vez vivida una historia de amor en diciembre, la percepción cambia por completo.

Supongo que lo que intento decir es que ahora se me hace más fácil creer en la magia de la Navidad.

Dios, menos mal que Avery no puede leerme la mente. Estoy segura de que aprovecharía para retransmitirlo todo sin ningún tipo de pudor.

47

Noah

22 de diciembre

Me levanto más cansado de lo que me acosté y eso que anoche tenía la sensación de que me hubiese pasado un camión por encima. Seguramente tenga que ver con el hecho de que las sábanas huelan a Olivia y me haya pasado la noche palpando mi lado para tocarla. ¿Cómo es posible que la haya echado de menos? Solo hemos dormido juntos una noche. Es enfermizo.

Abro la puerta de mi dormitorio esperando encontrarme a Asher con resaca en el sofá, o comiendo cereales en la cocina, o haciendo cualquier otra cosa por la que pueda gruñirle, pero no está. Me asomo a su habitación y tampoco lo veo. Miro mi reloj y me doy cuenta de que no voy tarde. O ha madrugado muchísimo, cosa que dudo, o ha dormido fuera de casa, lo que es una mierda, porque justo hoy necesitaba que en el piso hubiera gente.

Me doy una ducha para intentar despejarme y no entrar en los pensamientos en bucle que me asaltan desde que ayer vi el espectáculo de Saks con Olivia y su familia. *Spoiler*: no lo consigo.

Recuerdo una y otra vez las veces que mis padres me llevaron y me sorprende que el dolor se sienta tan intenso después de tantos años. Por unos momentos me pregunto hasta cuándo va a doler su pérdida, pero tardo poco en darme cuenta de la realidad: cuando pierdes a los pilares de tu vida, aprendes a vivir sin ellos, pero no sin el dolor que te provoca su ausencia, sobre todo en fechas como estas.

Hay personas que adoran la Navidad y es comprensible, pero también hay personas que aborrecen las fiestas y, cada vez más, pienso que el resto del mundo no entiende a esas personas. A personas como yo, que nos sentamos a una mesa cada Navidad en la que las sillas vacías parecen gritar. Es como si durante todo el año consiguiera tapar el dolor y la ausencia con otro tipo de cosas, sin embargo, cuando llega la Navidad, lo hace en forma de monstruo gigante que me recuerda todo lo que he perdido.

Algo se rompió anoche dentro de mí. Otra vez. La sensación de que no debería estar disfrutando tanto de la Navidad me asalta demasiado y, aunque intento deshacerme de ella, porque sé que mis padres querrían justamente eso, que disfrutara y viviera la vida al máximo, me está costando.

Es como si toda mi vida se hubiera vuelto perfecta justo diez años después de que ellos se murieran. Es… es aterrador y siento como si estuviera siendo un cabrón, aunque una parte racional me diga que no es así y que tengo tanto derecho o más que cualquiera a buscar la felicidad. Hacer cosas que me hagan sentir bien.

Me visto y me marcho al hotel para intentar recuperar un poco de cordura. Entro y, en cuanto veo a Olivia tras el mostrador de recepción, siento que la sudoración, los latidos desbocados y la respiración agitada amainan. Joder, solo mirarla es mejor que el mejor de los mejores remedios.

Rodeo el mostrador frente a la mirada de Avery, que me enfoca con su teléfono. Sin que me importe lo más mínimo, beso a mi chica en los labios, quizá con más ímpetu del necesario.

—¿Veis? ¿Veis eso? ¡¡¡Os dije que lograría captar un beso!!! Es mi mejor regalo para vosotros, familia virtual. ¡Espero que sepáis agradecerlo dando muchos likes a nuestro contenido!

Ignoro por completo a Avery y me concentro en Olivia, que me acaricia la mejilla y me mira con una risa un poco extraña.

—¿Estás bien?

—Sí, ¿por?

—No sé. Estás como… acelerado.

—Tenía muchas ganas de llegar y verte.

No es mentira. Ansiaba verla y no tiene por qué saber el resto porque…, bueno, no es que sea importante. Un poco de ansiedad prenavideña no es algo de lo que deba preocuparme de momento. Vuelvo a besar a Olivia y me detengo cuando oigo un carraspeo. Me giro pensando que será un cliente molesto, pero se trata de Roberto, que nos mira con el ceño fruncido, aunque sonría.

—¿Creéis que el lugar de trabajo es buen sitio para hacer esas… cosas?

Sonrío, pero en realidad ver al padre de Olivia es volver al espectáculo de anoche y eso, de alguna forma, me hace sudar de nuevo.

—Ya lo dejo, prometido —digo alzando las manos—. Solo quería comprobar que seguía loquita por mí.

—¡Serás creído! —exclama Olivia mientras Roberto y Avery se ríen.

Esta última, además, me informa de que esa respuesta ha tenido muy buena acogida entre el público, como si me importara una mierda. Me despido de todos para marcharme a trabajar.

Paso por el apartamento de mis abuelos antes de encerrarme en el despacho. Los encuentro desayunando y riéndose de algo que no sé qué es, pero me contagian enseguida.

—¿Qué es tan divertido?

—Oh, buenos días, cariño, pasa, pasa —dice mi abuela—. Tu abuelo y yo recordábamos la Navidad en que te enfadaste porque Santa no te trajo lo que pediste y te pasaste todo el día diciéndonos que seguro que se habían equivocado y tu regalo estaba en otra habitación. Hiciste que tus padres preguntaran a algún que otro huésped en la recepción si habían recibido por error un Scalextric.

Sonrío, pero lo cierto es que no esperaba tener que recordar etapas de mi infancia justo hoy. Justo en este momento.

—Por suerte, ahora puedo comprarme uno yo solito —les digo, cosa que les hace reír de nuevo.

No notan nada raro y, como prefiero que siga siendo así, me despido de ellos y me voy al despacho. No entiendo qué demonios me está pasando, pero sé que trabajar a destajo hará que los pensamientos intrusivos desaparezcan en cuestión de minutos.

El problema es que no solo pasan minutos, sino horas, y siguen aquí, aferrándose a mi mente, como si estuvieran tejiendo una tela de araña que solo servirá para joderme la vida.

Para cuando llega mi hora de salida y Olivia me invita a cenar, solo quiero estar a solas con ella y perderme en su cuerpo, en toda ella, aunque suene fatal. La abrazo y la pego a mi cuerpo.

—¿Qué te parecería venir a casa? Pediremos lo que quieras, haremos lo que tú quieras, pero hoy no quiero estar con nadie más.

—¿Y Asher?

—Solo va a casa para dormir, a veces ni eso. Estaremos solos y, si no, podemos encerrarnos en mi habitación.

Sus ojos se oscurecen de repente, lo que hace que mi cuerpo reaccione.

—Encerrarme en tu habitación me parece una buena idea.

Trago saliva, porque si no lo hago soy capaz de cargarla sobre mi hombro y llevármela así a casa y yo nunca he sido tan troglodita. Trago saliva otra vez y me lo recuerdo. Caminamos hasta la salida y, ahí, conseguimos un taxi. Cada minuto que transcurre hasta llegar a casa se me hace agonizante.

No puedo mentir y decir que las cosas salen de un modo pausado y romántico. No es así. Entramos en nuestro edificio y Olivia me besa. Vuelve a apretarse contra mi cuerpo, como si supiera lo que necesito con exactitud y quisiera dármelo cuanto antes. Me adueño de su boca y, para cuando logramos entrar en el ascensor, subir y salir, la urgencia se ha apoderado de los dos, así que casi exclamo un «aleluya» cuando entramos en mi apartamento y descubrimos que estamos solos.

El sofá es lo más lejos que llegamos. Perdemos la ropa por el corto pasillo y para cuando puedo sentarme y subirla en mi regazo, estamos más que listos para dejar que nuestros cuerpos hablen de todo lo que sentimos.

Es rápido, intenso y algo… salvaje. Oscuro. No es como la primera noche, desde luego, y ni siquiera es una queja. Es excitante y, joder, me encanta, sobre todo porque me doy cuenta de que Olivia no tiene tapujos a la hora de practicar el sexo. Ella… ella es tan increíble que me parece un puto milagro que quiera estar conmigo.

Acabamos, nos duchamos juntos, cenamos tailandés, nos metemos en la cama abrazados y, solo entonces, cuando la tengo sobre mi pecho trazando círculos irregulares en mi pecho, pienso que todos estos malos pensamientos se irán.

Solo tengo que concentrarme en las cosas buenas que hay en mi vida. Mis abuelos, mis amigos y ella. En Olivia.

Lo demás no importa.

No importa.

No importa.

48

Olivia

Está raro. No sé qué le pasa, ni si es culpa mía o le ha ocurrido algo que no quiere contarme, pero algo le sucede. Intenta fingir, por supuesto, me abraza, me besa y me trata con el mismo cariño que ayer, pero no está igual que ayer.

—¿Estás bien? —pregunto pasada la medianoche, consciente de que el sueño está venciéndome y él parece extrañamente despierto.

—Estoy genial —responde.

—Pareces muy excitado. —Eleva una ceja y bufo—. En el sentido asexual de la palabra.

—¿Hay una forma asexual de estar excitado?

—Noah, me has entendido muy bien.

Se ríe y acaricia mi frente mientras me retira el flequillo y baja hacia el puente de mi nariz hasta mis labios.

—Estoy bien, Oli, feliz de estar aquí, contigo.

—Te noto raro.

—No hay ningún problema.

—Pero...

—No pienses en ello, hazme caso. Todo está perfectamente.

Insistir ahora me haría quedar como una pesada, así que no lo hago. Eso no quiere decir que se me olvide, sino todo lo contario, porque empiezo a preguntarme si, en vez de haber hecho algo, se trata de lo contrario.

¿Y si no he estado a la altura con algo? Mierda. ¿Y si no he estado a la altura en el sexo?

Odio pensar en ello, de verdad. No quiero tener ese tipo de inseguridades en mi vida, pero es inevitable que se me pase por la cabeza teniendo en cuenta que el cambio ha venido desde que nos acostamos por primera vez. O no, porque al principio no estaba así. Ayer cuando nos levantamos todo parecía bien, normal. De hecho, él parecía feliz. Las cosas empezaron a ponerse raras por la tarde con mi familia. Quise pensar que era normal, que para Noah no es fácil tratar a mi padre como algo más que a un compañero de trabajo y alguien a quien tiene muchísimo aprecio desde niño. Ahora es su suegro y quizá, aunque saliera de él asumirlo en voz alta, piense que hemos corrido mucho. No podría culparlo si fuera eso, pero me gustaría que lo compartiera conmigo.

En estos instantes, me gustaría escribir a Avery y desahogarme, pero desde que se ha vuelto loca con eso de las redes sociales me siento incómoda cuando le cuento algo íntimo. Aunque nunca lo ha desvelado, siento que pasa tantas horas expuesta al mundo que en algún momento es inevitable que se le escape. No es que no confíe en ella, pero… Bueno, no confío en todo eso que tiene armado, aunque pueda llegar a admitir que ha dado muchísima vida al hotel. Incluso empezamos a recibir reservas que nos escriben para saber si podrán conocernos o somos unas actrices que solo estamos a ratos en la recepción. ¡Como si no nos vieran todo el tiempo!

—¿En qué piensas? —pregunta.

Mi primer impulso es decirle que no le importa, teniendo en cuenta que él no me dice en qué piensa, pero me doy cuenta de inmediato de lo infantil que es, por suerte.

—¿Crees que lo de Avery con TikTok seguirá después de Navidad?

—No lo sé. ¿No te gusta?

—No. O sea, entiendo que es un entretenimiento para la gente y que Avery ha encontrado algo que le apasiona, pero no sé. Es un poco incómodo estar tan expuesta.

—Entiendo.

—No quiero fastidiar a Avery, no te estoy pidiendo que hagas nada en calidad de jefe —le digo preocupada de pronto.

—Tranquila, lo daba por hecho.

—Ah, ¿sí?

—Estás desnuda y abrazada a mí, cariño. Doy por hecho que hablas en calidad de novia y no de empleada descontenta.

Me río bufando por la nariz. A veces sabe muy bien cómo ser un pedante y se lo hago saber clavándole el codo en el estómago, lo que lo hace gruñir y a mí, sonreír.

—Te lo merecías.

—Eres perversa.

—Y tú demasiado idiota a veces.

—Y, aun así, estás loca por mí, ¿eh?

—¿Qué puedo decir? Me encantan las cosas que no me convienen.

Esta vez su risa es real. Creo que es la primera vez desde que salimos del hotel que siento su risa natural. También creo que él mismo se da cuenta, porque carraspea y niega con la cabeza mirando al fondo de la habitación.

—Por cierto, hay algo que tengo que decirte. Si no lo hago yo, lo hará mi padre mañana, pero no estás obligado a darme una respuesta ahora.

Él eleva las cejas, expectante.

—¿Vas a hacerme suplicar por la información?

—Te gustaría, ¿eh?

Su risa de nuevo. Me gusta tanto oírlo reír que creo que me pasaría la noche siendo irónica adrede para ver cómo se relaja un poco.

—Quiere que comamos juntos.

—Vale. ¿Cuándo?

—El día 25.

Su silencio se une al mío. La incomodidad se adueña por completo de la habitación y, de pronto, estoy segura de que en cualquier momento las paredes van a empezar a estrecharse hasta aplastarnos.

—¿El día de Navidad?

Su tono tenso me pone a la defensiva de inmediato.

—Y el de mi cumpleaños.

—Cierto.

—Mi padre ha pensado que estaría bien que comiéramos juntos, con tus abuelos, por supuesto. Podríamos celebrar mi cumpleaños y la Navidad a la vez, si te apetece.

—Mmm.

—Oye, no es obligatorio, ¿vale?

—Olivia…

—Simplemente me ha parecido que no había nada de malo si, de todos modos, es un día que hay que pasar.

—Olivia…

—Tampoco te creas que a mí me encanta la idea, que estoy harta de decirle que no me gusta celebrarlo, pero si el hombre se empeña porque es un intenso que adora juntar a gente a la mínima oportunidad y hacer una fiesta, ¿qué hago yo?

—Olivia…

—Son sus raíces mexicanas, seguro. —Su risa me enerva y lo fulmino con la mirada.

—Tu padre nació en Estados Unidos.

—Pero esas cosas se llevan dentro, Noah. Si no, ¿por qué mi madre no es así de intensa y familiar?

—Porque es un bloque de hielo desde que nació, seguramente, y porque se crio en una casa donde demostrar amor estaría incluso mal visto. Tu padre tuvo la suerte de tener una familia fuerte y unida, dan igual sus raíces. Es un hombre familiar porque ha tenido una gran familia y ahora está haciendo eso mismo con sus hijas y su esposa. Y eso es bonito.

Me doy cuenta de lo tensa que estoy cuando su tono se vuelve más dulce con cada palabra que sale de su boca.

—Yo solo digo que debería respetar que no me guste celebrar mi cumpleaños.

—Antes te encantaba.

—Han pasado muchos años. Ya no soy la misma persona.

—Me doy cuenta de eso.

Suena cauteloso, lo que hace que me arrepienta enseguida de mi arrebato.

—Oye, perdona. Es solo que… no quiero obligarte a hacer algo que no quieres.

—No he dicho que no quiera.

—Tampoco que sí.

—Olivia, estás poniéndomelo muy difícil hoy.

—¡Mira quién fue a hablar!

Noah se ríe, me mueve en la cama y se las ingenia para colarse entre mis piernas.

—Voy a quitarte ese mal humor, dame solo un par de minutos.

—¿Solo un par de minutos? —pregunto con retintín.

—Joder, eres tan sabionda… Y lo peor es que creo que eso me pone.

Me río, aunque lo odio. La cosa no mejora cuando empieza a hacerme cosquillas para que me relaje justo antes de besarme el cuello.

Estoy a punto de empujarlo para adueñarme de su cuerpo y ser quien lleve la batuta otra vez, pero entonces su teléfono suena y los dos lo miramos con el ceño fruncido. Es tarde. Demasiado tarde para que sean buenas noticias o ni siquiera noticias normales.

Nos separamos, me tapo con la sábana porque de pronto me siento demasiado expuesta y juraría que la temperatura de la habitación ha bajado varios grados en solo unos segundos. Observo el modo en que Noah responde el teléfono con seriedad y premura, sobre todo al ver que el nombre que aparece en pantalla es el de sus abuelos. Le señalo el altavoz para que lo active y lo hace antes de hablar.

—¿Sí?

—Cariño, es el abuelo.

Cuatro palabras. Eso es todo lo que se necesita para poner el mundo del revés.

49

Noah

23 de diciembre

Entro corriendo en el hospital al que han traído a mi abuelo. Intento controlar el pánico, pero creo que no lo estoy consiguiendo. Y digo creo porque en realidad no soy muy consciente de mis acciones en este instante.

Desde que mi abuela me ha llamado para decirme que mi abuelo se ha caído saliendo de la ducha siento una bruma en la cabeza que no me deja pensar con claridad. Me ha dicho que no me preocupara, pero que tenían que llevarlo al hospital para revisarlo. Pero sé que, aunque pretendía sonar calmada, no lo estaba en absoluto.

Me he vestido a toda prisa, junto con Olivia, y hemos cogido un Uber que ha tardado una vida en traernos al maldito hospital. Ella no ha dicho prácticamente nada en todo el camino, lo que es de agradecer, no porque no quiera oírla, sino porque no sé si seré capaz de mantener una conversación ahora.

Error. No soy capaz. Sin ningún tipo de duda.

Me acerco al mostrador y casi le suplico a la recepcionista que me dé información.

—¿El nombre del paciente?

—Nicholas Merry. Ha llegado de urgencia hace un rato. Se ha caído al salir de la ducha —aclaro, no sé por qué, como si hubiera un maldito departamento solo para ese tipo de accidentes.

—Un segundo.

Quiero gritarle. No sé qué me pasa, estoy desesperado y vuelvo a respirar mal. Me cuesta muchísimo coger aire, es como si tuviera que esforzarme en recordar que primero se inspira y luego se espira. Como si mi cuerpo, en momentos como este, se negara a hacerlo por sí mismo. ¡Se supone que tiene que mantenerme con vida, joder! En cuanto pasa algo en vez de ayudar, se niega a colaborar.

La recepcionista nos da las indicaciones para llegar hasta donde tienen a mi abuelo. Le doy las gracias precipitadamente y vuelvo a correr por los pasillos, consciente de que Olivia me sigue en silencio.

O al menos, eso creo yo, porque en algún momento llega hasta mí su voz y me giro sorprendido. Me doy cuenta de que, en realidad, sí intenta hablarme, pero es como si no consiguiera oírla. Me encantaría hacerlo, pero ahora mismo no puedo pensar en nada que no sea mi abuelo, así que vuelvo a girarme y la ignoro.

Llegamos por fin a una sala en la que mi abuela espera con el semblante serio y los ojos enrojecidos. Me vengo abajo en ese mismo instante. Mi abuela es una persona muy sensible, pero no es dada a las lágrimas. Se emociona a menudo, pero no llora con facilidad. Ahora mismo, sin embargo, tiene los ojos tan colorados que sé, sin necesidad de que hable, que ha estado llorando un buen rato.

—Cariño…

—¿Cómo está?

—Bien, bien, lo están operando.

—¿Operando? ¿Cómo que operando?

Estoy mareándome. Mierda. Joder, maldito cuerpo que no acompaña a mis emociones. Necesito estar a la altura y en lo único en que puedo pensar es en que están operando a mi abuelo y que mi abuela, de pronto, se mueve mucho, pero la realidad es que ella sigue sentada y el único al que le da vueltas todo es a mí.

—No es grave, o no debería serlo. De verdad, Noah, siéntate y respira.

—¿De qué lo están operando? —insisto.

—Se ha partido un brazo y, al parecer, tienen que operarlo antes de poder inmovilizárselo con una escayola.

—Pe-pero… ¿por qué no le han puesto la escayola y ya está?

—Ha sido un golpe muy fuerte, querido.

—¿Cómo se ha caído?

—No lo sé. Se levantó de la cama diciendo que tenía mucho calor y que necesitaba una ducha. Le insistí en que era muy tarde, pero se empeñó diciendo que yo había puesto la calefacción demasiado alta. Ya sabes lo mucho que odia sudar en la cama.

Lo sé. Mi abuelo es muy caluroso y mi abuela es muy friolera, así que se pasan los inviernos discutiendo porque, si se pone la calefacción al gusto de mi abuela, mi abuelo se pasa la noche sudando. Si se pone al gusto de mi abuelo, mi abuela se pasa la noche helada y tiritando, por muchas mantas que use. Siempre ha sido así y no es la primera vez que mi abuelo se levanta a medianoche o aún más tarde para ducharse y refrescarse, pero nunca pensé que algo tan tonto acabaría generando un accidente de manera indirecta.

—¿Se ha hecho algo más? —Mi abuela carraspea, emocionada de nuevo, y el miedo vuelve a apoderarse de mí.

—Noah, necesitas calmarte y respirar —me dice—. Estás muy nervioso, cariño.

—¿Se ha hecho algo más? —insisto.

—Ha sido una caída un poco tonta, pero muy aparatosa. Le han hecho pruebas en la cabeza por si hubiera algún problema, porque se queja mucho de haberse dado en la nuca con las baldosas de la ducha. Estamos esperando resultados por si hubiera traumatismo craneoencefálico, o algo así me han explicado los médicos. Hijo, la verdad es que yo no entiendo mucho.

—Traumatismo…

Esta vez no es la sala la que gira, sino yo mismo. Siento que me fallan las rodillas y el aire, simplemente, se extingue de la habitación.

Traumatismo craneoencefálico. Es posible que mi abuelo tenga algo así mientras está en un quirófano operándose el brazo. Y todo eso ha ocurrido mientras yo estaba en mi cama con Olivia, disfrutando de la vida y el sexo y completamente despreocupado de todo lo demás. Como si solo importara mi felicidad. Como si… como si…

—Noah. —La voz de Olivia llega amortiguada, pero no consigo oírla bien—. Noah, tienes que sentarte.

Entiendo sus palabras, pero no soy capaz de darles un sentido. Ella tira de mi cuerpo y el mareo aumenta, así que me aparto.

Intento mirarla, pero su cara está borrosa y es como… Joder, es como tener la peor borrachera de mi vida.

—Déjame —susurro. O creo que susurro.

Estoy demasiado mareado e inestable. Si tira de mí ahora, me voy a caer. Y si me caigo, a lo mejor me acabo partiendo algo. Y mi abuela no necesita que yo también me parta algo. Mi abuela ya ha sufrido bastante, joder

—Noah… ¡Noah!

—¡Que me dejes, joder! —grito.

Soy consciente de que grito porque, en ese mismo instante, mi abuela intenta hacer que la mire y, cuando me habla, su tono es muy serio.

Me gustaría decir que soy plenamente consciente de lo que sucede a continuación, pero no es así. De pronto, llega más gente a la sala y, aunque en un principio creo que solo vienen a regañarnos por haber gritado, segundos después noto algo en mi mano y, cuando miro a la enfermera, me ofrece un vaso de agua.

—Tómatelo —entiendo—. Tienes que tomarte esto.

Obedezco como un autómata. Me trago la pastilla que me ofrecen y, el movimiento de alzar el brazo hace que me caiga al suelo antes de que pueda remediarlo.

Mierda, justo lo que no quería. Tengo que levantarme, joder. Tengo que dejar de preocupar a la gente que quiero. ¿Por qué no puedo comportarme como cualquier persona normal? ¿Por qué mi mente y mi cuerpo se empeñan en tratarme así cuando las cosas se ponen difíciles? ¿Y por qué todo esto ha tenido que pasar otra vez a escasos días del maldito día de Navidad?

50

Olivia

Lo peor cuando alguien te echa de malos modos de su vida una vez es que, por más tiempo que pase, una parte de ti siempre está esperando, aunque sea de manera inconsciente, que vuelva a suceder.

Eso es lo que me ha ocurrido a mí con Noah.

Entiendo a la perfección que no debe de ser fácil verse en la situación en la que se ha visto. De hecho, una enfermera ha venido y le ha dado un calmante porque estaba tan mal que no era capaz de hablar.

Sin embargo, no ha tenido problemas para gritarme.

Sé lo mucho que quiere a sus abuelos y sé, sobre todo, el daño que causó en él la marcha de sus padres. Y lo sé porque estuve ahí durante dos años, aguantando sus salidas de tono, sus malos modos, su dolor hasta que, un día, sin previo aviso, me echó de su vida definitivamente.

Me gustaría decir que tengo la capacidad de entendimiento más desarrollada. O que soy más madura de lo que en realidad soy y puedo entender su estado de ánimo, el susto que se ha llevado y lo mal que debe de sentirse. Me gustaría decir eso y, además, me encantaría jurar que no me genera ningún tipo de inseguridad que, de nuevo, ante las adversidades, Noah se zafe de mí de malos modos.

Adoraría poder decir que no me importa, que entiendo que su actitud viene de su dolor y debo darle tiempo y espacio, pero el caso es que no puedo.

Y no puedo porque, en cuanto él me grita, lo único que me viene a la cabeza es el recuerdo de Noah hablándome así hace años, cuando éramos adolescentes. Soporté sus salidas de tono y lo justifiqué una y otra vez, porque entendía de dónde salía todo ese dolor y esa rabia, pero ahora es distinto. Ahora no quiero aguantar eso, y si eso me hace una mala persona…, bueno, entonces lo seré, supongo. No me importa.

De verdad, esto no tiene nada que ver con que no empatice con lo que le ha sucedido a Nicholas. Conozco a ese hombre desde que era niña y yo misma me he asustado muchísimo ante el accidente, pero es la primera vez que pienso que no quiero volver a pasar por todo esto. No quiero vivir midiendo las palabras para que Noah no salte con algo impropio o borde. No quiero ser la persona en la que vuelque sus frustraciones porque ya lo fui una vez, y no me trajo nada bueno, sino todo lo contrario.

No quiero, sobre todo, porque sé que empezará así y acabará echándome de su vida de nuevo. Cuando Asher aparece en el hospital y se sienta a su lado, sin que Noah lo rechace, el dolor que me atraviesa es tan lacerante que me obligo a ir a por un café solo para que no me vean.

Salgo a la cafetería más cercana y pido café para todo el mundo, pues me imagino que la noche será muy larga y nadie va a querer marcharse. Y durante todo ese tiempo, me pregunto qué tiene Asher que no tenga yo.

¿Por qué Noah permite que él esté a su lado, apoyándolo, y a mí me echa a la mínima oportunidad?

Quizá esta actitud es infantil. A lo mejor estoy siendo una persona egoísta y mala por tan solo estar pensando este tipo de cosas cuando están operando a Nicholas Merry, pero la verdad es que no puedo evitarlo. Por eso dejo que los pensamientos lleguen y me aseguro, eso sí, de no exteriorizarlos porque yo, al contrario que Noah, comprendo que los demás no tienen la culpa de las mierdas que se me pasan por la cabeza.

¿Eso ha sonado resentido? Sí, creo que sí. Bueno, pues así te haces una idea de cómo me siento.

Vuelvo al hospital y reparto los vasos de cartón con café a todo el mundo, incluido Noah. La suerte de conocerlos tan bien es que ni siquiera he tenido que preguntar cómo les gusta a cada uno. Asher me agradece su vaso con una sonrisa que le devuelvo, porque si algo he aprendido con los años es que, por más que me doliera la primera vez, él no tuvo la culpa de que Noah lo eligiera. Él solo le hace saber a su amigo que está aquí, al igual que yo, y eso es bonito.

Lo que no es bonito es que Noah siempre acabe eligiéndolo a él. O bueno, no es bonito para mí. Para él supongo que es precioso.

De verdad que no es porque quiera que me elija a mí en vez de a Asher. No, lo que no entiendo es por qué hay que elegir. Por qué a mí me echa y al resto no. Qué tengo que es tan malo como para que no me quiera cerca cuando las cosas se ponen feas en su vida.

Me siento suspirando junto a Nora, porque Noah ni siquiera me ha mirado cuando le he dado su vaso de café.

—¿Necesitas algo? —le digo a la mujer, que me sonríe de inmediato y me da unas palmaditas en la mano con cariño.

—No, cielo, estoy bien. Creo que todo va a salir genial, ¿sabes? Lo creo de verdad.

Sonrío por inercia para animarla porque creo que, en el fondo, está intentando convencerse a sí misma.

—Pues claro que sí —respondo—. Nicholas es un hombre muy fuerte. Le pondrán una escayola que firmaremos todos y Avery lo hará ver como un héroe frente a sus muchos fans. Estará encantado, ya verás.

Nora se ríe al pensar en eso y suspira.

—Ay, esa chica le ha dado mucha vida al hotel.

No lo dice, pero sé que piensa que también les ha dado mucha vida a ellos, pues les ha ofrecido algo nuevo y desconocido en lo que entretenerse cada día. En realidad, aunque no me guste todo el circo que ha montado Avery, reconozco que lo ha hecho a las mil maravillas y con un respeto admirable.

—Quizá debería llamarla —murmuro—. Y a mis padres, de hecho. Se van a enfadar si se enteran de que estoy aquí y no he avisado.

—No, cielo. Estarán todos dormidos y Nicholas va a estar bien, estoy segura. De hecho, tú deberías volver a casa y dormir algo.

—Pero quiero saber cómo está —susurro.

—Lo sé, pero cuando nos lo digan, deberías ir a descansar. Aquí no puedes hacer nada y mañana tenéis que estar bien para el hotel.

Sé que tiene lógica. De verdad. Sé que sus palabras nacen de la preocupación, pero no puedo evitar pensar que ese «aquí no puedes hacer nada» significa, en realidad, que ni siquiera sirvo como acompañamiento para Noah o para ella. No ayuda en nada que me gire para mirar a Noah y lo sorprenda observándome también. Eso sí, en cuanto se da cuenta, gira la cara y se concentra en el suelo. Al parecer, lo encuentra fascinante.

Aunque parezca una tontería, me doy cuenta de que yo aquí no pinto nada. Noah no quiere que esté, porque independientemente de su ataque de ansiedad, rechaza mi compañía, pero no la de Asher. Y Nora piensa que debería irme a dormir, así que... ¿qué demonios estoy haciendo? ¿Debería quedarme en un lugar en el que se me ha pedido que me vaya solo porque estoy preocupada?

Las lágrimas me sobrevienen tan rápido que me cuesta un mundo tragármelas y no dejarlas caer. Carraspeo, me levanto y tiro mi vaso vacío a una papelera.

Justo en ese instante, el doctor entra en la sala para informarnos de que la operación ha salido bien y no hay ningún traumatismo craneoencefálico ni nada por el estilo.

—Lo dejaremos en recuperación un rato, pero, en principio, lo peor está en su brazo. Eso sí, se ha golpeado en varios sitios a la vez, así que estará bastante dolorido los próximos días.

Nora recibe las noticias con una sonrisa mientras llora, lo que me da una idea de lo tensa que estaba hasta ahora. Asher sonríe y le da unas palmaditas en la espalda a Noah y este... no hace nada, salvo seguir mirando al suelo. Como si no hubiera oído ni una palabra del médico. Quiero pensar que tiene que ver con el calmante que le han dado hace un rato, pero solo mira a Asher cuando por fin levanta la cabeza.

—¿Puedes acompañarme a tomar algo de aire?

Su tono es monótono, como si estuviera drogado porque, en efecto, lo está, pero no sé si eso justifica… todo esto.

Asher me mira de inmediato, como si se diera cuenta de que es un poco ilógico que se lo pida a él, estando yo aquí.

Yo, en realidad, ya no sé si es ilógico o no. Sin embargo, lo que sí sé es que, como bien ha dicho Nora, no hay nada que yo pueda hacer aquí, de modo que sonrío a mi jefa. Después de abrazarla, le digo que la veré pronto en el hotel y me marcho sin mirar atrás. Sin saber si Noah me mira mientras me voy, pero soy muy consciente de que, lo haga o no, da igual, porque no me detiene y eso es lo único que necesito para saber cómo están las cosas.

Da igual los años que pasen. Podríamos estar juntos toda una vida y, aun así, a la hora de la verdad, en cuanto las cosas se pongan feas, Noah me echará de su lado una y otra vez. Por eso creo que ya es hora de recoger mi dignidad y recordar todos los motivos por los que me he pasado diez años manteniéndome alejada de él.

51

Noah

24 de diciembre

—Esto es una locura. Apenas has salido del hospital esta mañana —le digo a mi abuelo.

Tiene buena cara, pese a lo mucho que se queja de que le duele el culo. Al parecer, es lo que se llevó la peor parte, quitando el brazo, así que le cuenta a todo el mundo que cree que se ha partido el trasero, pero nadie le hace caso. Supongo que es gracioso, porque Asher no deja de reírse cada vez que lo dice, pero yo aún intento reponerme del susto.

Anoche lo dejaron en reposo toda la noche y, esta mañana, teniendo en cuenta que es víspera de Navidad, el doctor nos ha dicho que lo iban a dejar ir a casa con la condición de que tuviera reposo relativo y que les consultáramos si tuviera fiebre o molestias nuevas que, de momento, no ha tenido.

En lo que a mí respecta, estoy agotado porque me pasé la noche en el hospital y llevo todo el día negándome a dormir, pero eso es porque siento que, cuando estoy cansado, estoy más tranquilo. O adormecido. Y también porque tengo miedo de tener pesadillas.

Cuando mis padres murieron, las pesadillas llegaron de pronto. No se lo conté a nadie, ni siquiera a Olivia, pero me pasaba semanas enteras con sueños horribles y recurrentes que me dejaban agotado. Aun así, prefería eso a las noches en las que dormía bien porque, al despertar, sentía que ni siquiera me merecía dormir en paz. Como si yo fuera el culpable de lo malo que me ocurría en la vida…

No. Dormir no es una opción, aunque sea algo que me haya recomendado todo el mundo, incluido Asher, y eso que deduzco que está enfadado conmigo desde anoche. Cuando salimos a tomar el aire, me dijo que hablaríamos en serio cuando se me pasara el efecto del calmante y que era un capullo. Lo miré durante un rato, pero no me dijo nada más.

Podría hacerme el tonto y decir que no sé a qué viene, pero me temo que sí lo sé.

—No es ninguna locura. —Me concentro en mi abuelo, que está respondiéndome—. Me encuentro bien, si quitamos el dolor de culo, y ya ayer no hubo actividad por mi culpa. Haremos la de hoy porque, además, creo que la necesitamos más que nunca.

—Es demasiado. ¿Por qué no dejas que simplemente descanse todo el mundo? Hemos hecho muchísimas actividades, todas las relaciones que estaban mal se han arreglado y…

—Todas no.

Mi abuelo me mira desde el sofá de su apartamento, donde está sentado junto a mi abuela. Aún me impacta ver su brazo escayolado, pero, ahora que el pico de ansiedad máximo ha pasado, voy de bajada y solo siento un agotamiento extremo. Claro que, de nuevo, lo de no haber dormido debe de tener gran parte de culpa.

—Abuelo...

—¿Por qué no está Olivia aquí?

—Porque estará en casa, imagino —digo intentando hacerme el tonto.

—La abuela dice que fue al hospital anoche, que llegó contigo.

—Ajá.

—Estabais juntos. —No contesto, la respuesta es evidente y los dos lo sabemos—. Bueno, eso no importa ahora. Haz lo que te digo.

—Abuelo...

—Hazlo, Noah.

Me gustaría negarme, decirle que no me apetece y que, además, deberíamos pasar el día de hoy y el de mañana solos y juntos en el apartamento, como hemos hecho siempre.

A lo largo de estos años han invitado a mis abuelos a distintas fiestas en Navidad y nunca han ido por mí, porque yo no quería pasar el día con nadie más. Aunque les decía que estaría bien solo, se negaban a dejarme, así que para mí es una novedad que esta vez no quieran concederme ese deseo. Sé que puede sonar un poco egoísta, pero lo único que quiero es... es... un poco de paz. Nada más.

De todos modos, conozco a mi abuelo y sé que, si ha pedido esto, no va a olvidarse del tema, así que cojo su portátil y redacto el correo tal y como él me lo dicta.

Buenos días:

En primer lugar, quisiera agradeceros a todos lo mucho que os habéis preocupado por mi caída. Estoy bien, no tengo nada que no vaya a arreglar esta escayola, así que he creído conveniente sugeriros la última actividad del calendario de adviento. Sé que es víspera de Navidad y no puedo obligaros a hacer nada, pero me gustaría que vinierais a cenar al hotel. Se reservará una mesa apartada en el restaurante para que podamos estar juntos y, una vez allí, os contaré en qué consiste la actividad en realidad.

Sin más, solo me queda desearos un feliz día y, si no os veo hoy, ni mañana, una feliz Navidad.

Nicholas

Lo envío y vuelvo a preguntarle a mi abuelo de qué se trata esta cena, pero no me contesta. Además, está poniéndose de mal humor de nuevo por su dolor de trasero, así que creo que lo mejor es dejarlo en paz.

Me marcho a casa para darme una ducha y descansar un poco antes de la cena, pero, en cuanto entro en mi habitación, siento que el aire se vicia de nuevo.

Las sábanas revueltas y el olor de Olivia por todas partes me recuerdan que no estoy siendo, ni de lejos, el mejor novio del mundo. Aun así, ya sea por cansancio o directamente por egoísmo, me voy a la ducha y me obligo a no pensar en ello.

Me duermo en el sofá un rato con la esperanza de no tener pesadillas, pero no funciona, así que, cuando me levanto, soy una persona con muy mal humor y poca tolerancia a las tonterías.

No ayuda que Asher, al parecer, hoy se haya propuesto colmar mi paciencia tanto como sea posible.

Se pasa la tarde haciéndome preguntas acerca de Olivia, como si no hubiera pasado nada: «¿Va a venir Olivia a la cena?», «¿Sabes si Olivia sigue odiando el pescado?», «¿Crees que a Olivia le gustará reunirse? Ya sabes que no le gusta la Navidad…».

Cierro los ojos, intento mantenerme en mis trece y no soltar nada fuera de tono, pero, siendo sincero, me está costando.

—¿Se puede saber qué te ha dado con Olivia? —Se me hace imposible disimular mi irritación—. Te recuerdo que hace años tú mismo me dijiste que lo mejor era alejarme de todo el que pudiera hacerme daño.

—Ya, pero yo no te dije que te dedicaras a hacer daño a la gente que te quiere.

—Yo no…

—Tú no debiste dejarla a un lado ayer. No debiste elegirme por encima de ella y, desde luego, no deberías hacer como si no existiera solo porque te duele demasiado enfrentarte a ella.

—Nada de eso es verdad —murmuro—. Y tú…

—Yo te dije hace muchos años que lo mejor era no confiar en nadie. Pero hace poco, muy poco, te dije que me preocupaba que le hicieras sufrir a Olivia o que ella te hiciera sufrir a ti. Mira, tío, entendería toda esta mierda un poco mejor si ella para ti fuera un rollo de una noche, pero no lo es. Olivia es distinta, es especial y de verdad pienso que vas a arrepentirte muchísimo si sigues comportándote como un capullo.

—Mira, Asher…

—Tú ya no eres como yo. Nunca lo has sido, en realidad.

—Oye…

—Al principio estaba bien que te identificaras conmigo, ya sabes. Era bonito pensar que no era solo yo contra el mundo. Que no era el único que no tenía a nadie que lo quisiera, pero es que en realidad nunca fue así. Perdiste a tus padres, pero seguiste teniendo a tus abuelos y tenías a Olivia, hasta que la dejaste marchar. Si vuelves a hacerlo… Joder, Noah, creo de verdad que vas a arrepentirte toda la vida.

Trago saliva, incómodo, y dejo de mirarlo. Asher entiende que no voy a responder, no estoy en condiciones de hacerlo, así que termina de asearse y me apremia para que vayamos al hotel.

Durante todo el camino, me pregunto si Olivia estará. Cuando llego, me encuentro con que no solo está, sino que su padre y Eva la franquean, cada uno por un lado, como dos guardaespaldas gigantes, pese a no ser muy corpulentos ninguno de los dos. El modo en que Roberto me mira me deja claro que sí, está a la defensiva y sí, la culpa es mía.

Genial, jodidamente genial.

Nos sentamos alrededor de la enorme mesa puesta. Me alegra ver que han venido casi todos los invitados, pese a que es posible que tuvieran planes mejores.

Mis abuelos parecen felices y eso es lo más importante. Están sentados en el centro de la mesa, juntos y con una sonrisa que hace que se me parta el corazón. A estas horas he sido dolorosamente consciente de que la vida nos ha brindado una nueva oportunidad, pero un día, puede que no muy lejano, recibiré una llamada como la de anoche, solo que peor. Una en la que no se pueda hacer nada con una operación y un yeso.

Trago saliva y miro hacia mi plato, así que no me doy cuenta de que todo el mundo se queda en silencio hasta que oigo la voz de mi abuelo.

—Empezamos todo esto de las actividades el 1 de diciembre y, aunque me alegra infinitamente haberlo hecho así, sobre todo después de ver los buenos resultados que habéis tenido, me ha quedado una espinita clavada: no haber celebrado el Día de Acción de Gracias. —El silencio en la mesa es tal que mi abuelo sonríe y decide seguir hablando—. Ayer, después de caerme, o más bien cuando conseguí recuperarme un poco, pensé que era una lástima no haberlo hecho, sobre todo porque hay mucho mucho que agradecer, al menos por mi parte. Esa es la razón por la que estáis aquí. Quiero que todos demos gracias por algo, porque estoy seguro de que no soy el único que se siente afortunado en el día de hoy.

Nadie dice nada durante unos instantes y, al final, es mi abuela quien sonríe:

—Creo que puedo empezar yo. Doy las gracias por todos y cada uno de los trabajadores del Hotel Merry. Habéis hecho que esta Navidad sea especial, no solo por las actividades, sino por el modo en que os habéis prestado a la locura de dos ancianos un poco dementes.

—¡Estáis estupendos! —grita Asher haciendo reír a varios.

—Gracias también por eso, querido. —Mi abuela suspira y sigue hablando—: La vida no es fácil, a menudo tampoco es bonita y creo, además, que los seres humanos nos acostumbramos demasiado rápido a lo malo y tendemos a centrarnos solo en eso. Hace muchos años, perdí a dos de las personas que más quería en el mundo. Aunque aquello me destrozó, con el tiempo comprendí que todavía quedaba alguien aquí por quien luchar. Aún tenía el privilegio de acompañar a mi nieto en su largo recorrido por la vida, así que, con los años, aprendí a sentirme agradecida.

Miro en derredor y me percato de que son varias las personas que se han emocionado hasta las lágrimas. No me extraña, porque lo que ha dicho mi abuela es precioso. Yo no lloro, aunque me gustaría. Creo que, si consiguiera llorar o exteriorizar de algún modo lo que siento, me encontraría mejor. En cambio, solo puedo mirar a las personas como si yo no formara parte de esta escena: como si estuviera fuera observándolo todo. Quiero irme a casa, acurrucarme en el sofá y dormir quince horas del tirón, pero justo cuando lo estoy deseando con más fuerza, mi abuelo abraza a mi abuela por los hombros y nos mira a todos con una gran sonrisa.

—¿Quién va ahora?

52

Olivia

No voy a poder con esto. Lo sé desde el mismo instante en que los abuelos de Noah lo proponen y, cuando su abuela habla, tan emocionada y agradecida, sé que me viene grande.

Todo me viene grande. Estar aquí, la situación, la actividad y él…, él y su mirada perdida. Lo odio por no haberme escrito ni buscado desde ayer, pero me odio más a mí misma por permitir que me duela de un modo tan penetrante. Lo único que me consuela es tener a Snow tumbado en mi regazo, como si sintiera que estoy a punto de desbordarme, otra vez.

——A mí, a mí. ¡Me toca a mí! —exclama Avery, que le pasa el teléfono a Hattie para que la grabe—. Cuidado con no cortar el directo.

Hattie la mira como si quisiera cortarla a ella por la mitad.

—Habla de una vez, niña —le dice.

—Bueno, yo quiero dar las gracias porque, desde que trabajo en este hotel, no he dejado de sentir que se me valora y se me escucha en todo lo que propongo. No es que todo sea perfecto, pero reconozco que soy muy feliz por los jefes que tengo y espero que el jefe Noah, cuando le toque, lo haga igual de bien, o me tocará empezar a quejarme. Gracias también a todos mis compañeros por haberse prestado a hacer de este nuestro hotel un gran hogar.

—Por un momento, pensé que iba a decir *Gran Hermano* —dice Asher.

—Hubiese sido más lógico —añade alguien riendo.

—Bueno, ya vale —dice la abuela para poner orden—. ¿Quién va ahora?

—Creo que quiero ser yo. —A mi lado, Eva sonríe y carraspea, un tanto nerviosa—: Bueno, ya sabéis todos que estoy esperando un bebé, aunque es muy pronto y me da un poco de miedo, pero... En fin, lo que quería decir no era eso, sino que doy las gracias por tener una familia a la que adoro y unas hijas maravillosas. —Su mano se enreda con la mía por debajo de la mesa y siento tantas ganas de llorar por lo mucho que la quiero que solo puedo mirar mi plato y apretarle los dedos a mi vez—. También quiero dar las gracias por el mes que hemos vivido. Creo que el Hotel Merry necesitaba este cambio para bien y me alegra ver que las relaciones, en general, son mucho mejores ahora.

Nora y Nicholas le dan las gracias con una sonrisa y dan paso al resto de los trabajadores. Uno a uno, van agradeciendo cosas sin ton ni son. Noah se mantiene callado y yo, también. Al final, cuando mi padre se endereza a mi otro lado, sé que va a hablar.

Me pongo tensa. No le he contado lo ocurrido con Noah, pero es un hombre muy listo y, además, esta mañana me ha pillado llorando, así que solo ha tenido que sumar dos más dos.

—Doy las gracias por la vida que tengo. Un trabajo que me gusta, unas hijas a las que adoro y una esposa maravillosa. Y por todas las personas que quieren a mi familia y son buenas con ella. Y doy las gracias por las cucarachas que saben retirarse a tiempo.

Agradezco no estar bebiendo nada, porque lo habría escupido o me habría atragantado. Miro a mi padre con los ojos como platos, nadie entiende nada, salvo Noah, que lo mira a su vez con una expresión que ni siquiera podría describir ahora mismo.

—Gracias, querido —dice la abuela Nora un tanto desconcertada. No es para menos—. Olivia, cariño, ¿quieres seguir tú? Eres la que falta de tu familia.

Las miradas se centran en mí y me muerdo el labio. Mierda. No me siento agradecida por nada ahora mismo, para ser sincera. Sé que sería muy bonito y maduro dar las gracias por las cosas buenas que hay en mi vida, que las hay, pero en este instante, en lo único en que puedo pensar es en que he pasado muchos días rompiendo barreras para poder confiar de nuevo en Noah y él, una vez más, me ha echado de su vida en Navidad.

No es que esté dolida por eso. O sea, supongo que hubiese sido igual de malo si esto hubiese ocurrido en febrero, pero el hecho de que sea la segunda vez que me da la patada en Navidad me hace sentir tonta y fracasada, así que no me siento muy dispuesta a agradecer nada ahora mismo.

—Yo… —Carraspeo, porque Nora y Nicholas sonríen, esperando a que diga algo, y yo no quiero defraudarlos, pero tampoco sé muy bien qué decir—. Yo agradezco tener a mi familia.

Todo el mundo espera que diga algo más, a juzgar por el silencio que reina en la mesa. Soy consciente de que Avery está grabándome, pero no me sale ni una palabra y, al final, Nicholas es quien se encarga de interrumpir mi silencio.

—Escueto, pero sincero —sonríe—. Bien, ¿Noah?

—Yo prefiero no hacerlo.

Aprieto los dientes. Menudo imbécil. O sea, ¿yo he tenido que pasar el mal trago de decir al menos una frase, y él no es capaz de decir nada?

—Cariño… —insiste su abuela.

Noah se remueve en la silla.

—Bueno, vale, doy las gracias por teneros aquí, sanos y salvos.

Nicholas aprieta los dientes de ese modo que me hace entender que no está conforme con que sea tan escueto, pero, aun así, no le insiste. Intenta recomponer una sonrisa y, aunque parece cansado, se esfuerza por ser vital para nosotros. Es algo muy de agradecer y me sabe mal no haber colaborado más en mi parte de los agradecimientos. Luego recuerdo que Noah ha colaborado aún menos y se me pasa. Además, si tengo que ser del todo sincera, estoy orgullosa de no haber salido corriendo, porque cuando todo esto empezó, estaba casi segura de que iba a terminar haciendo una salida melodramática.

La cena da comienzo, por fin. Cuanto antes cenemos, antes podré marcharme a casa a lamentarme por no entender una mierda de cómo funciona el cerebro de Noah Merry. Quiero decir: ¿va a ser así? ¿Hemos pasado de ser novios a no ser nada en doce horas y ni siquiera habrá una explicación? La primera vez fue así de inmaduro. Pasaron muchos días antes de que Noah viniera a hablarme como si nada y se encontrase con mi resentimiento. ¿Esta vez será igual?

Me acabo la cena todo lo rápido que puedo y, cuando en el postre los abuelos sugieren tomar una copa, declino la invitación. También me niego a volver con mis padres a casa. Al menos hoy, necesito estar sola. Sé que en casa tendría su apoyo incondicional, que me abrazarían y me prometerían que todo va bien, pero ahora mismo no necesito eso. Necesito regodearme en la rabia y la tristeza, de modo que me voy a mi estudio, que sigue sin amueblar, salvo por la cocina, el baño y el saco de dormir. Me tumbo en el suelo y, por patético que suene, no hago nada. No lloro, no veo una serie ni una película, no oigo música triste para regodearme en mi mierda, ni alegre para intentar animarme. Nada. Miro al techo y respiro. Como ser humano funcional, dejo mucho que desear ahora mismo, la verdad.

Estoy así hasta que el timbre de casa suena y todos mis sentidos se ponen alerta. ¿Será él? Me levanto e intento no ser demasiado rápida para abrir, no quiero parecer desesperada. Lo que no puedo evitar, sin embargo, es parecer decepcionada cuando finalmente abro y me encuentro con Asher en el rellano.

—Buenas noches, sé que es tarde, pero... ¿podemos hablar?

Abro la boca para decir algo, pero soy incapaz de soltar nada. No sé qué hora es, pero llevo bastante tiempo tirada en mi saco de dormir mirando al techo, así que imagino que es tarde. Muy tarde. Aun así, me hago a un lado y le señalo el interior. Asher entra con paso lento, pero seguro.

—No puedo ofrecerte mucho de beber, salvo agua o...

—Tranquila, no necesito nada. —Se mete las manos en los bolsillos y observa el estudio antes de centrarse, por fin, en mí—. ¿Cómo estás?

—Pues... bien —miento.

—Ya, oye, mira, no voy a saber hacer esto dando rodeos, así que voy a ir directo al grano. Sé que Noah está siendo un capullo, pero quiero asegurarme de que eres consciente de cuánto te quiere. —Bufo por inercia, pero él no se rinde—. Te lo digo en serio, Olivia. Ahora no está siendo un gran novio, pero eres imprescindible para él.

—Eso no se nota cuando de verdad se tiene que notar. —No quiero sonar resentida, joder, pero no puedo evitarlo.

—La primera vez que Noah te echó de su vida, hace años, empezó a salir conmigo todos los días.

—Lo sé, fui consciente de que intercambió mi amistad por la tuya. —Asher ni siquiera parece inmutarse, pero aun así me siento mal—. Mierda, no debería haber dicho eso.

Cierro la puerta, que aún estaba abierta, y me siento en el suelo, con la espalda contra la pared. Asher me imita y, solo cuando los dos estamos sentados mirando hacia mi pequeña cocina, continúa.

—En realidad, tienes derecho a hablar como te dé la gana porque sé que estás pasándolo mal. De todos modos, me gustaría dejarte algo claro. En aquellos tiempos, Noah no vino conmigo porque me prefiriera.

—Sí, en realidad sí.

—No —insiste—. Vino conmigo porque yo era la alternativa fácil. La única persona que no le exigía que se parase y pensara en lo que de verdad quería. No me importaba que fuera a la deriva porque yo mismo iba en ese barco. Solo quería divertirme y, cuando lo veía mal, le prometía que conseguiría estar mejor saliendo de fiesta y acostándose con una chica distinta cada noche. Era mi forma de evadirme y, aunque Noah lo intentó, no le funcionó.

Nunca he preguntado por lo que hizo o no en esa época. Imaginaba que había hecho justo eso, acostarse con toda la que pudiera y salir de fiesta, porque era lo que hacía Asher, pero eso último me deja intrigada.

—¿A qué te refieres con que no le funcionó?

—Bueno, al principio parecía que sí, pero luego, cuando el efecto de las copas se pasaba, estaba más triste y desanimado que nunca. Sé que no debería decir esto, pero perderte fue la gota que colmó el vaso de su tristeza, aunque no quisiera reconocerlo.

—Me perdió porque quiso.

—Te perdió porque el miedo lo paralizó y le hizo pensar que, si te dejaba de lado, sufriría menos cuando tú te marcharas, igual que se habían marchado sus padres.

—Eso no tiene lógica.

—Cuando pierdes a las dos personas que más quieres en el mundo, pocas cosas tienen lógica.

Me parece inaudito que Asher esté diciendo cosas tan maduras y certeras. Lo miro extrañada y me pregunto si, en realidad, este chico no será mucho más listo de lo que aparenta.

—¿Y qué sugieres? —pregunto de mala gana—. ¿Que me arrastre e intente acercarme a él otra vez? No, Asher. Yo también tengo mi dignidad.

—No te sugiero eso. La verdad es que no sé qué quiero sugerirte. —Suspira, frustrado—. Creo que lo único que intento pedirte es que, cuando venga a buscarte, porque vendrá, lo dejes hablar.

—Asher...

—Solo eso, Olivia. Permítele hablar y luego decide si lo perdonas o no.

—Pareces estar muy convencido de que vendrá.

—Porque lo conozco, sé cómo funciona su mente y, por encima de eso, sé lo mucho que te quiere.

—Apenas salimos juntos un par de días.

—Han sido, de lejos, el mejor par de días de Noah Merry. Al menos que yo lo haya visto.

—Mira…

—Eres, junto a sus abuelos, una de las personas que más quiere en el mundo. Seguiste siéndolo incluso todos los años que habéis actuado como enemigos. Y, créeme, sé muy bien de lo que hablo. —Suspiro, incrédula, pero Asher no parece dispuesto a rendirse—. ¿Qué me dices? ¿Lo dejarás hablar?

—¿Por qué te importa tanto?

Asher piensa en mis palabras unos instantes, pero tarda menos de lo que yo espero en contestar.

—Porque, aunque Noah no sea la persona que mejor me cae en estos instantes, quiero que sea feliz. Y sé bien que nunca será tan feliz como lo es estando contigo. Y también porque, aunque no lo creas, quiero que tú seas feliz, y sé que él podría darte el mundo si consigue superar toda esa mierda que le nubla la cabeza.

Lo miro boquiabierta, porque yo no he sido muy amistosa con Asher nunca. En parte porque lo culpaba de que Noah lo eligiera antes que a mí, lo que es injusto, porque él nunca hizo nada contra mí. Y en parte porque… No sé, supongo que pensé que no podríamos ser amigos si Noah estaba en medio. Ahora empiezo a pensar que eso no tiene por qué ser así. Abrazo a Asher, cosa que le sorprende, y sonrío cuando me mira con los ojos como platos.

—Muchas gracias, Asher. Gracias por venir, gracias por hablar conmigo y gracias por ser tan buen amigo para Noah, aunque a veces no lo merezca.

—Créeme, yo tampoco lo he merecido muchas veces y ha estado ahí. En eso consiste la amistad, ¿no? Y si quieres ser mi amiguita, también estaré para ti siempre que quieras.

Su tono de broma no hace que sus palabras pierdan valor, sino todo lo contrario. Me lo tomo como una declaración de intenciones y le sonrío para darle a entender que sí, quiero ser su amiga. Esta vez de verdad y sin importar los intermediarios. O sea, sin que Noah importe. Quiero ser su amiga a secas y creo que eso es lo mejor que he sacado del día de hoy.

Al final, resulta que sí que tengo más cosas por las que sentirme agradecida.

53

Noah

25 de diciembre

Aprieto los ojos cuando la luz entra de golpe en la habitación. Anoche tomé, después de mucho tiempo, medicación para dormir, así que el sueño ha sido profundo y reparador. ¿Es una mierda que no pueda lograrlo sin pastillas? Sí, pero ahora mismo no estoy para elegir. Además, mi nivel de cansancio mental era tan elevado que tenía que elegir entre tomar algo o acabar en urgencias con otro calmante por no ser capaz de descansar y volverme loco por el camino.

—Venga, arriba. —La voz de Asher se cuela en mi sistema antes de que abra los ojos y, cuando lo hago, me lo encuentro duchado, oliendo bien y vestido como para salir de casa.

—¿A dónde vas? —pregunto.

—A ningún sitio, pero he decidido que hoy vamos a limpiar, a vestirnos como personas decentes y a dejar que el olor a rancio desaparezca para siempre de nuestras vidas.

—¿Olor a rancio?

—A ver, Noah, no sé cómo decirte esto sin ser una mala persona, pero esta habitación huele a rancio. Tú hueles a rancio.

—Me duché ayer.

—Pues has sudado mucho o te has revolcado demasiado en tus decisiones de mierda. Posiblemente las dos cosas.

Cierro los ojos de nuevo, solo para no verlo, y suspiro de frustración. No sirve de nada. Asher se pone intenso y me obliga a levantarme, ducharme, cambiar las sábanas de la cama y desayunar cereales con leche.

—Y ahora...

—Oye, he hecho todo lo que has pedido. ¿No puedes dejarme en paz? —pregunto.

—No.

—Genial. Maravilloso. Simplemente perfecto y...

—Es Navidad, Noah —me dice interrumpiendo mi ironía mañanera.

—¿Y?

—Y es el cumple de Olivia.

—De nuevo: ¿y?

—Y deberías dejar de ser un completo imbécil y hacer algo con esta situación de mierda que has generado tú solito.

Trago saliva. No puedo rebatir eso ni ponerme impertinente porque tiene razón. He sido, básicamente, una mierda de persona los dos últimos días. Y me encantaría decir que tengo algún tipo de justificación, pero no es así. Tuve un pico tremendo de ansiedad y pánico, sí, pero durante ese pico hice cosas de las que no me siento orgulloso. Aun así, no soy capaz de hablar de ello, al menos no todavía.

—Hoy comeré con mis abuelos.

—No.

—¿No?

—Comemos en casa de Roberto y Eva.

—¿Comemos?

—Tus abuelos, tú, Avery, los Rivera y yo.

—¿Qué? ¿Cómo?

—Roberto le ha organizado una fiesta sorpresa a Olivia y quiere allí a la gente más cercana e íntima para ella.

—Oh. Eso no va a gustarle.

—Créeme, Noah, tú no eres el más indicado para hablar de acciones que van a gustarle o no a Olivia.

Touché.

—Yo no voy.

—Sí vas.

—No puedes obligarme.

Asher suspira y, aunque no habla, da igual, porque en ese suspiro se ha entendido perfectamente lo que quiere decir y es algo como: «Estás a un paso de que te acabe tirando por la ventana si no dejas de portarte como un imbécil». Lo entiendo clarito y en el acto.

—Mira, Noah, no puedo ni concebir el susto que te llevaste con la caída de tu abuelo. Puedo hacer un esfuerzo y entender que la primera noche, en el hospital, rechazaras a Olivia porque necesitabas sentirte estable y acudiste a mí porque sabes de sobra que nunca te he obligado a hablar de tus sentimientos, pero esa mierda se acabó. Esto está superándome incluso a mí.

—Esto no te afecta.

—¡Me afecta porque me jode ver como echas tu vida por la borda! ¿Es que no ves que ya hiciste esto una vez y perdiste a Olivia diez años? No hay más oportunidades aquí, Noah. No va a volver a tus treinta y tantos para darte otra oportunidad. La vida no funciona así, ¿sabes? La maldita vida te dio una segunda oportunidad con ella y estás cagándola solo porque tienes miedo.

—Tú no lo entiendes.

—¡Explícamelo, entonces! Y de paso explícaselo a ella, porque ni siquiera me puedo imaginar lo que estará pensando y sintiendo en estos instantes. ¿Te has parado a pensar en eso?

Sí, por supuesto que me he parado a pensar en ello. Quiero gritarle que, en realidad, desde ayer no pienso en otra cosa. A la hora de la verdad, cuando más tendría que haberme apoyado en ella, fui incapaz de hacerlo y no entiendo por qué.

O sea, sí lo entiendo. Tuve un ataque de pánico que me hizo alejarme de ella por miedo a que no pudiera gestionar mi humor de mierda, pero al final, con esa acción, la herí y conseguí alejarla más. No ha ayudado, desde luego, que ayer me mantuviera apartado y ausente.

—¡Estoy avergonzado, joder! —exclamo—. No es que quiera tenerla lejos. Lo del hospital fue una cagada y todo lo demás ha sido cobardía, que es mucho peor, porque no sé cómo arreglar esto y cada vez que pienso en acercarme me siento tan avergonzado que me bloqueo.

—Entonces…

—Yo quiero estar con Olivia, no tengo ninguna duda sobre eso, y soy muy consciente de que, con cada momento que pasa, la herida se hace más profunda, pero no sé cómo… No encuentro la forma de acercarme a ella sin cagarla más.

—Búscala, Noah. Esto no es cualquier cosa. Es tu vida, tu futuro.

—¿Y si es mejor dejarla en paz? ¿Y si Olivia se merece algo mejor que yo?

—Merece algo mejor que tu última versión, eso sí es verdad, pero creo que, si consigues vencer las barreras que tú mismo te estás poniendo, puedes ser un buen novio.

—¿Lo crees en serio?

—Tío, no voy a levantarte la colita, ¿vale? Ya te he dicho que sí, no me hagas suplicarte que muevas el culo y hagas algo para recuperar a tu chica, porque estoy intentando ser un buen amigo, pero, sinceramente, me lo estás poniendo difícil.

Sonrío de verdad por primera vez en dos días.

Cuando Asher me dice que va a salir para comprarle un regalo de cumpleaños a Olivia, le pido que me dé solo dos minutos para ponerme unos zapatos, el abrigo y acompañarlo. Esto no va a ser fácil, porque me mata por dentro solo pensar en acercarme a ella y que me rechace, con toda la razón del mundo, pero mi amigo tiene razón. No puedo seguir así y, cuanto más lo deje, más cerca estoy de perder a Olivia para siempre.

Y eso sí que no puedo ni pensarlo.

Entrar en el edificio de los padres de Olivia no es fácil, sobre todo porque voy acompañado de mis abuelos y Asher, los tres me miran sin ningún disimulo. Imagino que buscan signos de lo que sea que esté sintiendo en este momento para saber si deben preocuparse o no.

No deben.

Bueno, sí deben, pero no porque vaya a estropearlo todavía más, sino porque es posible que me dé un infarto en cualquier momento.

Una vez pasado el pico de pánico y, más tarde, el agotamiento extremo, ahora solo me queda un montón de inseguridad e incertidumbre por lo que va a pasar hoy. Porque sé que de la respuesta de Olivia depende que mi vida vuelva a enderezarse o se convierta en una mierda.

Subimos juntos en el ascensor y, cuando llegamos al piso correspondiente, nos encontramos con Roberto esperándonos con la puerta abierta. Él se dirige, en primer lugar, a mis abuelos.

—¡Por fin estáis aquí! No sabéis lo feliz que me siento de que al fin nuestras familias se unan en Navidad. ¿Cómo va ese brazo, Nicholas?

—Bah, está perfectamente. Creo que ya podría quitarme la escayola —Roberto eleva una ceja, escéptico—, pero voy a dejármela todos los días que han dicho los doctores, solo por complacerlos.

—Me parece una gran idea —dice el padre de Olivia con una sonrisa antes de centrarse en mi amigo—. ¡Asher! Bienvenido a casa. Adelante, por favor, pasa y ponte cómodo. Olivia no ha llegado, está con Eva fuera con la excusa de comprar regalos de última hora, así que va a ser toda una sorpresa cuando vuelva.

Mi amigo entra detrás de mis abuelos, lo que me deja a mí solo en el rellano. Roberto me observa, o más bien mira lo que llevo entre las manos antes de elevar la ceja.

—Espero que eso sea una gran disculpa para mi hija.

—Lo es. —Durante unos instantes, me mantiene la mirada, así que supongo que espera a que diga algo más—. No he sido el mejor novio del mundo, Roberto, pero quiero arreglarlo. Y quiero… quiero aprender a ser el hombre que Olivia merece.

—¿Vas a volver a dejarla tirada cuando…?

—Nunca —lo interrumpo—. Jamás.

—¿Cómo estás tan seguro?

—Haré lo que sea necesario para controlarme. Buscaré ayuda para gestionar mejor ciertos temas. No sé, ahora mismo solo tengo un montón de esperanza y un montón aún mayor de miedo, pero si ella me perdona, encontraré el modo de que esto no vuelva a pasar nunca más.

Durante un instante, tengo la sensación de que Roberto no va a dejarme pasar. Que, sin importar lo que diga, la he cagado tanto que no va a perdonarme nunca, pero entonces sonríe, aunque sea de un modo leve, y se acerca para darme unas palmaditas en el hombro.

—Pasa, hijo. Es hora de celebrar la Navidad y el cumpleaños de Olivia en familia.

Trago saliva y entro en el apartamento un poco sobrepasado, esta vez para bien. Roberto Rivera tiene un corazón inmenso y me alegra muchísimo que el padre de Oliva sea capaz de perdonar todas mis cagadas, aunque solo sea por el cariño que me tiene desde pequeño.

El ambiente en casa de los Rivera es festivo al máximo. El muñeco de nieve gigante sigue en la escalera de incendios y hay tantos adornos navideños en el apartamento que, por momentos, es como si no se pudiera mirar a ningún punto en el que no haya un bastón de caramelo gigante, un árbol aún más gigante, distintas figuras de Santa Claus y centros de mesa compuestos de flores típicas de estas fiestas por todas partes.

Es estresante, aunque nadie más parece notarlo. Puede que quizá y solo quizá, lo que me tiene estresado es saber que Olivia va a llegar en cualquier momento y se va a encontrar con una fiesta sorpresa. La va a odiar, a todas luces, sobre todo porque encima está la persona que menos le apetece ver del mundo casi con seguridad: yo.

Tan concentrado estoy en mis pensamientos que, cuando Roberto nos pone en alerta, siento que me quedo sin saliva y estoy a punto de morir de sed.

—Vamos, vamos, todos en círculo frente a la puerta. ¡Que están subiendo!

Esto no es una buena idea. Avery retransmitiéndolo todo, mis abuelos en primera fila, sonriendo como si fuese a llegar el mismísimo Santa Claus, las hermanas pequeñas de Olivia con tubos de confeti que luego costará la vida barrer, Asher expectante y comiéndose los aperitivos como si no hubiera comido en su maldita vida y yo... yo a punto de tener un infarto.

No, definitivamente no va a salir bien. Cuando la puerta se abre y Olivia entra, seguida de Eva, mis pensamientos no mejoran.

—¡¡¡Sorpresa!!!

Sus ojos se abren tanto que juraría que puedo ver su alma a través de ellos, su boca forma una O que se queda ahí, congelada en su cara, y juraría que el color de sus mejillas se vuelve repentinamente pálido.

Aun así, no es lo peor. Lo peor es cuando, paseando su mirada entre todos nosotros, se encuentra conmigo. Soy muy consciente del momento en que sus ojos pasan de la sorpresa al resentimiento y, joder, no me gusta nada, pero está claro que no soy el más indicado para ofenderme porque me esté mirando mal, ¿verdad?

54

Olivia

Tiene que ser una broma. Una de muy mal gusto, además.

No me creo que esté en el salón de mi casa frente a mis jefes, el nieto imbécil de mis jefes, alias «ex imbécil», Avery enfocándome con el teléfono, Asher con la boca llena de comida, mis hermanas tirando papelillos de colorines y mi padre mirándome como si yo tuviera diez años, me acabara de regalar un viaje a Disney y estuviera esperando mi reacción.

En serio, ¿qué espera? ¡Le dije que no quería una fiesta! No quería celebrar mi cumpleaños, no quiero nunca, pero este año en concreto tenía una razón de peso y es que mi estado emocional es un asco. Me da igual que hoy sea Navidad. Me da igual que sea mi cumpleaños. No me interesa celebrar ni lo uno ni lo otro, pero toda esta gente ha venido a verme y supongo que mandarlos a la mierda me haría quedar fatal, así que me esfuerzo al máximo por componer una sonrisa y me obligo a recordar que todos me quieren y están aquí por eso.

Bueno, todos no, es obvio. Noah está aquí, pero no sé por qué. Tampoco sé por qué sonríe, como si no pasara nada. ¡Como si no llevara dos días llorando por su culpa!

Me encantaría arrancarle los ojos.

A ver, no me gustaría de un modo literal, porque es muy sangriento, pero ya me entiendes.

—¿Qué te parece? —pregunta mi padre—. Estamos aquí para celebrar tus veinticinco años de vida, regalito. ¡Y porque te queremos mucho!

El primer impulso es exigirle que deje de llamarme así, pero, de nuevo, me lo pienso mejor y sonrío con una falsedad descarada, incluso para mí.

—Ha sido una gran sorpresa. ¡Gracias a todos!

—Dios, qué mala actriz eres —dice Asher con los carrillos llenos de comida—. Venga, anímate, ¡hay tarta!

La situación es incómoda, pero, al parecer, esas palabras de Asher provocan risa en más de uno y suavizan el ambiente lo suficiente como para que todo el mundo se disperse y tomen asiento alrededor de la mesa.

Yo lo intento, de verdad, me esfuerzo por adaptarme a la situación, disfrutar de la compañía de Nora, Nicholas, Avery y Asher, pero la presencia constante de Noah me lo hace imposible, así que, unos minutos después, mientras mi padre reparte vasos con su tequila favorito entre los invitados, yo decido ser una persona adulta racional y madura y encerrarme en el baño.

El problema es que, nada más entrar, me encuentro con una maceta enorme en la que hay plantado un pequeño abeto natural de un metro y medio de alto, más o menos. Frunzo el ceño, porque no sé qué hace esto aquí, pero cuando estoy a punto de salir y preguntar, la puerta se abre y entra Noah.

—¿Qué demonios haces? —pregunto mientras pienso que este baño es demasiado pequeño para los dos. Y mucho más para los dos y el abeto que ocupa parte del espacio.

—Tenemos que hablar.

—¡No! —exclamo—. No tenemos que hablar de nada y no deberías entrar aquí sin permiso. ¡Podría haber estado haciendo pis! ¡O algo mucho peor! ¿Qué te pasa?

—Me pasa que estoy desesperado por hablar contigo.

—Oh, vaya, eso sí que es una novedad.

—Olivia, sé que estás enfadada y tienes todo el derecho del mundo, pero necesito hablar contigo.

—¿Y tiene que ser en el maldito baño?

—Es el baño o el salón, donde vamos a tener un montón de testigos. Tú eliges.

Mierda.

Mierda, mierda, mierda.

¡Mierda!

Odio que esté haciendo esto. Odio sentirme acorralada y odio… ¡Lo odio a él!

—Di rápido lo que sea. Tengo que salir ahí fuera y fingir que esta fiesta me importa, aunque sea un poco.

—Que conste que yo dije que no te gustaría.

—Que conste que me importa un pepino lo que tú dices o no dices.

Noah parece tenso, pero no me importa. Recuerdo a Asher pidiéndome que le dejara hablar cuando llegara el momento y, bueno, supongo que el momento ha llegado, pero no sé si estoy lista. Para ser sincera, pensaba que tardaría bastante más en llegar. No se me puede culpar, dado el historial de Noah.

Aun así, hago un esfuerzo de contención y me siento en la taza de brazos cruzados y mirándolo mal. Le dejo claro que puede hablar, pero estoy enfadada. Y dolida, aunque esto último no lo demuestro porque, sinceramente, no sé si quiero dejarle ver el poder que tiene sobre mí.

Noah parece incómodo, como si no supiera bien qué hacer con las manos, pese a que ha empezado con bastante seguridad. Al final, señala la maceta con el abeto y carraspea.

—Es mío.

—¿Qué?

—Que es mío. Es… es mi regalo de cumpleaños. Y de Navidad.

Lo miro estupefacta, luego miro al árbol y, de nuevo, a él.

—Noah…

—¿Sí?

—A mí no me gustan los abetos navideños. ¿Es una jugarreta? ¿Volvemos a tener ese tipo de actitudes?

—No, no. Sé que no te gustan los árboles de Navidad, pero este tiene sentido. O sea, en mi cabeza lo tiene.

—Ah, genial. ¿Y serías tan amable de compartirlo conmigo? Porque no entiendo nada. —Alguien toca con los nudillos en la puerta—. ¡Está ocupado! —grito.

—Sí, claro… —Vuelven a tocar.

Esta vez, es Noah el que grita:

—¡Que está ocupado!

Sé, por el tono que ha usado, que nadie más va a molestarnos. Hay otro baño, así que supongo que irán a ese y nos dejarán tranquilos.

—¿Y bien?

No lo estoy poniendo fácil, lo sé, pero supongo que es lo menos que puedo hacer después de…, bueno, después de todo lo vivido.

—Sé que la Navidad se está acabando y no tiene mucho sentido regalarte un abeto, y también sé que no te gustan, pero esto es distinto. —Se mete la mano en el bolsillo de su pantalón y saca, ante mi perplejidad, una guirnalda de palomitas—. El otro día hui cuando mis abuelos propusieron hacer esto. No fui capaz de hacerlo porque es algo que solo hice cuando era feliz. Cuando mis padres vivían. Aun así, ese fue el detonante de que nos acercáramos y dejáramos de lado nuestra enemistad. —Se acerca, no a mí, sino al abeto, pero como el espacio es tan pequeño es casi lo mismo—. Supongo que lo que intento decir es que, desde que estamos juntos, hacer guirnaldas de palomitas vuelve a ser algo importante. Algo que merece la pena conservar en mi vida.

—Noah…

Odio que mi voz suene temblorosa, pero la emoción se ha empeñado en atravesarme la garganta. Los ojos se me llenan de unas lágrimas que me niego a derramar. Intento hablar, pero él se me adelanta.

—Me encantaría cuidar de este abeto todo el año, Olivia. Y no hablo de los pocos días que le faltan a este, hablo de cuidarlo un año entero para que, la Navidad del año que viene, podamos decorarlo juntos. Tú y yo, ¿qué te parece?

Lo miro boquiabierta, consciente del valor que tiene lo que acaba de hacer, pero dudosa por lo que acabamos de pasar.

—Eso lo dices porque al final tu abuelo está bien, pero no puedo estar con alguien pensando que, en cuanto las cosas se pongan feas, va a dejarme de lado.

—Me he portado mal contigo, pero te juro que he sido consciente en todo momento. La noche que fuimos al hospital, yo… estaba en un estado de pánico tan grande que pensaba que, si me tocabas, iba a derrumbarme y sería incapaz de recomponerme de nuevo.

—¿Qué te hace pensar que no será así la próxima vez?

—Me he dado cuenta de que hay algo que me da aún más miedo que derrumbarme contigo y es derrumbarme por no tenerte en mi vida.

—No sé si es suficiente —murmuro. Aunque sé que le estoy haciendo daño, no puedo evitarlo—. Necesitas… necesitas ayuda, Noah. No estás bien.

—Ahora estoy mejor.

—Eso es porque el pico de ansiedad ha pasado, pero no estás bien. No gestionas bien algunas cosas.

—Lo sé.

—Necesitas ayuda —repito.

—La buscaré. —Lo miro sorprendida y él suspira—. Hablo en serio, Olivia. No solo por ti, sino por mí mismo. No quiero vivir así.

—Eso es… bueno, supongo. Me alegro por ti.

La situación es rara y estoy segura de que ninguno de los dos está pasándolo bien, pero no sé cómo hacerlo para que sea más fácil de digerir. Justo cuando estoy pensando en ello, Noah sigue hablando:

—Olivia, estoy enamorado de ti, ¿entiendes? No es de ahora, creo que en realidad siempre lo he estado, incluso cuando me repetía a mí mismo que te odiaba. Estoy enamorado del modo en que ves la vida, de tus buenos sentimientos, de lo buena persona que eres y, joder, hasta de tu mal humor. Te quiero y quiero estar contigo. No te estoy prometiendo que nunca más vaya a cagarla, pero sí te prometo que voy a intentar no sacarte de mi vida nunca más, a pesar del miedo que me da que me veas cuando el pánico puede conmigo. Y si eso supone buscar ayuda profesional, lo haré mañana mismo. —Noah se atreve a deslizar la yema de un dedo por mi mejilla para recogerme una lágrima, lo que me hace ser consciente de que estoy llorando—. Pero si todo esto es demasiado para ti, si necesitas tiempo, o directamente no quieres volver conmigo, dejaré de insistir ahora mismo. Lo entenderé, aunque me duela, pero no podía quedarme con todo esto dentro. Necesitaba decirte cómo me siento y qué quiero de ti y de mí. De nosotros.

Sus dedos me limpian las mejillas y luego retira la mano, como si no tuviera permiso para tocarme, porque supongo que así es.

Miro sus ojos azules, sus labios fruncidos en una mueca sincera de tristeza y el modo en que espera que le dé una respuesta sin dejar de mirarme, enfrentándose a la situación.

No tengo garantías de que esto vaya a salir bien. En realidad, no hay forma de saber por adelantado si Noah volverá a actuar mal conmigo cuando las cosas se compliquen. La única manera de averiguarlo es creer en sus promesas, darle una oportunidad otra vez y comprobar si lo que dice es verdad.

Podría dejarme llevar por mi orgullo, pero lo cierto es que creo que nuestra historia merece un pequeño esfuerzo más. Si sale mal, será la definitiva, pero si sale bien... ¡Hay tanto que ganar si sale bien!

Sonrío un poco, apenas estiro los labios, pero es suficiente para que Noah deje ir el aire a trompicones y se acuclille frente a mí.

—Vamos, Oli —susurra—. Deja que te demuestre que puedo hacerte feliz. Es más, deja que te demuestre que todavía puedo darte una feliz Navidad después de muchos años.

—Yo odio la Navidad —farfullo.

—No, no es cierto, pero si quieres pensar eso, de acuerdo. Así tendré como misión hacer que te enamores de ella al mismo tiempo que intento hacer que te enamores de mí.

—Idiota, a ti ya te quiero —confieso.

Esta vez sus manos se posan en mis caderas y me insta a levantarme, igual que lo hace él. Una vez de pie, enmarca mi rostro entre sus manos y sonríe mirándome fijamente a los ojos, como si buscara en ellos un atisbo de duda, o quizá de broma pesada.

—¿Eso significa...?

—Quiero hacer guirnaldas de palomitas contigo, Noah Merry. Y quiero celebrar la Navidad a tu lado este y todos los años que nos queden por vivir.

Su beso es tan instantáneo y dulce que me hace sonreír en su boca. Lo abrazo, consciente de que estamos encerrados en un baño y no podemos quedarnos aquí de por vida, pero me permito disfrutar de este momento.

Puede que no sea el mejor escenario del mundo y, desde luego, hubiera preferido no haber vivido los últimos días, pero supongo que era necesario para poner los puntos en las íes. Para saber de dónde venimos, qué queremos y hacia dónde vamos.

Y lo que ocurra de aquí en adelante, cuando acabe la Navidad…, ya se verá.

Epílogo

Noah

Diez meses después

Entro en casa buscando a Olivia por todas partes y aguantándome la risa. Tengo que contarle esto. Mira que he visto a Asher en situaciones complicadas a lo largo de mi vida, pero reconozco que verlo correr en pelotas por las escaleras del edificio con dos chicas muy muy MUY enfadadas detrás era algo que nunca pensé ver.

En realidad, parece aún más desatado desde que, en marzo, decidiéramos que era una tontería que el estudio de enfrente siguiera siendo de Olivia, si pasaba todo su tiempo aquí, así que se cambiaron los puestos y ahora ella vive conmigo y él disfruta de un estudio de soltero que aprovecha muy bien. Demasiado bien, a juzgar por lo que acabo de ver.

Miro en nuestro dormitorio, pero al único al que veo es a Snow tumbado en la cama, adueñándose de ella como cada día desde que vino definitivamente a vivir aquí gracias a que un huésped se quejó de su presencia y lo acusó de tener un brote de alergia. Fue una decisión difícil, pero creo que el gato es más feliz aquí. Claro que eso no se debe a mí, sino a Olivia, pero ahora, al menos, deja que lo acaricie de vez en cuando. Básicamente, cuando ella no está y quiere que alguien se postre a sus pies. Sigo pensando que da igual lo blanco, esponjoso y bonito que sea: esconde un plan para exterminar al mundo en cualquier momento.

Por otro lado, que el gato esté aquí sirve de excusa para que mis abuelos vengan a vernos con asiduidad. Últimamente, han empezado a hablar de limpiar el apartamento de mis padres y habilitarlo de algún modo. He hablado con Olivia y, después de mucho pensarlo, ninguno de los dos descarta la posibilidad de acabar viviendo allí, pero aún siento que necesito hacerme a la idea. Poco a poco.

Además, si nos mudamos no vamos a ver el apartamento vacío nunca. Ocurría cuando mis padres vivían con los trabajadores con los que mejor se llevaban y ocurrirá ahora. Avery, por ejemplo, nos perseguirá con su cámara, porque para sorpresa de nadie su canal de TikTok ha crecido tanto que ahora el hotel cuenta con una comunidad increíble que se encarga de que prácticamente nunca tengamos habitaciones libres.

Asher se colaría en todos los descansos, seguro. O para esconderse de alguna chica. Y Roberto y Eva... Bueno, ellos no se meterían sin permiso, pero estoy seguro de que cuando el pequeño Jack crezca, se colará allí junto con Angela y Zoe para visitar a su hermana mayor. Aunque eso no me molesta, la verdad. Los hermanos de Olivia nos dan la vida. Sobre todo a ella, teniendo en cuenta que su madre, obviamente, no ha cambiado. No lo hará nunca, pero al menos Olivia tiene una gran relación con su hermano Kevin y eso me alegra. Ah, sí, Kevin, que ya es todo un adolescente en potencia, también usaría el apartamento para huir de su madre, igual que hace con este.

Al final, sería un apartamento comunitario, prácticamente. No es que aquí no vengan, lo hacen, pero al menos tienen que coger el transporte público. No sé hasta qué punto es conveniente estar a un ascensor de distancia de casi todos.

Dejo de pensar en todo esto mientras me concentro en buscar a Olivia. En la habitación de invitados tampoco la encuentro, pero sí hay una caja que no me suena de nada. Frunzo el ceño y me acerco, curioso. Está cerrada, pero el precinto está roto, así que puedo abrirla sin problemas. Observo el interior y elevo las cejas, sorprendido. Luces navideñas, esferas decoradas, soldaditos de plomo y, cuando investigo más a fondo, un Santa Claus de aproximadamente cincuenta centímetros de alto con un saco en su espalda y una sonrisa inmensa. ¿Qué…?

La puerta de casa se abre y sé el momento exacto en que Olivia se ha fijado en que mi chaqueta está colgada, porque de inmediato me llama.

—¡No vas a creerte lo que he visto! ¿Dónde estás?

Se está riendo. No necesito verla para saberlo. Es la voz que pone cuando se ríe y, darme cuenta de ese detalle, me hace sonreír a mí también.

Cuando Olivia entra en la habitación, va vestida con un chándal y una coleta. Ahora no lleva flequillo, pero está preciosa de todos modos. Sus mejillas se sonrojan cuando se da cuenta de que estoy sentado en la cama que solía usar Asher, con la enorme caja entre las piernas y una esfera con mi nombre en una mano.

—Eres tú quién no va a creerse lo que he visto —le digo con las cejas elevadas.

—Ya, bueno —carraspea y se retuerce las manos—. El otro día comenté con Avery que parece mentira lo rápido que pasa el tiempo. Antes de que nos demos cuenta, será Navidad.

Si levanto más las cejas, van a llegarme a la nuca, estoy seguro.

—Ajá. —No soy capaz de decir más.

—Y después de las imperfectas Navidades del año pasado, quería que este año fuera especial.

—¿Imperfectas Navidades? —pregunto extrañado.

—Bueno, empecé odiándola, luego nosotros casi acabamos sin hablarnos y…

—Hasta donde yo recuerdo, fue la mejor Navidad del mundo porque nos reconciliamos justo a tiempo. En lo que a mí respecta, fueron más bien unas perfectas Navidades. —Su sonrisa es tan dulce que siento que me derrito por dentro. A veces me pregunto si alguna vez me acostumbraré a esto, pero entonces la miro y sé que no. Que Olivia siempre causará este efecto en mí—. Entonces ¿todo esto lo has comprado tú?

—No, todo, no. El Santa Claus es cosa de tu abuela, igual que el soldadito de plomo. Yo solo quería unas bolas y algunas luces para el abeto.

El abeto.

Me levanto después de dejar la esfera con cuidado en la caja y le sonrío a mi chica de un modo especial. Yo lo sé y ella también, porque de inmediato se acerca para abrazarme.

No sé cómo nos las hemos ingeniado para mantener con vida el abeto, la verdad. Primero empezó a ponerse amarillo, así que, llevados por los consejos de mis abuelos, lo pusimos en un lugar donde le daba la luz, pero no el sol directo. Más tarde parecía que no crecía, así que Roberto nos compró un abono especial para abetos que olía a mierda porque..., bueno, posiblemente porque el abono no deja de ser mierda. Lo hemos regado, le hemos puesto música y lo hemos tratado casi como a un hijo o una mascota, solo que con los beneficios de no tener que darle de comer (si no contamos el abono y regarlo). Nos hemos desvivido por él porque, aunque ninguno lo haya dicho de viva voz, sabemos que ese abeto fue una parte fundamental en nuestra reconciliación hace ya casi un año. Mantenerlo con vida era, en realidad, un modo de demostrarnos que podíamos hacer esto. Podíamos estar juntos. Y vaya si lo hemos logrado. Las dos cosas: mantenerlo con vida y reforzarnos como pareja.

No es que haya sido fácil siempre. Busqué consejo psicológico acompañado por Olivia para intentar encontrar un sentido a mis ataques de pánico, aunque sé bien que vienen de haber perdido a mis padres de un modo tan repentino, pero en cualquier caso no siempre ha sido fácil asimilar que hay situaciones que me provocan unos picos de ansiedad que tengo que aprender a controlar. Lo he hecho sobre todo porque, cuando llegue el momento de afrontar la ausencia de mis abuelos (ojalá que dentro de mucho tiempo), quiero tener algunas herramientas a mano. No es que así vaya a ser más sencillo, pero espero que sí más sano para mi entorno y para mí mismo.

—O sea —digo separándola de mí para mirarla—, que tú, que odias la Navidad, has empezado a comprar adornos en octubre…

—¡Por nuestro abeto!

—Nuestro abeto podríamos haberlo decorado con guirnaldas de palomitas hechas a mano, pero tú has ido más allá. —Mi intento de molestarla surte efecto, porque me mira mal de inmediato—. Estás a un pasito de comprar un muñeco de nieve gigante para la escalera de incendios. Eres consciente, ¿no?

—Eso jamás pasará —me dice muy seria—. Aunque podríamos comprar un poco de muérdago para el apartamento. Mi padre dice que eso atrae cosas buenas.

—Ajá, como nuestros pensamientos, ¿verdad?

—Pues sí, y puede que tenga razón, ¿eh? Roberto Rivera ha demostrado ser un hombre muy sabio.

—Eso es cierto.

—Si él dice que tenemos que comprar muérdago, pues lo compramos.

—Compraremos un camión de muérdago y lo colgaremos en cada rincón de esta casa.

—No te pases.

—Y así tendré excusa para besarte en cualquier momento.

Esta vez su sonrisa es tan amplia que no puedo evitar estrecharla entre mis brazos y besarla.

—¿Estás listo para pasar una nueva Navidad conmigo, entonces? —pregunta entre beso y beso.

—Cariño…, estoy listo para pasar todas las Navidades de mi vida contigo.

Ella me besa de nuevo y yo me recuerdo, una vez más, por qué es tan importante aprender a cuidar lo que tengo. Valorarlo cada día y agradecer en silencio cada noche lo afortunado que soy.

Después de todo, Santa no le deja bajo el árbol a cualquiera un regalo tan extraordinario como el amor de Olivia Rivera.

Agradecimientos

Puede parecer que este apartado cada vez es más sencillo, porque lo he hecho muchas veces, pero no es así. Cada vez es más difícil porque, por fortuna, cada vez hay más gente en mi vida a la que agradecer de un modo u otro todo lo que está pasando.

Empezar por mi familia es tradición. Gracias a mis padres por darme las mejores Navidades que un niño pueda desear. Nos colmasteis a mi hermana y a mí de algo muchísimo más importante que los regalos: los recuerdos. Esos se quedarán con nosotras como tesoros infinitos.

A mi hermana: por ser la mejor compañera de aventuras en este juego llamado vida. Y a Fran y Dani, por llegar a completarte a ti y a nuestra familia.

A mi marido: gracias por ser mi otra mitad en esta aventura de formar una familia y creer con la misma intensidad que yo en la importancia de dar magia a nuestras pequeñas.

A Paula y Alba: vosotras… vosotras sí que sois la magia de mi vida.

A mis amigas, por seguir creyendo en mí.

A mis amigas y compañeras de profesión, por prestarme apoyo, consejos, confianza y cariño en cada paso del trayecto. Qué bonito es hacer este camino acompañada de mujeres tan increíbles.

A Bea, por estar desde el principio y seguir ahí, al pie del cañón. Gracias por tanto.

A Nuria, por ser una constante en mi vida.

A Gemma y Marco, mis editores. Seguís siendo los mejores. Gracias por confiar en cada idea que se me ocurre, por loca que parezca.

A Inma, por ser parte imprescindible de la vida de mis libros e implicarse de un modo tan increíble.

A todo el equipo de Montena, por acoger mis letras con tanto cariño.

A todas las lectoras (y algunos lectores) que me han pedido una historia navideña durante años: ojalá la espera haya valido la pena. (Y ojalá estar ahora mismo en Nueva York en Navidad, ¿verdad?).

Y sobre todo a ti, que lees esto. No sé si eres de los que llevan años a mi lado o acabas de llegar, pero espero que terminar este libro te haya dejado con un buen sabor de boca y ganas de mantenerte en el camino. ¡Prometo intentar hacer que merezca la pena!

Nos vemos por los libros =)